Kirstin Warschau
Ostseewut

PIPER

Zu diesem Buch

Die zweifache Mutter Eva von Mansfeld verbringt mit ihrer Familie die Ferien am Plöner See. Als sie nach einem Radausflug in die nahegelegene Stadt nicht zurückkehrt, verständigt ihr Mann die Kieler Polizei. Er befürchtet, dass seine Frau dem unheimlichen Mann mit der Wolfsmaske zum Opfer gefallen sein könnte, den in letzter Zeit immer mehr Menschen in der Nähe des Radwegs gesehen haben wollen. Doch bislang hat er niemandem etwas zuleide getan. Als die verständigten Beamten keinen Anlass zur Fahndung sehen, wendet sich von Mansfeld hilfesuchend an Kriminalhauptkommissarin Olga Island. Sie kämpft gerade damit, ihren Beruf mit dem Leben als alleinerziehende Mutter zu vereinbaren. In den vergangenen Monaten hat sie alte Akten gewälzt, da erscheint der Fall als willkommene Abwechslung. Und tatsächlich stößt sie schnell auf Ungereimtheiten ...

Kirstin Warschau, geboren 1965 in Kiel, arbeitete als Diplomarchivarin in verschiedenen norddeutschen Archiven, ehe sie in Berlin Pädagogik und Psychologie studierte. Heute lebt sie mit ihrer Familie in Kiel.

Kirstin Warschau

OSTSEEWUT

Ein Kiel-Krimi

Piper München Zürich

Mehr über unsere Autoren und Bücher:
www.piper.de

Von Kirstin Warschau liegen bei Piper vor:
Fördewasser
Was im Moor geschah
Kanalfeuer
Ostseewut

FSC
www.fsc.org
MIX
Papier aus verantwortungsvollen Quellen
FSC® C083411

Originalausgabe
April 2015

Umschlaggestaltung: semper smile Werbeagentur GmbH, München
Umschlagabbildung: Shebeko, Maren Becker
Satz: Kösel Media GmbH, Krugzell
Gesetzt aus der Sabon
Papier: Munken Print von Arctic Paper Munkedals AB, Schweden
Druck und Bindung: CPI books GmbH, Leck
Printed in Germany ISBN 978-3-492-30387-3

Für Nils und Kjell

Die Ostsee ist nur kalt und leer,
das Leben hier ist echt nicht toll,
das Leben hier ist schwer,
hau ab mit deinem blöden Strand.
Hau ab, hau ab.

Kiel Town Boyz, 1989

1

Mit dem Schmerz kehrte die Erinnerung zurück. Und er stand da mit zitternden Knien, die Hände auf das kalte Metall der Motorhaube gestützt, eine brennende Zigarette zwischen den Lippen. Seit Jahren hatte er keine Zigaretten mehr angerührt, doch im Handschuhfach hatte immer eine eingeschweißte Packung Camel gelegen, für den Notfall. Seine bebenden Finger suchten Halt, während ihm der kalte Schweiß in den Nacken trat und er das beängstigende Gefühl hatte, jeden Moment stürzen zu können, hinein in eine dunkle, aber vielleicht barmherzige Nacht aus Nichtsein und Vergessen. Gierig zog er an der Zigarette.

Wo war er eigentlich? Heikendorf, Stein, Laboe, er konnte sich nicht erinnern, durch welchen Ort er eben noch gefahren war. Sein Gehirn schien mit anderen Dingen verkleistert. Hatte er denn wirklich geglaubt, seine nutzlosen Gedanken für immer und ewig im Zaum halten zu können? Nun, unter dem mitternächtlichen Sternenhimmel, kam die Erinnerung zurück: eiskalt, deutlich und klar.

Ihr schmaler Rücken, der Kopf seltsam verdreht. Schnitt. Das Schwarzlicht. Schnitt. Der Arzt. Schnitt. Denk nicht mehr dran, du Idiot. Schnitt. Schnitt. Schnitt.

Der Herzschlag pochte in seinen Ohren wie das wiederkehrende Echo des berstenden Reifens. Der war geplatzt, einfach so, und sein Wagen war auf den Straßengraben zugerast. Als der Kühler auf die Böschung prallte und ihm der Airbag entgegenflog, war plötzlich Ruhe eingetreten. Eine brutale, hinterhältige Stille wie in einem weißen, endlosen Nichts. Dann aber waren ohne Vorwarnung die Gitarren losgegangen, »Spellbound« von Siouxsie and the Banshees, und mit diesen Klängen waren die Schmerzen gekommen und hatten ihm die Luft geraubt. Eine ganze Weile hatte er im zerstörten Auto gesessen, still, verwirrt und mutterseelenallein. Das Schlagzeug in seinem Kopf hatte wie wild gehämmert, dazu der Schellensound mit dem stakkatoartig vorangaloppierenden Beat, schneller und immer schneller.

Da ahnte er, dass dieser Rhythmus nur einen Zweck verfolgte, nämlich alles, was damals geschehen war, wieder an die Oberfläche zu prügeln, ans Licht.

Plötzlich näherte sich auf der Landstraße ein Fahrzeug in hohem Tempo. Bevor er es schaffte, sich zu rühren, eine Hand zu heben, hilflos zu winken, irgendeine Geste, um sich bemerkbar zu machen, war das Licht der Scheinwerfer schon über den Graben hinweggeglitten, war über Autowrack und Bäume am Straßenrand gerast und weiter über den Zaun der nahen Viehweide. Im roten Glühen der sich entfernenden Rücklichter richtete sich der Mann im Graben auf und starrte auf seine Finger, die feucht und schmierig waren von Blut.

2

Der Notruf ging in der Nacht von Samstag auf Sonntag gegen drei Uhr zwanzig in der Regionalleitstelle der Polizeidirektion Kiel ein. Polizeiobermeisterin Susan Schunk, die den Anruf entgegennahm, hörte im Headset zunächst nur ein Hüsteln.

»Notruf der Polizei Kiel. Was kann ich für Sie tun?«

Die Stimme des Mannes klang völlig verzweifelt: »Helfen Sie mir!«

»Bitte nennen Sie mir Ihren Namen und den Ort, an dem Sie sich gerade aufhalten, und sagen Sie mir, worum es geht.«

»Es ist etwas passiert. Etwas Schreckliches.«

»Was ist passiert? Und wo?«

»Ich …«

Der Mann atmete schnell, oder schluchzte er sogar?

»Bitte beruhigen Sie sich, und versuchen Sie, meine Fragen zu beantworten. Wo sind Sie, und was ist passiert?«

»Meine Kinder sind völlig am Ende. Sie ist weg.«

»Noch einmal bitte: Wie heißen Sie? Und wer ist weg?«

»Meine Frau, sie wollte …«

Der Mann verstummte.

»Sie suchen Ihre Frau? Wie heißt Ihre Frau?«

»Da muss etwas passiert sein, was Schlimmes.«

Der Anrufer wirkte konfus, vielleicht war er auch betrunken. Susan Schunk bemühte sich, so langsam und verständnisvoll wie möglich zu sprechen.

»Wo befinden Sie sich?«

»Es stand doch in der Zeitung«, fuhr der Anrufer fort,

ohne ihre Frage zu beantworten. »Der Mann mit der Maske, auf dem Radweg. Und sie ist doch mit dem Rad los.«

»Noch einmal: Wo genau befinden Sie sich? Und seit wann vermissen Sie Ihre Frau?«

»Seit gestern Nachmittag, also Samstag. Sie wollte nach Plön. Und dieser Maskenmann, das war doch in Ascheberg. Das liegt an der Strecke.«

»Also Herr … Wie war Ihr Name?«

»Von Mansfeld.«

»Haben Sie auch einen Vornamen?«

»David.«

»Gut, Herr von Mansfeld. Versuchen Sie, sich zu beruhigen. Der sogenannte Maskenmann, von dem die Zeitungen schreiben, hat, soweit der Polizei bekannt ist, keine einzige Person angegriffen oder verletzt. Es bestehen große Zweifel, ob es ihn überhaupt gibt.«

»Aber da steht doch schwarz auf weiß: ›auf dem Radweg an der Verkehrsinsel am Ortsausgang von Ascheberg‹. Er hat Frauen angefallen. Und man soll sich melden, wenn man ihn gesehen hat.«

»Und, haben Sie ihn gesehen?«

»Meine Frau kommt nicht nach Hause, und Sie fragen mich so was?«

Die Polizistin räusperte sich.

»Herr von Mansfeld, seit Beginn dieser nebulösen Berichterstattung rufen bei uns jede Menge Leute an. Aber keiner kann den Mann beschreiben. Und niemand hat Anzeige erstattet.«

Am anderen Ende der Leitung herrschte Stille. Hatte der Mann aufgelegt?

»Hallo, sind Sie noch da?«, fragte Schunk.

»So was Bescheuertes!«, schrie der Anrufer.

»Wie bitte?«

»Halten Sie mich etwa für einen Spinner?«

»Nein, warum?«

Der Mann schnäuzte sich, dann änderte er abrupt seinen Tonfall.

»Sie müsste längst hier sein«, jammerte er. »Was soll ich nur tun? Suchen Sie sie! Bitte! Ich flehe Sie an.«

»Ein letztes Mal: Wo halten Sie sich gerade auf?«

»In einem Ferienhaus am Plöner See. Der Ort heißt Sepel, das liegt drei Kilometer hinter Dersau. Die Straße hierher hat keinen Radweg, aber verdammt viele Hecken. Wenn einem dort jemand auflauert, hat man keine Chance. Erst recht nicht meine Frau, sie ist ein totales Leichtgewicht.«

»Ihre genaue Adresse, bitte?«

»Am Siemsbarg 15.«

Die Polizistin tippte die Daten ein, und sofort erschienen auf einem der fünf Flachbildschirme des Multifunktionsdesks Karte und Satellitenbild des Großen Plöner Sees. Sepel lag im westlichen Teil auf einer Landzunge, eindeutig am Arsch der Welt.

»Noch einmal: Wie heißt Ihre Frau?«

»Eva.«

Wieder dieses grauenvolle Schluchzen.

»Wohin wollte sie genau?«

»Sagte ich doch schon. Nach Plön.«

Die angezeigte Entfernung nach Plön betrug zwölf Kilometer.

»Seit wann vermissen Sie sie?«

»Meine Güte noch mal, stehen Sie denn völlig auf der

Leitung? Um zwei Uhr gestern Nachmittag hat sie das Haus verlassen ...«

»Gestern Nachmittag? Was hatte sie vor?«

»Was Frauen eben machen. Shoppen oder so.«

»Okay.« Susan Schunk bemühte sich, ihren wachsenden Unmut zurückzuhalten. Der eitle Ton in seiner Stimme, dieses Vorwurfsvolle ärgerte sie. »Ich kann Ihnen sagen, dass bei uns für den von Ihnen genannten Zeitraum keine Meldungen über einen Verkehrsunfall in der Gegend am Plöner See vorliegen.«

»Telefoniere ich mit einem Computer, oder was? Das beruhigt mich überhaupt nicht!«

Warum war dieser Anrufer so unverschämt? Die Polizeiobermeisterin sprach jetzt ganz langsam und leise. Die Menschen, die sie kannten, wussten, dass sie kurz davor war, vor Wut zu platzen.

»Hatten Sie Streit mit Ihrer Frau?«

»Was heißt Streit? Nichts Dramatisches.«

»Hat Ihre Frau schon einmal geäußert, dass sie ... von Ihnen weg möchte?«

»Was für eine Unverschämtheit! Was erlauben Sie sich eigentlich?«

»Entschuldigen Sie«, sagte Susan Schunk, »aber ich kann im Moment nichts für Sie tun.«

»Das meinen Sie doch nicht im Ernst? Wo verdammt noch mal ist meine Frau?«

Für die Polizistin war es an der Zeit, den penetranten Anrufer loszuwerden. Die Länge aller Telefongespräche wurde aufgezeichnet, überwacht und statistisch ausgewertet. Der Mann hatte eine Notrufnummer gewählt und nicht die Telefonseelsorge.

»Mein Herr, in unserem Land kann sich jeder Erwachsene frei bewegen. Das gilt auch für Ihre Frau. Wenn sie ihre Einkäufe erledigt hat, wird sie sicher zu Ihnen zurückkehren. Vielleicht besucht sie noch jemanden oder ist irgendwo eingekehrt.«

»Eva setzt sich doch nicht spätnachts in irgendein Gasthaus«, sagte er entrüstet.

»Warum nicht?«, fragte Susan Schunk.

Wieder schwieg der Anrufer, aber sie hörte ihn atmen.

»Hallo?«

Beleidigte Stille.

»Sorry«, sagte die Polizistin, »falls Sie keine weiteren Angaben für mich haben, kann ich im Moment nichts für Sie tun. Ich werde aber die Streifenwagenbesatzungen in der Plöner Gegend informieren, damit sie die Augen offen halten, okay?«

Nun verlegte sich der Mann aufs Meckern.

»So eine bodenlose Frechheit«, zeterte er. »Da zahlt man Steuern ohne Ende, und dann muss man sich so was anhören.«

»Auf Wiederhören, Herr von Mansfeld.«

»Verfluchte Laientruppe«, schrie der Mann wütend.

»Wie bitte?«, fragte Susan Schunk gereizt. Doch da hatte der Anrufer schon aufgelegt.

Die Polizeiobermeisterin biss sich auf die Lippen. Es war nicht die erste Beschimpfung, die sie sich an diesem Arbeitstag anhören musste. Gerade vorhin hatte jemand einen verunglückten Volvo in einem Straßengraben an der Bundesstraße bei Lutterbek gemeldet. Sie hatte einen Notarzt samt Rettungswagen zur beschriebenen Stelle geschickt, doch wenig später hatte der Notarzt sich in der Zentrale gemeldet und berichtet, dass er nur ein leeres Autowrack mit einem geplatzten Reifen vorgefunden habe, aber weder den Fahrer noch irgendwelche anderen Unfallopfer.

Daraufhin waren zwei Streifenbeamten zum Unfallort beordert worden. Sie hatten den Halter des Unfallwagens ausfindig gemacht und waren zu seiner Wohnadresse gefahren, um ihn persönlich zu sprechen. Offenbar war nur die Ehefrau des Besitzers zu Hause gewesen. Sie hatte sich kurz darauf völlig aufgebracht bei Susan Schunk gemeldet und alle Register in Sachen Beamtenbeleidigung gezogen. Eindeutig alkoholisiert, hatte sie mehr oder weniger lallend zum Ausdruck gebracht, dass sie nicht wisse, wo ihr Mann sich aufhalte. Er könne doch seinen Wagen parken, wo er wolle, die Polizei solle ihn gefälligst woanders suchen.

Susan Schunk trank einen Schluck Diätcola. Sie hatte wirklich keine Zeit, sich über die ganzen Verrückten in dieser Nacht aufzuregen, denn die Telefonanzeige blinkte schon wieder. Diesmal kam der Anruf aus einer der letzten noch existierenden Telefonzellen am Vinetaplatz in Kiel-Gaarden. Es war eine Frau, die mit türkischem Akzent sprach, schnell und hektisch.

»Hier prügeln sich Leute. Bitte, helfen Sie, schnell.«

Ruhig und routiniert verständigte Susan Schunk die Revierstreife der Ostwache und zum zweiten Mal in dieser Nacht medizinische Notfallhilfe. Und spätestens nach dem nächsten Anrufer, der einen Zimmerbrand in der Innenstadt meldete und so aufgeregt oder so betrunken war, dass ihm die Adresse, an der es brannte, nicht mehr einfallen wollte, verschwendete Susan Schunk keinen Gedanken mehr an den adligen Urlauber, der seine Frau vermisste.

3

Das Kind lag auf dem Wickeltisch und schrie. Sein Gesicht war puterrot, und es strampelte, als ginge es um sein Leben. Und darum ging es ja im Grunde auch. Wie konnte die große, warme, weiche und normalerweise trostspendende Person es nur wagen, in diesem Moment die Windel zu wechseln? Die Kleine war aufgewacht und hatte Hunger, und zwar genau *jetzt*. So eine bodenlose Frechheit, das mit der Windel. So etwas durfte sich kein Kind gefallen lassen. Deshalb strampelte Smilla, so wild sie nur konnte, und brüllte, was Lunge und Stimmbänder hergaben.

»Ich komm ja schon, bin doch gleich fertig.« Olga Island warf das prall gefüllte warme Plastikpäckchen in den Windeleimer. Mit geübtem Griff hangelte sie nach dem Waschlappen in der kleinen Schüssel mit Wasser, die in sicherem Abstand auf dem Regal stand. Bis vor wenigen Minuten hatte Smilla friedlich in ihrem Bettchen geschlafen. Olga hatte schon warmes Wasser in die Schüssel gefüllt, aber dann war ein Anruf von der Dienststelle gekommen, der ein paar Minuten gedauert hatte. Smilla war aufgewacht und das Wasser in der Waschschüssel deutlich abgekühlt. Als das hungrige Kind den kühlen Waschlappen spürte, war es eine halbe Schrecksekunde lang still, um dann richtig loszulegen. Was für eine Gemeinheit: neben dem Hunger auch noch ein kalter Waschlappen am Hinterteil, wie konnte eine Mutter einem Kind das antun?

»Hast ja recht«, murmelte Olga und tupfte die Haut mit

einem Zellstofftuch trocken. »Aber gleich gibt's was zu futtern.«

Mit einigen Verrenkungen schaffte sie es, dem strampelnden und brüllenden Kind die Windel umzulegen. Sie biss sich auf die Unterlippe und versuchte, nicht an die Nachbarn zu denken. Wahrscheinlich verdrehten Herr Bokel in der Wohnung unter ihr und Frau Wankowski eine Etage höher längst genervt die Augen. Wenn das Kind so weiterschrie, würde schon bald einer von beiden gegen die Heizungsrohre bollern oder mal wieder bei ihr klingeln. Doch dann fiel ihr ein, dass Frau Wankowski zwei Wochen Urlaub auf Bali machte und Herr Bokel sicher wie jedes Wochenende einschließlich Montagabend bei seiner Freundin in Hamburg weilte. Heute war Montag, und Bokel war bestimmt noch nicht da. Freie Bahn also für Smillas Sangeskünste. Die Wände zum Nachbarhaus waren offenbar ausreichend dick, jedenfalls hatte sich von dort noch niemand beschwert.

Während des Telefonats hatte Olga ein Gläschen Pastinakenbrei aufgeschraubt und in heißes Wasser gestellt. Die Gläser aus dem Bioladen am Belvedere waren oft ihre Rettung. Sicher war es keine große Sache, das bisschen Babybrei selbst zu kochen, aber sie kam einfach nicht dazu. Außerdem hatte sie den Eindruck, dass Smilla, warum auch immer, den gekauften Brei sowieso viel lieber aß als selbst gemachten.

Schon wieder klingelte das Telefon. So war es eben, wenn man im Homeoffice arbeitete. Im Display sah sie, dass der Anruf aus der Dienststelle kam, und zwar vom Apparat ihrer Kollegin Karen Nissen.

»Moin, Olga, Karen hier.«

Smilla schrie.

»Alles gut bei dir?«

»Klar.«

Smilla brüllte.

»Kind gerade wach?«

»Wie hört es sich denn an?«

»Ich will gar nicht lange stören …«

Kriminalkommissarin Karen Nissen hatte selbst zwei Kinder, die allerdings längst schulpflichtig waren. Ihr Mann war bei der Schutzpolizei, für sie war es also auch nicht immer leicht, Dienstzeiten und Kinderbetreuung unter einen Hut zu bringen. Aber Karen war damals fünf Jahre zu Hause geblieben, bis die Kinder aus dem Gröbsten raus gewesen waren, und Olga beschlich manchmal das Gefühl, dass Karen sich ein bisschen darüber lustig machte, dass ihre Kollegin trotz Baby weiterarbeitete.

Manchmal verstand Olga die Frauen nicht. Wenn es um Kinderkriegen und Arbeiten ging, waren sie selten solidarisch, ja, manchmal war sogar Neid spürbar, sinnloses Gehacke, Schadenfreude, Unverständnis. Dabei wäre es doch besser, sich zusammenzutun, aber so waren Menschen im Alltag nun mal nicht gestrickt.

»Warte kurz«, sagte Olga, setzte das Headset auf, packte Smilla in den Kinderstuhl und schob sie an den Tisch. Sie hockte sich daneben, prüfte die Temperatur des Pastinakenbreis und begann, ihn dem Kind in den Mund zu schaufeln. Smilla gab Ruhe und schmatzte.

»Tut mir leid, dass es bei dir gerade nicht so passt«, sagte Karen Nissen, »aber ich habe da einen Typen in der Leitung, der ruft seit heute Morgen immer wieder an. Ich kann nichts für ihn tun, denn wir sind nicht die richtige

Adresse. Zweimal habe ich ihn schon abgewimmelt. Jetzt besteht er ausdrücklich darauf, Kriminalhauptkommissarin Olga Island aus Berlin zu sprechen. Vielleicht kann ich ihn durchstellen, und du redest mal kurz mit ihm?«

»Was ist denn sein Problem?«

»Seine Frau ist ihm irgendwie abhandengekommen.«

»Aha?«

»Total penetranter Typ, echt.«

»Sonst was Neues bei euch?«

»Immer noch der tote Richter aus Eutin. Wir kommen nicht richtig voran. Die Innenministerin wird langsam nervös, dauernd ruft einer ihrer Staatssekretäre an.«

Detlef Hellwig, ein Richter am Plöner Amtsgericht, war vor einer Woche tot aus dem Kellersee bei Eutin gefischt worden. Alles deutete darauf hin, dass er beim Segeln von Bord seiner Jolle gestürzt und ertrunken war. Aber es gab Zeugen, die behaupteten, er sei auf seinem Boot nicht allein gewesen. Ein Angler wollte eine junge Frau und einen dicken, kahlköpfigen Mann an Bord des Schiffes gesehen haben. Außerdem gab es Gerüchte, dass Hellwig gute Kontakte ins Lübecker Rotlichtmilieu gehabt habe.

»Und du frisst dich weiter durchs Archiv?«, fragte Karen Nissen – vermutlich um den Anrufer, den sie in der Leitung hatte, noch ein wenig zappeln zu lassen.

»Wie die berühmte Made im Speck«, antwortete Olga Island und lachte. Auch ihre Kollegin musste kichern.

Seit der Geburt ihrer Tochter arbeitete Olga Island in Teilzeit. Ihre Vorgesetzten hatten ihr freundlicherweise ermöglicht, dass sie hauptsächlich von zu Hause aus tätig war. Lorenz, ihr Exfreund, hatte sich kurz vor der Niederkunft aus ihrem Leben verabschiedet. Per SMS hatte er ihr mitgeteilt, dass er sich doch nicht in der Lage sehe, von Berlin nach Kiel überzusiedeln. Im nachfolgenden Telefonat hatte er ihr erklärt, dass so ein Umzug für ihn das Ende einer Karriere als aufstrebender internationaler Künstler bedeutet hätte. Er könne sich nun doch nicht vorstellen, ein Leben in der Provinz zu führen, und außerdem seien ihm massive Zweifel an seiner Vaterschaft gekommen. Olga hatte sich geweigert, weiter mit ihm zu diskutieren. Die Zweifel an seiner Vaterschaft waren durchaus berechtigt, dennoch hatte die Art und Weise der Trennung Olga verletzt.

Smilla war rosig, blond und blauäugig mit fast vier Kilo Geburtsgewicht exakt vier Wochen vor dem errechneten Geburtstermin auf die Welt gekommen. Und nun war Olga eindeutig klar, dass ihr Kollege Jan Dutzen der Vater des Kindes sein musste. Smilla war ihm wie aus dem Gesicht geschnitten. Doch Olga liebte ihr wunderbares Kind und fand nicht, dass es irgendetwas zu bedauern oder gar zu bereuen gab.

Jan Dutzen hatte sie auf der Wochenstation im Krankenhaus einmal besucht. Mit Blumenstrauß und Pralinenkasten war er an ihrem Bett aufgetaucht und hatte steif und nervös die Grüße und Glückwünsche der Kollegen übermittelt. Er hatte Smilla verlegen angesehen, zu schwitzen angefangen und sich schnell wieder verabschiedet. Das Nächste, was Olga von ihm gehört hatte, war, dass er wenige Tage später bei ihrem Chef Thoralf Bruns das Sabbatjahr beantragt hatte, auf das er schon lange hingearbeitet hatte. Der Chef hatte die Auszeit genehmigt, und Dutzen war kurz darauf zu einer Weltreise aufgebrochen.

Zurzeit durchquerte er offenbar gerade die Sahara von Ost nach West. Er schrieb seitenlange E-Mails, die er in langen, einsamen Nächten in sein Laptop hackte. Diese im wahrsten Sinne des Wortes trockenen Reiseberichte schickte er, wie Olga dem Adressfeld der E-Mails entnehmen konnte, als Rundmail an seinen großen Bekanntenkreis. Sosehr sie auch darauf wartete, sie erhielt nie ein persönliches Wort. Und das machte sie allmählich wütend. Sie hatte überhaupt keine Lust mehr, irgendetwas von dieser Reise zu hören. Deshalb löschte sie konsequent alle Mails, die sie von Jan Dutzen bekam. In Smillas Geburtsurkunde stand: »Vater unbekannt«.

Olga würde ihr Kind allein großziehen.

Es war, wie es war.

Und eigentlich kam sie ja auch ganz gut klar. Ihre Arbeit bestand bis auf Weiteres darin, die Ermittlungsakten von alten, unaufgeklärten Todesfällen durchzusehen. Dabei ging es darum festzustellen, ob sich nach jahrelangen, ins Leere laufenden Ermittlungen vielleicht neue Sichtweisen auf die ungelösten Fälle eröffnet hatten. Immer wieder ging sie mit der Frage an die Akten heran, ob es nicht irgendeine Möglichkeit gab, im betreffenden Fall noch einen winzigen Schritt weiterzukommen, um ihn womöglich doch noch aufzuklären. In Schleswig-Holstein gab es derzeit etwa fünfzig noch nicht abschließend geklärte Todesfälle, wenn man ab der Nachkriegszeit rechnete. Die Ergebnisse der vergeblichen Ermittlungen waren in über eintausend umfangreichen Aktenordnern festgehalten. Diese Akten ruhten in den Archiven von Polizei und Staatsanwaltschaften. Olga holte sie nach und nach hervor und sah sie durch.

Im Grunde war es so, dass man sie irgendwie beschäftigen musste, denn im normalen Dienst einer Mordkommission war eine Frau mit Baby auf einer halben Stelle nicht einplanbar. Komischerweise machte ihr das ganze Aktenstudium derzeit gar nichts aus. Sie kümmerte sich um ihr Kind, und sie ackerte sich durch all diese Ordner mit den alten Geschichten. In ihrem Wohnzimmer hatte sie sich ein Aktenregal aufgestellt und einen Computerarbeitsplatz eingerichtet. Besonders aufregend war es nicht, wenn sie dort saß, oft ungekämmt und mit breibekleckertem Pulli, und sich durch die Papierhaufen wühlte, die ihr ein Kurier aus der Polizeiregistratur oder dem entsprechenden Landgericht auf Nachfrage ins Haus geliefert hatte. Aber diese Beschäftigung konnte sie gut mit dem Tagesrhythmus ihres Kindes in Einklang bringen. Wenn Smilla schlief, führte Olga Telefongespräche mit Experten aus dem Landeskriminalamt, mit der KTU im Haus der Bezirkskriminalinspektion oder mit Mitarbeitern der Rechtsmedizin an den Universitätskliniken in Kiel oder Lübeck.

Wenn sie dienstlich aus dem Haus ging, dann meist, um die Topografie der Leichenfundorte oder Tatorte zu erkunden. Dabei konnte sie Smilla mitnehmen. Manchmal reichte auch schon ein Blick auf Google Maps. In drei Monaten würde Smilla ein Jahr alt werden, und ab diesem Zeitpunkt hatte Olga die Zusage für einen Betreuungsplatz in einer Kinderkrippe.

Bei der Kinderhege und -pflege wurde Olga momentan noch von Frau Kilinski unterstützt, einer gemütlichen älteren Dame mit polnischen Wurzeln und Akzent. Sie bewohnte in der Nähe des Ravensberger Wasserturms eine Erdgeschosswohnung, in der sie als Tagesmutter arbeitete.

Dort betreute sie drei Kinder unter drei Jahren, von denen Smilla das jüngste war. Frau Kilinski war ruhig und mütterlich und ließ die Kinder gern in ihrem kleinen Garten spielen, der sich nach hinten an die Wohnung anschloss. Sie sang auch gern, meist polnische Volkslieder. Olga hatte von den Müttern der älteren Kinder gehört, dass diese die Lieder schon bald mitsingen konnten. Es war also eine Art zweisprachige deutsch-polnische Erziehung. Ende voriger Woche allerdings war Frau Kilinski übers verlängerte Wochenende nach Hamburg zu ihrer Tochter Elvira gereist, um ihr bei den Hochzeitsvorbereitungen zu helfen, denn Elvira würde am kommenden Samstag heiraten, dem Sonnabend vor Pfingsten. Deshalb stand die Tagesmutter in dieser Woche nur von Mittwoch bis Freitag zur Verfügung, was Olgas Tagesplanungen etwas erschwerte.

»Also«, sagte Karen Nissen und wurde wieder ernst, »dann stell ich dir jetzt mal diesen David von Mansfeld durch.«

»Von wo ruft er an?«

»Sepel heißt der Ort. Das liegt irgendwo am Plöner See.«

»Landadel?«

»Wenn ich es recht verstanden habe, macht er nur Urlaub dort«, sagte Nissen und gab die Leitung frei.

Der Mann hatte eine angekratzte Stimme.

»Sie müssen mir helfen«, sagte er.

»Ach so, und warum?«

»Ich suche meine Frau.«

»Sie haben die Nummer der Mordkommission gewählt. Was sollte ich denn für Sie tun können?«

»Ich bin völlig am Ende«, sagte der Mann, »und rechne mit dem Schlimmsten. Mein Freund Walter Jacobi hat gesagt, ich solle mit Ihnen sprechen. Sie seien hilfsbereit und kompetent.«

Olga Island runzelte die Stirn. Ihr sagte der Name Jacobi zunächst nichts, aber dann fiel ihr ein, dass einer der Kollegen aus dem Landeskriminalamt in Berlin-Charlottenburg so hieß. Walter Jacobi war in ihrer Berliner Zeit ein älterer, verlässlicher Kollege gewesen. Und einer der wenigen, die nach der Sache mit Mischa noch ganz normal mit ihr gesprochen hatten. »Man kann die Zeit nicht zurückdrehen«, hatte er gesagt und ihr dabei in die Augen geblickt, was nicht mehr viele der Berliner Kollegen getan hatten. »Was geschehen ist, ist geschehen. Keiner von uns möchte das, was Sie erlebt haben, jemals erleben. Aber jedem von uns kann etwas Unvorhersehbares passieren, was man nicht ungeschehen machen kann. Das ist das Risiko, das wir jeden Tag tragen. Ich wünsche Ihnen, dass Sie trotzdem weitermachen können.«

Kaum einer von ihren damaligen Berliner Kollegen hatte nach den tödlichen Schüssen, die sie auf ihren Kollegen Mischa abgeben musste, noch etwas mit ihr zu tun haben wollen. Viele hatten sich ratlos oder angewidert von ihr abgewandt.

»Sie kommen aus Berlin?«, hakte Olga Island nach.

»Ja, wir machen hier gerade Urlaub«, sagte der Mann. »Bitte, Sie müssen mir helfen.«

»Dann erzählen Sie mal.«

»Danke, dass Sie mir zuhören.« Die Stimme des Anrufers klang nun geradezu beflissen. »Walter Jacobi und ich kennen uns vom Ballonfahrerverein. Wir treffen uns an den Wochenenden in Brandenburg und fahren oft zusammen. Walter hält große Stücke auf Sie. Er sagt, Sie waren eine der besten Ermittlerinnen, die seine Dienststelle je hatte.«

»Schon gut«, murmelte Olga Island.

»Ich bitte Sie auf Knien, bei uns vorbeizukommen. Könnten Sie das nicht einrichten? Ich bin mit den Kindern im Ferienhaus und werde wahnsinnig vor Sorge. Meine Frau ist seit Samstag verschwunden. Ich kann sie auf dem Handy nicht erreichen, und sie meldet sich nicht. Was soll ich denn nur machen?«

Etwas an der Art und Weise, wie der Mann redete, erregte Olgas Aufmerksamkeit. Seine Stimme klang verzweifelt, aber gleichzeitig beleidigt und verletzt. Vielleicht war wirklich etwas faul.

»Herr von Mansfeld«, sagte sie eindringlich. »Die Polizei in Kiel hat ein eigenes Dezernat, das sich dem Auffinden vermisster Personen widmet. Es wäre sicher sinnvoll, wenn Sie mit einem Mitarbeiter des K 11 sprechen und ihm die Lage schildern würden.«

»Auf gar keinen Fall. Ein Herr Lornsen dort hat mich schon so was von abgebügelt. Er kann angeblich nichts für mich tun. Sie sind wirklich meine letzte Hoffnung. Bitte! Die Fahrtkosten sind kein Problem. Ich zahle Ihnen alles, was Sie wollen.«

»Ich bin keine Privatdetektivin.« Olga Island musste nun doch schmunzeln. Sie beobachtete Smilla, die ihren Brei verputzt hatte, aber noch nicht satt zu sein schien und zu weinen begann. Zumindest *noch* nicht, fügte sie in Gedanken hinzu.

Offenbar war Smillas Weinen bis nach Sepel gedrungen.

»Sie haben Kinder?«, fragte David von Mansfeld jetzt und klang erleichtert. »Dann wissen Sie, wie ich mich fühle. Ohne meine Frau komme ich nicht zurecht. Mein Sohn und meine Tochter … ich meine, was soll ich denn jetzt tun …?«

Smilla zappelte in ihrem Kinderstuhl. Olga hob sie heraus und setzte sie auf den Boden, wo sie sich hochstemmte und rückwärts mit einem Affentempo loskrabbelte. Dabei stieß sie mit dem Po an ein Bein des Esstisches und protestierte wieder einmal lautstark.

»Um es abzukürzen«, sagte Olga, »ich kann Ihnen nicht helfen.«

»Bitte, ich flehe Sie an.« Er schniefte.

Wehleidige Männer konnte sie eigentlich gar nicht vertragen. Warum machte von Mansfeld sich so klein? Vielleicht steckte etwas ganz anderes dahinter, und sie sollte der Sache doch einmal nachgehen? Sie strich sich über das Kinn.

Sie könnte Smilla mitnehmen und das schöne Wetter nutzen, um draußen auf dem Land ein wenig spazieren zu gehen. Es war ein warmer, sonniger Tag Anfang Juni, die allerschönste Jahreszeit, um sich an Feldern, Wiesen und Wäldern zu erfreuen. Die alten Akten im Homeoffice würden nicht weglaufen. Sie würde noch lange genug in ihnen blättern können.

»Na gut«, hörte sie sich sagen. »Ich komme kurz zu Ihnen raus. Aber versprechen Sie sich nicht zu viel davon. Passt es gegen siebzehn Uhr?«

»So spät?«, fragte der Mann enttäuscht.

Sofort bereute Olga, dass sie Entgegenkommen gezeigt hatte.

»Trotzdem vielen Dank«, sagte er großspurig und erklärte ihr die Anfahrt.

Dumme Socke, dachte sie nach Abschluss des Gesprächs, zog das Headset vom Kopf und schleuderte es in die Sofaecke.

4

Und trink nicht so viel.«

Sonja, seine Frau, lag auf dem Sofa und starrte auf den Bildschirm. Sie hatte die Beine ausgestreckt und die Fernbedienung in der Hand. Wie üblich trug sie den lila Hausanzug und hatte die Kapuze bis in die Stirn gezogen. Mit den roten Locken, die darunter hervorquollen, sah sie aus wie ein peinlicher Faschingshase, nichts an ihr war sexy.

Sven Hollmann nahm die Lederjacke von der Garderobe und warf Sonja durch die halb geöffnete Wohnzimmertür einen Blick zu, den sie nicht erwiderte. Erst wenn die Vorabendserie zu Ende war, würde sie sich mürrisch vom Sofa erheben und die Kleine ins Bett bringen. Noch spielte Marly stillvergnügt oben im Kinderzimmer. Ihm war das jetzt egal, denn er hatte heute frei. Er würde also nicht mit dem Kind ins Bad gehen und daneben stehen, wenn es am Waschbecken herumtrödelte. Am Montagabend war das Sonjas Job.

Sven schlüpfte in seine Jacke. Im Flurspiegel sah er sein müdes Gesicht. Die grauen Haare an den Schläfen waren nicht mehr zu übersehen. Aber wie sollte er auch anders aussehen nach so einem normalen Montag, der mit stressigen Schülern und renitenten Eltern begonnen und darin gegipfelt hatte, dass von den dreißig Mathearbeiten, die er korrigiert hatte, zehn mangelhaft waren? Bei sechs davon hatte er schließlich beide Augen zugedrückt und jeweils noch eine Vier als Note vergeben. Er hatte kein schlechtes

Gewissen deswegen, die Eltern würden trotzdem protestieren.

Wie ihn das anödete. Die ewig gleichen persönlichen und gesellschaftlichen Katastrophen, denen er im Schuldienst täglich ausgesetzt war, Dummheit, Faulheit und Gequengel von Schülern und ihren Erziehungsberechtigten. Er hatte schon oft beschlossen, sich darüber nicht mehr aufzuregen. Leider gelang das nicht immer. Sein Leben war wirklich kein Zuckerschlecken. Sonja war schon lange nicht mehr die liebevolle Frau, die er einst geheiratet hatte. Sie war von ihrem Bürojob genauso gestresst wie er vom Lehrerdasein. Und die vermeintlichen Gemeinsamkeiten, die ihn und Sonja früher einmal verbunden hatten, Reisen, Kochen, Sex, waren eine nach der anderen auf der Strecke geblieben. Da war noch Marly, ihre gemeinsame Tochter. Vor allem ihretwegen war er noch da. Und weil Scheidung und Verkauf des Hauses ihn in den finanziellen Ruin getrieben hätten.

»Tschüs dann«, sagte er und zog die Haustür hinter sich ins Schloss. Er atmete auf. Montagabend, endlich. Er eilte über die Betonplatten zum Carport. Auf der Rückbank des Wagens lag der Gitarrenkoffer. Als er die Zündung startete, sprang die Anlage an. Laut, sehr laut, so laut, dass Sonja, würde sie jetzt neben ihm sitzen, sofort einen Tobsuchtsanfall bekäme, aber sie hörte es ja zum Glück nicht.

Aus den Lautsprechern drang »Spellbound« von Siouxsie and the Banshees. Die kehlige Stimme der Sängerin intonierte: »From the cradle bar comes a beckoning voice, it sends you spinning, you have no choice.« Es war ein Song vom Beginn der Achtziger, von der damaligen New-Wave-Ikone Siouxsie Sioux, deren Band den Soundtrack seiner Jugend geliefert hatte. »You hear laughter cracking through the walls, it sends you spinning, you have no choice.«

Ohne die Musik zu drosseln, rollte Sven die Einfahrt hinunter und bog in die Dorfstraße ein. Gepflegte Einfamilienhäuser in blühenden Gärten zwischen renovierten Strohdachhäusern – Barsbek war ein hübsches, verschlafenes Dorf.

Auf dem Weg über die Felder ließ er die Scheiben hinunter und sang mit, aus vollem Hals. Geiler Song, auch wenn die Achtzigerjahre schon so verdammt lange her waren. Wie schön Siouxsie damals gewesen war, atemberaubend. Er seufzte, aber dann machte er sich bewusst, dass doch wieder Frühling war und dass es im Leben ja eigentlich immer darum ging, das Beste aus allem zu machen. Und der Frühling in diesem Jahr ließ sich nun wirklich gut an. Seit sie ihr Revival gestartet hatten, war das triste Leben wieder ein bisschen aufregender geworden. Lebendiger. Bunter.

Das Beste waren im Moment die Treffen am Montagabend. Da kamen sie wieder zusammen, in dem alten Bunker in Kiel-Ellerbek, in ihrem Probenraum. Wer hätte jemals gedacht, dass es noch einmal so weit kommen würde? Er selbst hätte keinen Pfifferling darauf gewettet. Dazu war alles viel zu krass und zu verworren gewesen, damals, als sich die Band aufgelöst hatte. Seitdem waren unglaubliche fünfundzwanzig Jahre ins Land gegangen, ein Vierteljahrhundert, was für eine Zahl. Aber hieß es nicht: »Punk's not dead«?

Ihr Bandrevival hatte damit angefangen, dass Sven nach all den Jahren Pitty wiedergetroffen hatte – zufällig, auf dem Kieler Umschlag, dem Stadtfest mitten im Winter, am Bierstand auf dem Alten Markt. Unglaublich, denn es war sofort wie früher gewesen, fast zumindest. Pitty hatte sich kaum verändert. Natürlich war er älter geworden, und sein Kopf war jetzt glatt rasiert. Damals hatte er eine wild abstehende, blond gefärbte Mähne getragen. Auch Pitty hatte Sven sofort erkannt. Sie hatten einfach angefangen zu reden, als hätten sie nie damit aufgehört.

Nach zwei Bier im Stehen waren sie ins Brauhaus hinübergewechselt, und noch ein paar Getränke später hatte Pitty den Vorschlag gemacht, sich doch noch mal zu treffen. Am besten alle zusammen, wennschon, dennschon. Man könnte ja mal gucken, was noch so gehe bei den alten Herren. Pitty hatte gelacht und Sven kumpelhaft auf die Schulter geklopft. Er versprach, Kontakt zu Max aufzunehmen. Max' Söhne spielten ja inzwischen auch in Rockbands, und soweit man hörte, waren sie dabei, richtig durchzustarten. So wie wir damals, hatte Pitty gesagt, genauso wie wir. Sven hatte genickt und nicht gewusst, was er antworten sollte. Die Adresse von Max, die werde er schon rauskriegen, hatte Pitty gesagt. Facebook, StayFriends, alles kein Problem.

Und tatsächlich war es Pitty gelungen, Max aufzutreiben. Sven und Pitty saßen schon am vereinbarten Abend in der Bambule in Gaarden bei Bier und Pizza, da war Max hereingekommen. Und so verrückt es auch klang, es war tatsächlich fast wie früher gewesen. Sie hatten Bier getrunken und geredet und sich ein schnelles Update von ihrem Leben gegeben. Und am Ende dieser verrückten und aus der Zeit gefallenen Zusammenkunft hatten sie abgemacht, sich nächstes Mal bei Pitty zu treffen, der inzwischen in einer kleinen Doppelhaushälfte in Kiel-Dietrichsdorf wohnte. Zu dieser Zusammenkunft, die zwei Wochen später stattfand, war Max mit seinem frisch ausgebauten VW-Bus vorgefahren. Und da hatte Sven schon gedämmert, dass die Kiel Town Boyz, die damals so große Erfolge gefeiert hatten, irgendwann noch einmal auf Tour gehen würden.

Tatsächlich begannen sie, wieder zusammen zu spielen. Es lief gut. Von der Vergangenheit sprachen sie nicht. Wenn, dann nur davon, wie sie sich damals als Schülerband gegründet hatten. Die Loopies hatten Songs der Neuen Deutschen Welle nachgespielt, Nena, Markus, Ideal, aber Pitty hatte sie dann schnell davon überzeugt, dass Punk einfach geiler war. Natürlich hatte es eine Punkband in Kiel Ende der Achtzigerjahre nicht gerade leicht gehabt. Die Altpunks aus den Siebzigern hatten sie müde belächelt oder auch offen angefeindet. Deutsche Texte waren für manche Altpunks damals ein absolutes No-Go. Doch all das hatte sie nicht davon abgehalten, genau ihre Musik zu machen. Kiel Town Boyz – der Name war auf Pittys Mist gewachsen.

So etwas wie einen Durchbruch hatten sie mit einem Konzert in der Alten Meierei gehabt. Pitty hatte in völlig betrunkenem Zustand auf der Bühne eine Silvesterrakete gezündet und den hölzernen Bühnenaufgang in Brand geschossen. Es hatte gefackelt, bis ein paar Fans das Feuer mit Bier gelöscht hatten. Die Halle war ziemlich verräuchert gewesen, sonst war nichts passiert. Aber nach diesem Auftritt waren die Kiel Town Boyz in aller Munde gewesen, und – man konnte es nicht anders sagen – sie waren durchgestartet. »No future« war nicht einfach ein Spruch gewesen, denn sie hatten tatsächlich das gemacht, worauf sie Bock gehabt hatten, ohne an die Zukunft zu denken. So waren sie es angegangen.

Ihre Haltung hatte ihnen immer mal wieder die eine oder andere Schlägerei beschert. Sie waren auch auf Tournee gegangen, hatten Gigs in angesagten Undergroundclubs gehabt, selbst organisiert, Mund-zu-Mund-Propaganda, so was hatte damals noch funktioniert. Einmal waren sie sogar in Amsterdam gewesen und dort in einer alten Turnhalle aufgetreten, eine internationale Karriere sozusagen. Das eine oder andere Open-Air-Festival in Norddeutschland war dabei gewesen. Und einmal, ein einziges Mal, waren sie im Hamburger Millerntor-Stadion als Vorband für die Goldenen Zitronen und Slime aufgetreten. Ansonsten hatten sie sich auf Scheunenfeten mit der Landjugend gekloppt. Sie hatten echt Spaß gehabt.

Bis zu dem Tag, an den Sven nicht denken wollte.

Bis zu der Nacht, als alles den Bach runtergegangen war, die Band, die Zukunft und all ihre Träume.

Die letzten Akkorde von »Spellbound« verklangen im Player. Nach anfänglichen Zweifeln, ob das erneute Zusammenkommen mit den alten Kumpeln das Richtige war, freute Sven sich inzwischen schon die ganze Woche darauf. Nicht reden, nicht denken, nur die Instrumente sprechen lassen, und wenn Pitty Bock hatte, fing er zu singen an. Dazu ein oder zwei Flaschen Bier – und schon waren die Arbeit in der Schule und Sonja vergessen.

Das Allerneueste, ja, das Prickelndste an der ganzen Sache war, dass sie tatsächlich wieder für kleine Gigs auf der Bühne standen. Ostern waren sie im Bahnhof in Flintbek aufgetreten und kurz darauf im Blauen Engel an der Hörnbrücke. Es war nicht über die Maßen voll gewesen, aber es hatten nicht nur begeisterte Mittvierziger vor der Bühne Pogo getanzt. Auch Jüngere hatten ein bisschen Headbanging betrieben, die Haare herumgeschleudert oder alles mit ihren Smartphones gefilmt. Pitty kannte noch allerhand Kneipenwirte und Cafébetreiber von früher, und der eine oder andere Landgasthof zwischen Gettorf und Bad Segeberg hatte Interesse an einem Auftritt der Kiel Town Boyz bekundet. Geld verdienten sie damit nicht, aber das war inzwischen, wo alle bürgerliche Berufe hatten, auch gar nicht mehr wichtig. Wenn man sie freundlich bat, spielten sie für eine Gratis-Grillwurst mit Nudelsalat. Keiner von ihnen musste von der Mucke leben, und keiner von ihnen träumte noch davon. Was sie spielten, war auch nicht mehr reiner Punk, schließlich hatten sie sich weiterentwickelt. Gern mischten sie in die drei Akkorde von früher etwas Rock und Pop. Und genau das kam zusammen mit Pittys Altpunk-Attitüde, der Kraft seiner Stimme, den verblassenden Tattoos auf dem nackten, immer noch durchaus muskulösen Oberkörper, beim Publikum gut an, und zwar bei Männern wie bei Frauen.

Nur vorgestern Nacht, nach dem Konzert im Lutterbeker, war etwas Seltsames geschehen. Sven war schon eine halbe Stunde zu Hause gewesen, da hatte Pitty angerufen. Er war kaum zu verstehen gewesen, weil er so undeutlich gesprochen hatte. Er erzählte, er habe einen Unfall mit dem Wagen gehabt und stehe nun im Straßengraben, ob Sven ihn nicht abholen könne. Sven hatte Nein gesagt und aufgelegt, aber dann hatte Pitty noch mal angerufen und angefangen zu betteln.

Als Sven ihn an der Landstraße zwischen Lutterbek und Heikendorf endlich gefunden hatte, wurde schnell klar, dass das Auto einen Totalschaden hatte. Es sah ganz danach aus, als hätte jemand an den Reifen herumgeschnitten. Einer der Hinterreifen war offenbar bei voller Fahrt geplatzt. Aber Pitty hatte gesagt, das sei Quatsch, er sei ein bisschen angetrunken gewesen und deshalb von der Straße abgekommen. Auf keinen Fall wolle er Ärger deswegen, der Wagen sei sowieso uralt und schon vor der Landung im Graben eigentlich schrottreif gewesen. Sven hatte Pittys Kratzer auf der Stirn verarztet, war nach Hause gefahren und hatte kein Wort mehr über den Zwischenfall verloren.

Im Player lief das nächste Lied. Nick Cave, »The Mercy Seat«, der Song über einen Todeskandidaten kurz vor der Hinrichtung, mitreißend voranstürzende Klänge von Verzweiflung und Wut. Ein Lied, das ihm immer eine Gänsehaut über den Rücken jagte. Er fuhr auf dem autobahnartig ausgebauten Abschnitt der B 502 und trat das Gaspedal voll durch. Doch der Rausch dauerte nicht lange. Auf der Schwentinebrücke war Stau. Nach einer gefühlten Ewigkeit erreichte er sein Ziel, den Parkplatz beim Bunker, wo sich ihr Probenraum befand. Dort stand bereits der Bus von Max.

Der Bunker lag im Abendlicht, ein grauer Klotz zwischen den Häusern. In den Rissen und Spalten der schrundigen Betonhülle leuchteten Kalkablagerungen. Aus den Gärten ringsum drang der frühlingshafte Geruch von gemähtem Gras und blühenden Bäumen. Sven Hollmann stieg aus dem Wagen und bog um die Ecke des wuchtigen

Gebäudes. Dort, neben dem Eingang, lehnte Pittys Fahrrad an der Wand. Der Betonklotz war mit einer verrosteten Eisentür gesichert. Schon oft hatte es ihn, den Lehrer, gereizt, in der Schule ein Stück Kreide mitzunehmen und etwas auf diese rostrote Tür zu kritzeln, ein schönes, fettes Tag, eine alte Politparole, irgendetwas Versautes oder einfach nur »Punk's still alive«.

Natürlich war es nur so ein dummer Gedanke. Lehrer bekritzelten schließlich keine Türen oder Wände, aber vielleicht gerade deswegen spürte er immer wieder diesen bohrenden Wunsch, es doch zu tun. Kreide auf Rost, so unschuldig und doch so verführerisch. Die massive Eingangstür war mit einem stabilen Schloss gesichert, und normalerweise stand sie offen, wenn sich Leute im Gebäude befanden. Jetzt allerdings war sie zu.

Doch das war nicht das Einzige, was ihn stutzen ließ. Jemand hatte seine Idee mit der Verzierung der Tür aufgegriffen und in die Tat umgesetzt. Doch derjenige hatte die Buchstaben quer über Tür, Rahmen und Bunkerwand gepinselt. Die knallrote Farbe floss noch in feinen Rinnsalen über Rost und Beton, und wenn es nicht so nach Ölfarbe gerochen hätte, hätte man glauben können, es handelte sich um Blut.

»Tötet die Kiel Town Boyz, denn sie sind Mörder!«

Sven spürte, wie seine Kopfhaut anfing zu jucken. Er schluckte gegen das Gefühl von Lähmung an, das plötzlich in ihm aufstieg.

Wer hatte das geschrieben?

Er sah sich um. Die Kleingärten lagen verlassen in der Abendsonne. Kein Mensch weit und breit. Nur nerviges Vogelzwitschern.

Pitty und Max waren doch sicher längst drinnen im Probenraum, denn draußen standen ja ihre Fahrzeuge. Und bestimmt hatten sie wie immer, wenn die Band noch nicht vollzählig versammelt war, den Schlüssel von außen im Schloss stecken lassen. Der Bunker besaß keine Klingelanlage, und Mobiltelefone hatten drinnen keinen Empfang.

Wer hatte abgeschlossen?

Sven Hollmann fingerte nach dem Schlüsselbund in seiner Hosentasche. Er besaß einen Zweitschlüssel. Den hatte er sich heimlich anfertigen lassen, als Pitty ihm den Bunkerschlüssel einmal für ein paar Tage überlassen hatte. Er hatte kein schlechtes Gewissen deswegen. Den Schlüssel hatte er nur nachmachen lassen, weil er die Kontrolle behalten wollte und weil er dadurch eine Art Fluchtpunkt hatte, falls es zu Hause doch mal alles aus dem Ruder laufen sollte. Ab in den Probenraum, auf sicheres Territorium sozusagen, das würden die anderen dann schon verstehen.

Sven schloss auf und trat ein. Feuchte, grau schmeckende Luft strömte ihm entgegen. Eine Funzel beleuchtete Gang und Treppenaufsatz. Es war ganz still. Aber die Kumpel mussten doch hier sein.

»Hallo?«, rief er, als er die Treppe nach oben stieg.

Keine Antwort. Die stickige Luft ließ ihn kaum atmen. Er schluckte. Bisher hatte ihn der feuchte Muff nie gestört, aber plötzlich, allein in dem dunklen Treppenaufgang, kehrte eine Erinnerung zurück. Ein anderer Gang in einer anderen Zeit. Die Luft schwer vom Rauch der Zigaretten. Bloß daran nicht denken. Der Gang, das Schwarzlicht, die Enge. Warum waren diese Räume immer alle mit Schwarzlicht beleuchtet gewesen? Grelle Fusseln auf den Pullovern, lila leuchtende Zähne und weiße Flecken im Gesicht. Vielleicht, damit man Siff und Dreck nicht sehen konnte. Klos waren damals keine Orte der Zivilisation gewesen, und in ihrem Halbdunkel war alles möglich gewesen.

Im oberen Stockwerk des Bunkers war das Licht offenbar ausgefallen. Sven tastete sich ein kurzes Stück an der Wand entlang. Der Beton schien alle Geräusche zu schlucken, es war totenstill. Sein Herz schlug schneller, als er die Tür des Probenraums aufschob und hineinlugte.

Wieherndes Gelächter schlug ihm entgegen. Pitty stand da, die Gitarre vor dem Bauch, Max saß am Schlagzeug. Die beiden wollten sich ausschütten vor Lachen.

»Na, Sven, haste Angst?«, fragte Pitty und grinste breit.

Max kicherte, legte den Kopf in den Nacken und ließ Bier aus einer Flasche in sich hineinlaufen.

»Idioten«, sagte Sven. »Warum habt ihr euch eingeschlossen?«

»Wir wollten nur mal feststellen, wer noch einen Schlüssel hat«, sagte Pitty und musterte Sven mit durchdringendem Blick. Lauernde Schweinchenaugen, dachte Sven, die hatte Pitty schon immer gehabt.

»Ich hab einen nachmachen lassen, für den Notfall«, gab Sven zu.

Pitty nickte nur und grinste vielsagend.

»Habt ihr gesehen, was draußen an der Tür steht?«, fragte Sven jetzt so ruhig wie möglich und blickte von einem zum anderen.

Die Gesichter der beiden blieben ausdruckslos. Nur Pitty fuhr beiläufig mit der Hand durch die Luft.

»Kinderkacke«, sagte er leichthin. »Interessiert doch keine Sau.«

»Mich schon«, murmelte Sven, stellte seinen Gitarrenkoffer ab und langte nach der Bierkiste, die hinter der Tür stand. Er brauchte jetzt etwas zur Beruhigung.

»Da bist du wohl der Einzige«, antwortete Pitty, aber er grinste nicht mehr. »Trink was und lass uns endlich anfangen.«

5

»Über sieben Brücken musst du gehn …«

Olga Island kämpfte sich auf der Bundesstraße in Richtung Süden voran.

»Sieben dunkle Jahre überstehn …«

Es war halb vier am Nachmittag, und es herrschte reger Feierabendverkehr. Aus den Lautsprecherboxen dröhnte einer dieser Radiosender, die Olga niemals freiwillig gehört hätte. Doch es hatte sich herausgestellt, dass Smilla deutsche Schlager mochte. Immer wenn bei der Autofahrt Oldies ertönten, schlummerte sie schon bald in ihrer Babyschale ein. Auch jetzt hatte es gerade wieder gut funktioniert. Das Problem war nur, dass das Kind aufwachte, sobald Olga es wagte, das Programm zu wechseln. Und dann war sie alles andere als vergnügt. Deshalb ertrug Olga nun stoisch die Hits der Siebziger- und Achtzigerjahre. Für einen ruhigen Babyschlaf war schließlich jedes Mittel recht.

Mit fünfundfünfzig Stundenkilometern schlich sie hinter litauischen Lastwagen her. Der Verkehr auf diesem Abschnitt der Bundesstraße war unübersichtlich wie eh und je und jedes Überholmanöver ein waghalsiges Experiment mit offenem Ausgang. Olga seufzte. Der Ausbau der Straße, die täglich Tausende Pendler befuhren, war nicht das einzige Verkehrsprojekt in dieser Gegend, das ewig nicht vorankam. Wer interessierte sich in Berlin oder Brüssel schon für Schleswig-Holstein? Nördlich der Elbe war Fischkopfland, und das gehörte doch irgendwie schon fast zu Dänemark. Da fuhr man langsam, basta.

Später bog sie links ab und kurvte über die Landstraße in Richtung Plön. Zu beiden Seiten der gewundenen Straße leuchteten Rapsfelder in der Nachmittagssonne. Der Winter war ungewöhnlich lang und kalt gewesen und hatte das Wachstum der Ölsaaten um einige Wochen verzögert. Doch nun drang der Pflanzengeruch durchs leicht geöffnete Fenster herein, intensiv und berauschend. Smilla in ihrer Babyschale nieste zweimal im Schlaf. Olga hoffte, dass das keine Allergie war.

In der Ortsmitte von Ascheberg entdeckte sie einen Edeka-Supermarkt und bog auf den Parkplatz ein. Sie stieg aus und setzte Smilla, die aufgewacht war, aber erstaunlich friedlich blieb, in den Tragesack vor ihrer Brust. Im Supermarkt schnappte sie sich einen Einkaufswagen und schob ihn durch die engen Gänge. Kaum bin ich auf dem Land, schon habe ich ein Urlaubsgefühl, dachte sie und fahndete nach Obst, Mineralwasser und Windeln. Als sie am Regal mit den Knabbersachen vorbeikam, zwang sie sich weiterzugehen. Keine Chips oder Nüsse vor der Glotze mehr, lautete die Devise. Während der Schwangerschaft hatte sie dreißig Kilo zugenommen. Und selbst jetzt, fast neun Monate nach der Entbindung, hatte sie immer noch ziemliche Polster. Das Schlimme war, dass keine einzige ihrer alten Jeans mehr passen wollte, wo sie doch eine ganze Kollektion davon im Schrank hatte. Sollten die schönen Hosen etwa alle im Altkleidercontainer landen?

Allein deswegen war sie wild entschlossen, öfter und länger spazieren zu gehen, und hatte schon bei der Anschaffung des Kinderwagens nicht gespart. Sie hatte ein sportliches, dreirädriges Modell gewählt, mit dem sie so oft wie möglich an der Kiellinie entlangging. Dabei versuchte sie sogar, ab und zu in den Laufschritt zu wechseln. Aber aus einem ihr nicht nachvollziehbaren Grund bekam Smilla jedes Mal einen Schreianfall, wenn Olga loslaufen wollte. Die kleine Prinzessin auf der Erbse bevorzugte es, in gemächlichem Tempo über einen möglichst holprigen Untergrund geschoben zu werden, am liebsten querfeldein durch das Düsternbrooker Gehölz. Jedes Kind hatte wohl andere Vorlieben.

Olga bezahlte an der Supermarktkasse und schob den Einkaufswagen zum Packtisch vor dem Fenster. Neben dem Tisch hing ein Schwarzes Brett, das mit Zetteln übersät war. Dinge aller Art wurden hier angeboten: gebrauchte Kinderkleidung, Gartengeräte, Segelzubehör, Kleintiere, Wohnungen. Auf einem Din-A4-Blatt informierte die Volkshochschule Ascheberg über Kurse im laufenden Semester. »Fischreusen selber bauen« konnte man da lernen oder »Trendmützen häkeln«. Vielleicht ziehen Smilla und ich eines Tages aufs Land, dachte Olga, dann macht Smilla bei der Jugendfeuerwehr mit, und ich singe in einem Chor. Wir werden einen Hund haben und vielleicht ein Zwergkaninchen.

Zwischen den Zetteln hing ein kleines Plakat. Am vergangenen Mittwoch, dem Abend vor Himmelfahrt, hatten die Kiel Town Boyz im Landgasthof Zur Linde in Ascheberg gespielt. »Punk-Mucke vom Feinsten, die auch rockt«, lautete die Überschrift. Olga strich mit der Hand über Smillas weichen Kopf. Natürlich liebte sie ihren kleinen Schlager- und Volksmusikfan. Trotzdem wäre sie selbst gern mal wieder auf ein schönes, lautes Konzert gegangen. Punk, Metal oder Techno – das war ihr fast egal.

Als Teenager war Olga auch eine Zeit lang in Sachen Punk unterwegs gewesen. Sie war bei ihrer Tante Thea in Laboe aufgewachsen. Zusammen mit ihrer Schulfreundin Lina war sie in ihrer Sturm-und-Drang-Phase fast jedes Wochenende von Laboe nach Kiel getrampt. Dann waren sie dahin gegangen, wo es die wildesten Konzerte gegeben hatte, den meisten Spaß. Tante Thea, damals spießige Gymnasiallehrerin, hatte für solche Unternehmungen natürlich überhaupt kein Verständnis gehabt. Deshalb hatte Olga zu Hause auch nie erzählt, wo sie sich in der Nacht herumgetrieben hatte. Wie oft hatte sie sich mit Lina davongeschlichen?

Die Alte Meierei am Theodor-Heuss-Ring war so ein Ort gewesen, den sie oft angesteuert hatten, ein Platz zum Anderssein. Roh, schrottig und kaputt. Und gerade deswegen genau richtig. Mit den versifftesten Klos weit und breit, ausgeschlachteten Autowracks und Feuertonnen vor der Tür. Ein bisschen Bronx an der Stadtautobahn. Für eine Nacht war man dem spießigen, mit Stilmöbeln vollgestellten Tantenwohnzimmer und der ganzen bürgerlichen Existenz glücklich entronnen. Es hatte sich gut angefühlt, dort zu sein, Zigaretten zu rauchen und Bier aus der Flasche zu trinken. Es war wie ein Aufatmen gewesen.

Bis zu einem bestimmten Tag, den Olga am liebsten aus ihrem Gedächtnis gestrichen hätte, dem Abend, als dort die Bühne gebrannt hatte. Danach war Olga nicht mehr dorthin gegangen. Irgendwelche durchgeknallten Typen von irgendeiner durchgeknallten Band, deren Namen sie vergessen hatte, hatten während ihres Auftritts Feuerwerkskörper gezündet und damit die hölzernen Planken des Bühnenaufgangs in Brand gesetzt. Das Konzert war in vollem Gange gewesen, der Raum gefüllt mit feiernden, teils betrunkenen Menschen, im angrenzenden Trakt des Hauses hatten einige der Bewohner schon in ihren Betten gelegen. Sie alle hatten einen Schutzengel gehabt. Manche behaupteten, der Brand sei mit Bier gelöscht worden.

Später, in Berlin, hatte es auch Orte gegeben, an denen man der Punkmusik gehuldigt hatte, aber ihr selbst waren andere Musikstile wichtiger geworden. Techno, Dub, House, elektronische Musik, Disko.

Punk-Mucke vom Feinsten im Landgasthof – Olga lächelte in sich hinein. Sie hätte eh keine Zeit gehabt. Aber vielleicht wäre es aufregend gewesen, dabei zu sein.

Sie lud den Einkauf in den Kofferraum, hob den Kinderwagen heraus und setzte Smilla hinein. Nach einer kurzen Strecke kamen sie unten am See an. In einer Warmhaltebox hatte Olga ein angewärmtes Glas Gemüsebrei dabei. Natürlich hatte das Kind schon wieder Hunger und schrie das ganze letzte Stück bis zum Seeufer. Olga fand eine Bank im Schatten und fütterte Smilla. Anschließend setzte sie die Kleine in den warmen Sand der Badestelle, ließ sie herumkrabbeln und spielte mit ihr. Als Smilla müde wurde, setzte sie sie wieder in den Wagen und schob ihn den Weg am See entlang. Das Wasser in den kleinen, baumbestandenen Buchten war so klar, dass man die Muscheln auf dem Seegrund sehen konnte. Olga hielt prüfend eine Hand hinein, doch zum Baden war es noch zu kalt. Sie konnte verstehen, warum Menschen hierherkamen, um Urlaub zu machen. Dies war eine friedliche Gegend, ein Ort zum Entspannen.

Ihr Handy klingelte.

»Olga! Hallöchen!«

Tante Thea klang munter wie immer, seit sie Laboe den Rücken gekehrt hatte und nach Berlin gezogen war. Dort lebte sie im Berliner Wedding das Leben der Seniorenbohème. Sie bewohnte mit ein paar Damen ihres Alters als Senioren-WG eine Fabriketage und war stets mit ihren vielfältigen Kunst-, Kultur- und anderen Projekten beschäftigt, die sie ganz und gar auslasteten. Dazu kam seit etwa einem Jahr ihr neuer Lebensgefährte, Dr. Rudolf Bodenfels.

»Hallo, Thea, wie geht es dir?«, fragte Olga.

»Gut, meine Liebe«, antwortete die Tante, »aber was plätschert es bei dir denn so im Hintergrund? Sitzt du schon wieder an der Förde herum?«

»Ausnahmsweise ist es der Plöner See«, antwortete Olga und schluckte den Ärger über die versteckte Kritik hinunter. Hielt Thea sie etwa für faul?

»Das ist aber ein Zufall, was machst du denn da?«, wollte die Tante wissen.

»Ich bin mit Smilla ein bisschen rausgefahren, ins Grüne.«

»Ist doch schön, wenn du nicht ständig arbeiten musst. Immer nur Mord und Totschlag. Das ist nichts auf die Dauer. Und nur in deiner vollgerummelten Bude hocken, ist auch nicht gut. Hast du denn jetzt endlich eine Putzfrau?«

Tante Thea hatte sie besucht, als Smilla drei Wochen alt gewesen war. »Wie das hier aussieht«, hatte sie sich ein paar Mal beschwert, obwohl das Chaos in der Wohnung noch nicht halb so groß gewesen war wie jetzt. Damals waren es nur Wäscheständer mit Babybodys und Strampelhosen gewesen, aber noch keine Aktenberge.

»Warum rufst du an?«, entgegnete Olga, ohne auf den Kommentar mit der Putzfrau einzugehen.

»Stell dir vor, es ist so weit, wir kommen mal wieder nach Schleswig-Holstein!«, flötete Thea lauthals.

»Schön, wann denn?«

»Rudolf ist Pfingsten immer mit seinem Männerchor unterwegs, den Wilmersdorfer Sängern. Diesmal haben sie einen Auftritt in der alten Dorfkirche in Bosau am Großen Plöner See. Da fahre ich mit und organisiere das Damenprogramm.«

»Super, und da dachtet ihr … da wolltet ihr vielleicht …«

»Nein, keine Angst. Wir kommen nicht nach Kiel, sondern übernachten vor Ort auf dem Campingplatz. Rudolf hat uns dort einen Campingwagen gemietet. Luxusklasse. Das ist doch mal was anderes. Ich habe ewig nicht gecampt.«

»Ich auch nicht«, sagte Olga. Sie war ein bisschen enttäuscht, dass Thea zwar in den Norden kam, sie aber gar nicht besuchen wollte. So schlimm war ihre Wohnung nun auch nicht gewesen. Immerhin würde sie auf diese Weise zu Pfingsten ihre Ruhe haben.

»Wenn ihr beiden Hübschen Zeit und Lust habt, kommt doch bei uns vorbei«, schlug Thea vor. »Wir haben Platz genug im Campingwagen, und es ist sicher schön in Bosau. Falls du Pfingsten was vorhast, kann ich ja auch mal auf die Kleine aufpassen.«

»Das wär schon nett«, sagte Olga. »Kann gut sein, dass wir vorbeikommen. Ist ja nicht weit zu fahren.«

»Wunderbar«, sagte Thea, »dann gib mir doch jetzt bitte mal die Süße.«

Olga drückte Smilla den Hörer ans Ohr und hörte, wie

Thea am anderen Ende der Leitung laut und ohne Hemmungen ein Kinderlied sang. Smilla lächelte verzückt.

Eine Stunde später lenkte Olga Island den Wagen durch Dersau und bog in eine schmale, asphaltierte Straße ein, die über mindestens sieben Hügel auf und ab bis nach Sepel führte. Die Sonne schien, und die Vegetation war so saftig grün, dass es fast nicht zum Aushalten war.

Sepel war ein beschaulicher Ort. Es gab einen Bauernhof, auf dem man Ferienwohnungen mieten konnte, und eine Bushaltestelle. Manche der Ein- und Zweifamilienhäuser wirkten so, als würden sie eher als Ferien- oder Wochenendhäuser genutzt und nicht unbedingt zum dauerhaften Wohnen.

Das Haus Am Siemsbarg 15 duckte sich hinter eine wuchernde Weißdornhecke. Olga Island parkte den Wagen auf dem schmalen Sandstreifen am Straßenrand, bugsierte die schlafende Smilla wieder vorsichtig in den Tragesack und schnallte ihn sich vor den Bauch. Das Gartentor quietschte beim Öffnen. Sie ging über den kurz gemähten Rasen zum Eingang des gelb gestrichenen Holzhauses. Kaum hatte sie die Haustür erreicht, wurde diese aufgerissen, und ein mittelgroßer Mann von etwa fünfzig Jahren mit kurzem, grauem Haar stand im Türrahmen.

»Kripo Kiel. Guten Abend«, sagte Olga Island. »Herr von Mansfeld?«

Der Mann nickte und musterte sie abschätzig von Kopf bis Fuß. Sie spürte, dass sie wütend wurde. Was für ein dummer Fehler, sich von so einem hierherlocken zu lassen. Gemeinsame Berliner Bekannte hin oder her – sie würde ihm nicht helfen können. Die Probleme dieser Familie sollten sie überhaupt nicht interessieren. Sie war Polizistin und keine Sozialarbeiterin.

»Ich dachte schon, Sie kommen nicht mehr.«

Und schon wieder dieser vorwurfsvolle Ton. Smilla versuchte, ihren Kopf in Richtung der fremden Stimme zu drehen. Von Mansfelds Gesicht hellte sich auf.

»Eine Kommissarin mit Baby«, sagte er und klang plötzlich gerührt. »Wie heißt denn die süße Kleine?«

»Darf ich reinkommen?«, fragte Olga.

Er machte eine einladende Handbewegung.

In der Diele roch es nach Nudelwasser und überhitzten Herdplatten. Er führte sie in ein Wohnzimmer mit bodentiefen Sprossenfenstern. Draußen auf der Terrasse standen dunkle Holzmöbel und ein Strandkorb.

»Bin gleich wieder da.«

Er eilte in die Küche, aus der kurz darauf Dampfschwaden herüberzogen.

Olga wiegte ihre Tochter und sah sich um. Auf dem Esstisch im Wohnzimmer standen Marmeladengläser, ein leerer Brotkorb und mehrere verklebte Kaffeebecher, offenbar alles Überreste eines länger zurückliegenden, nicht abgeräumten Frühstücks. Auf dem Couchtisch drängten sich benutzte Gläser, leere Limonadenflaschen und zerknüllte Chipstüten. Kissen und Wolldecken waren auf dem vollgekrümelten Sofa verteilt, als hätte gerade eine Kissenschlacht stattgefunden.

Da die Tür offen stand, ging Olga mit Smilla hinaus. Ein nagelneues Geländer aus Plexiglas schützte die Terrasse vor den kühlen Winden, die vom See heraufwehten. Der Blick von hier oben ging über eine weitläufige Bucht mit baumbestandenen Inseln. Die Häuser auf der anderen

Seite des Sees gehörten vermutlich zu den Ortschaften Ascheberg und Plön. Nicht schlecht, dachte Olga Island. Das winzige Dorf Sepel war ein weiterer unvermutet schöner Ort im Land zwischen den Meeren.

Am Seeufer unterhalb der Terrasse befand sich ein perfekt gemähter Rasen. Dort waren zwei Halbwüchsige damit beschäftigt, die Rümpfe zweier Paddelboote zu reinigen.

»Tolle Aussicht«, sagte Olga, als von Mansfeld neben sie trat.

»Nicht wahr?« Er bedeutete ihr, im Strandkorb Platz zu nehmen, während er sich einen Holzstuhl heranzog. »Wir wissen diesen Ort zu schätzen«, fuhr er fort, »und kommen her, sooft wir können.«

»Sie mieten immer dasselbe Haus?«

»Es gehört uns. Seit zehn Jahren verbringen wir jede freie Minute hier. Die Kehrseite ist, dass an so einem Sommerhaus immer irgendetwas zu tun ist.«

Olga nickte. Du Armer, dachte sie, tust mir wirklich leid. Kaum hat man Besitz, muss man sich drum kümmern. Die Last der Wohlhabenden.

Der Mann war allerdings nicht besonders schick oder exklusiv gekleidet. Er trug ein hellblaues Freitzeithemd zu schwarzer, ausgebeulter Jeans. Er war nicht der Typ, mit dem sie sich auf Grillpartys oder bei Nachbarschaftsfesten freiwillig unterhalten hätte, denn er besaß etwas durch und durch Graues und Langweiliges, das sie abstieß.

»Ihre Kinder haben jetzt schon Ferien?«

»Sie gehen in Berlin auf eine Privatschule, die ihnen über Pfingsten ein paar freie Tage gewährt. Das halte ich in Anbetracht der Schönheit der Natur um diese Jahreszeit für sehr sinnvoll und berechtigt.«

Er machte eine vage Bewegung über den See.

Olga nickte wieder. Privatschulen für Kinder betuchter Eltern waren besonders in Berlin beliebt und verbreitet. Wo würde Smilla zur Schule gehen und mit wem?

»Dann erzählen Sie mal. Was ist mit Ihrer Frau?«

Von Mansfeld setzte sich auf den schweren, dunklen Holzstuhl, beugte sich vor und machte ein ernstes Gesicht.

»Eva ist am Samstag um kurz vor zwei mit dem Rad los. Das Wetter war schön, und sie wollte ein bisschen Bewegung. Meine Tochter Hazel hat mir erzählt, dass Eva eine Kleinigkeit für meinen Geburtstag in der nächsten Woche besorgen wollte.«

Der Mann sprach ruhig und gefasst, aber im Kontrast zu seiner schleppenden Erzählweise glitt sein Blick unruhig über den Horizont, als erwarte er dort etwas, vielleicht ein Boot, ein Zeichen, seine Frau.

»Bevor Eva aufbrach, haben wir mittaggegessen, und ich habe mich anschließend ein wenig aufs Ohr gelegt«, fuhr er fort. »Gegen drei Uhr bin ich mit den Kindern nach Bad Segeberg gefahren. Sie haben sich dort die Fledermäuse in den Höhlen am Kalkberg angesehen. Ich war währenddessen im großen Möbelhaus in der Innenstadt. Das Rollo im Schlafzimmer ist kaputt, und außerdem wollte ich mich in Sachen Deko etwas inspirieren lassen. Man braucht doch immer mal was Neues. Außerdem esse ich gern die Erbsensuppe im dortigen Restaurant.«

»Zur besten Kaffeezeit?«, fragte Olga.

»Erbsensuppe schmeckt immer«, entgegnete von Mansfeld.

»Wann sind Sie zurückgekommen?«

»Kurz nach der Tagesschau.«

»So spät?«

»Die Kalkberghöhlen schließen um achtzehn Uhr. Ich habe die Kinder abgeholt, und wir sind an den Stocksee gefahren. Dort haben wir gebadet, bevor wir in einem Gasthof in Dersau eine Kleinigkeit zu Abend gegessen haben.«

»Gebadet?«, fragte Olga ungläubig. »War das nicht ziemlich kalt?«

»Fünfzehn Grad hat das Wasser. Daran kann man sich gewöhnen. Ganz erfrischend, wenn man nicht zu lange drin bleibt.«

»Warum haben Sie denn nicht hier im See gebadet?«

Von Mansfeld zuckte die Schultern.

»Am Stocksee ist es besonders schön.«

»Und unter Appetitlosigkeit scheinen Sie auch nicht zu leiden. Mittagessen, Erbsensuppe, Abendessen …«

»Die Landluft.« Er verzog den Mund zu einem schiefen Lachen.

Olga beugte sich im Strandkorb vor und wippte Smilla auf ihren Knien.

»Und dann?«

»Als wir zu Hause waren, sind die Kinder rüber zu den Nachbarn. Sie haben mit ihren Freunden dort ferngesehen und auch da übernachtet.«

»Und Sie haben auf Ihre Frau gewartet, die aber nicht nach Hause kam?«

»So war es.«

»Haben Sie sich in der letzten Zeit mit Ihrer Frau gestritten?«

»Nein, gar nicht. Warum?«

»Ich werde auch Ihre Kinder fragen.«

Er schüttelte den Kopf.

»Auseinandersetzungen gibt es in jeder Ehe, das gehört doch dazu.«

»Was war diesmal der Grund?«, bohrte Olga nach.

»Das Rollo war defekt. Sie wissen, wie das ist. Kümmer dich doch auch mal, ich hab schon die Reparatur der Terrasse geregelt. So was in der Art eben.«

»Was war mit der Terrasse?«

»Der Bodenbelag hatte einen Frostschaden. Und wie man sieht, wurde die Umrandung erneuert. Eva ist deshalb bereits am Dienstag angereist und hat die Bauarbeiten beaufsichtigt. Ich bin am Freitag mit den Kindern nachgekommen.«

»Da hatte Ihre Frau dann schon eingekauft, geheizt, aufgeräumt und den Frühjahrsputz gemacht?«

Er nickte.

»Ja, die Putzfrau, eine Nachbarin aus dem Dorf, kommt immer nur bei der Abreise. Das machen wir dann nicht mehr selbst. Man möchte es am Ende der Reise ja etwas bequem haben.«

»Hatten Sie denn nun Streit mit Ihrer Frau?«

»Wie kommen Sie auf so eine dumme Frage? Ich mache mir furchtbare Sorgen, und Sie kommen mit solchen Abwegigkeiten. Was soll das werden? Eine Anklage?« Er sah sie feindselig an.

»Ich versuche nur, mir ein Bild zu machen.«

Die beiden Jugendlichen, die die Boote gereinigt hatten, ein Junge und ein Mädchen, kamen den grasbewachsenen Hang zur Terrasse herauf. Sie schleppten Paddel und Seesäcke, grüßten wohlerzogen und legten das Gepäck hinter dem Strandkorb auf den Boden.

Der Junge mochte etwa fünfzehn Jahre alt sein. Er hatte schwarzes, kurz geschnittenes Haar und schmale Schultern. Das Mädchen war blond, kaum größer als ihr Bruder und kräftiger. Beide wirkten schüchtern und verschlossen.

Von Mansfeld stellte die beiden als Robin und Hazel vor.

»Frau Island von der Polizei möchte euch ein paar Fragen stellen«, sagte er forsch.

»Was ist hier eigentlich los?«, fragte Olga und blickte vom einen zum anderen.

Der Junge hob hilflos die Achseln.

Das Mädchen war etwas gesprächiger.

»Meine Mutter ist Samstag weg nach Plön«, sagte sie und fuhr sich mit dem Handrücken über die Nase.

»Was wollte sie da?«

»Shoppen.«

»Was Bestimmtes?«

Das Mädchen warf ihrem Vater einen schnellen Blick zu.

»Bilder oder so.«

»Bilder?«

»Eva fährt in den Ferien immer mindestens einmal in die Galerie am Markt«, erklärte David von Mansfeld. »Sie kennt die Galeristin seit Jahren. Die beiden sind fast so etwas wie Freundinnen. Hin und wieder kauft sie ein bisschen Kunst. Und offenbar wollte sie jetzt ein Gemälde zu meinem Geburtstag kaufen.«

Olga Island waren im Haus weder Bilder noch Kunstobjekte aufgefallen. Im Gegenteil, die in schlichtem Weiß gestrichenen Wände wirkten leer und kahl.

»Sicher waren Sie schon in der Galerie und haben nachgefragt, ob Ihre Frau tatsächlich da war, oder?«

Der Mann kratzte sich am Hinterkopf.

»Ich habe die Galeristin, Hedwig Luther, am Samstagabend auf dem Handy erreicht. Sie hat gesagt, meine Frau habe bei ihr gegen fünfzehn Uhr einen Kaffee getrunken. Bald darauf sei sie wieder aufgebrochen.«

»Mehr hat sie nicht erzählt?«

Von Mansfeld schüttelte den Kopf.

»Wo befindet sich diese Galerie?«

»In Plön am Markt, direkt hinter der Kirche.«

»Gibt es noch etwas, was ich wissen sollte?«

Von Mansfeld saß steifbeinig auf dem Stuhl und stützte die Ellbogen auf die Knie. Während das Mädchen gespannt das Gespräch verfolgte, schien der Junge gedanklich abwesend.

»Sie kennen das Gerede über den Maskenmann?«, begann von Mansfeld. »In der Gegend treibt sich ein Mann herum, der eine Wolfsmaske trägt. Er steht nachts an Bushaltestellen und an Fahrradwegen herum und verbreitet Angst und Schrecken.«

Olga Island erinnerte sich an einen Artikel in der Kieler Tageszeitung, in dem von solchen Gerüchten die Rede gewesen war. Ein Mann mit einer Maske war in der Gegend um Ascheberg aufgefallen, aber bisher war niemand zu Schaden gekommen.

»Ich habe das alles schon am Telefon erzählt. Aber es hat keinen interessiert«, beschwerte sich von Mansfeld. »Schon gar nicht diesen Kommissar von der Vermisstenstelle. Der hat das als völlig abwegig abgetan.«

»Was für ein Fahrrad fährt Ihre Frau?«

Der Mann zog ein Smartphone aus der Innentasche seiner Jacke und zeigte ihr das Foto einer schlanken, sportlich aussehenden Mittvierzigerin, die auf dem Sandstreifen vor dem Holzhaus neben einem hellgrünen Damenfahrrad stand. Ihr Gesichtsausdruck war ernst, die Augen dunkel geschminkt oder verschattet.

»Um was für eine Marke handelt es sich bei dem Rad?«

»Das ist eine Spezialanfertigung aus einer Fahrradmanufaktur in Hamburg. Wir haben es vor zwei Jahren bei einem Fahrradhändler in Plön in der Fußgängerzone gekauft.«

»Hätten Sie eine Rahmennummer für mich?«

»Der Fahrradpass und die Quittung müssten in der Küchenschublade liegen. Da sollte die Rahmennummer ja draufstehen, denke ich.«

Er wischte über das Display.

»Ist das ein aktuelles Bild?«

»Ja, kurz bevor sie losgefahren ist, hat meine Tochter sie mit meinem Handy fotografiert.«

»Das ist ja ein schöner Zufall, dass dieses Foto gemacht wurde«, bemerkte Olga.

Dem Mann entfuhr eine Art zufriedenes Seufzen.

»Ja, nicht wahr? Eva trug genau diese Sachen: die schwarze Fahrradhose, die rote Trainingsjacke, das geblümte Halstuch und den gestreiften Helm. Und sie hatte ihren schwarzen Rucksack dabei. Sie glauben jetzt also doch, dass ihr etwas passiert sein muss?«

»Ich habe keine Ahnung«, antwortete Olga Island stirnrunzelnd, »würde es aber gern ausschließen.«

Er lehnte sich in seinem Stuhl zurück und streckte die Beine aus.

»Meine Eva«, sagte er inständig, »wann kommt sie endlich zu mir zurück?«

6

Kurz darauf war Olga Island auf dem Weg von Sepel nach Plön. Von der Landstraße aus sah man immer wieder über den See und die blühenden Rapsfelder. Wasser, Wiesen, Wälder und ein weiter Horizont. Wie schön wäre es jetzt, hier mit einem Fahrrad unterwegs zu sein. In dieser frischen Frühlingsluft, die einen fast kirre machte. Ein blattgrünes Damenrad hatte Eva von Mansfeld gefahren, als sie aufgebrochen war. Auf dem Foto hatte sie vor dem Haus gestanden wie eine Puppe. Sie hatte alles andere als fröhlich ausgesehen und eigentlich gar nicht wie eine Urlauberin, die sich auf die kommenden Tage mit der Familie freut. Es wirkte fast so, als hätte man sie fotografiert, um die Kleidung, die sie trug, zu dokumentieren. Ob sie zu dem Zeitpunkt schon geahnt hatte, dass sie verschwinden würde? Ein seltsamer Gedanke.

In Plön parkte Olga den Wagen auf dem großen Parkplatz nördlich der Innenstadt. Sie schob den Kinderwagen durch einen der schmalen Gänge zwischen den Häusern und erreichte die Fußgängerzone um kurz vor achtzehn Uhr. Die meisten Läden waren gerade dabei zu schließen. Nach wenigen Schritten stand sie auf dem Marktplatz vor der Kirche. In der Ladenzeile zum See hin gab es eine Bank, einen Optiker und einen leer stehenden Blumenladen. Daneben hatte früher offenbar ein Schlachter namens Blunk seinen Laden gehabt, wie eine verblichene Leuchtreklame über dem Schaufenster noch immer verkündete. Das Schild in der Eingangstür mit der Aufschrift »Galerie

Hedwig Luther. Kunst am Markt« zeigte an, wer inzwischen die Räumlichkeiten pachtete.

Während Olga sich damit abmühte, den Kinderwagen über die Schwelle zu wuppen, eilte ihr eine große, schlanke Frau mit dunkler Bobfrisur und Hornbrille zu Hilfe und hielt die Tür auf.

»Guten Abend«, sagte sie mit leicht abwesendem Gesichtsausdruck.

»Schön, dass Sie noch geöffnet haben«, entgegnete Olga.

»Eigentlich mache ich gerade Schluss, aber sehen Sie sich gern um«, antwortete die Dunkelhaarige.

Olga stellte den Kinderwagen am Eingang ab, schlenderte umher und betrachtete die Exponate an den Wänden. Der Geruch von abgebrannten Räucherstäbchen lag in der Luft, und aus einem Hinterzimmer säuselte leise Meditationsmusik. An den weiß gekalkten Wänden hingen blasse Zeichnungen in schlichten, silbernen Metallrahmen. Ein paar Leinwände zeigten abstrakte Flächen in Schwarz und Weiß, auf kleinen Holztafeln waren gemalte Motive aus Plön und Umgebung abgebildet: das weiße Schloss über dem See, die Stadtkirche und das Niedersächsische Bauernhaus, ein weithin bekanntes Restaurant und Ausflugsziel auf der Prinzeninsel.

Die Frau mit dem Brillenbrikett auf der Nase hatte sich wieder hinter ihren Schreibtisch zurückgezogen und war ganz in ihren Tablet-PC versunken. Hinter ihr an der Wand hing ein Regal mit Kunstkatalogen und Büchern, daneben befand sich ein Bord mit Kaffeeautomat und Wasserkocher.

Olga räusperte sich.

»Eine Frage …«

»Eine Toilette haben wir leider nicht, aber drüben im Café am Markt können Sie sicher gern …«

»Danke, darum geht es nicht«, entgegnete Olga Island. »Vielmehr möchte ich gern wissen, ob Sie eine Eva von Mansfeld kennen.«

Smilla wachte gerade auf, und Olga sah mit einem Blick, dass die Laune ihrer Tochter eher kritisch war. Deshalb zog sie den Kinderwagen zu sich heran und begann, ihn leicht auf und nieder zu schaukeln.

»Frau von Mansfeld ist eine langjährige Kundin von mir.«

»Wann haben Sie sie zuletzt gesprochen?«

Nervös nahm die Frau ihre Brille ab.

»Warum sollte ich Ihnen das sagen?«

Olga hielt der Frau ihren Dienstausweis unter die Nase, den sie ohne Brille sicher nicht lesen konnte.

»Darf ich davon ausgehen, dass Sie Frau Luther sind?«

Verwirrt setzte die Frau ihre Sehhilfe wieder auf.

»Meine Güte, ist etwas passiert?«

»Frau von Mansfeld soll am Samstagnachmittag bei Ihnen gewesen sein. Können Sie das bestätigen?«

Irritiert ließ die Galeristin ihren Blick zwischen Ausweis und Kinderwagen hin- und herwandern. Smilla fand die Situation offenbar so interessant, dass sie sich entschieden hatte, nicht zu plärren, sondern lieber der aufgeregt klingenden Stimme der fremden Frau zu lauschen.

»Eva kommt gern mal vorbei, wenn sie mit ihrer Familie im Sommerhaus ist. Dann trinken wir Kaffee und reden ein bisschen. Das war auch am Samstag so. Sie kam gegen fünfzehn Uhr angeradelt und blieb eine halbe Stunde.«

»Worüber haben Sie gesprochen?«

Hedwig Luther kräuselte die Stirn.

»Sie wollte gern ein Bild kaufen, von einem Künstler, den ich neuerdings vertrete. Er heißt Lars-Peter Lumm.«

»Und, hat sie das?«

»Nichts von dem, was ich von Lumm auf Lager habe, hat ihr so richtig gefallen. Im Moment sind es nämlich nur Zeichnungen und so Sachen wie die da drüben.« Sie wies auf die gemalten Stadtansichten. »Touristen und Ausflugsgäste kaufen das sehr gern. Aber so etwas wollte Eva nicht. Ich habe ihr erzählt, dass Lumm auch noch andere Bilder malt. Die wollte sie dann unbedingt mal sehen. Deshalb habe ich ihr seine Adresse gegeben. Er wohnt in der Nähe auf dem Land. Eva hat versprochen, mir eine kleine Vermittlungsgebühr zu überweisen, falls sie ein Bild bei ihm erwirbt.«

»Und, hat sie das getan?«

Die Frau zuckte die Schultern.

»Ich habe seitdem nichts von ihr gehört.«

»Sie haben aber doch inzwischen mit Evas Mann David gesprochen, oder?«

»Ja, am Sonntag hat er mich angerufen, weil er sie vermisste. Was ist denn mit ihr?«

»Haben Sie ihm auch erzählt, dass seine Frau zu dem Künstler fahren wollte?«, bohrte Olga weiter nach, statt zu antworten.

Die Galeristin schüttelte den Kopf.

»Nein. Ich hatte Eva so verstanden, dass das Bild eine Geburtstagsüberraschung für David sein sollte.«

»Warum hat Frau von Mansfeld sich gerade für diesen Maler interessiert?«

Olga fiel auf, dass sich die Wangen der Galeristin röteten.

»Sie hat mir erzählt, dass sie ihn vor Kurzem zufällig kennengelernt hat. Auf einer Veranstaltung. Ich glaube, bei einem Konzert. Sie haben sich wohl sehr nett unterhalten.«

Olga nickte. Eine Frau besucht einen Künstler. Das konnte der Anfang einer Geschichte sein. Genau so war es gewesen, als sie in Berlin ihren ehemaligen Geliebten Lorenz kennengelernt hatte. Sie waren sich auf einer Vernissage begegnet, und sie hatte bei ihm ein Bild bestellt. Dann hatte sie ihn in seinem Studio besucht, und sie waren ein Paar geworden.

»Dann war das mit dem Bilderkauf vielleicht nur ein Vorwand, um ihn wiederzusehen?«

Die Galeristin fuhr sich durch das gepflegte Haar.

»Wie soll *ich* das wissen?«

»Sind Sie mit Evas Mann gut bekannt?«

»Ich kenne ihn nur vom Sehen, mehr nicht.«

»Haben Sie den Eindruck, dass die Ehe der beiden glücklich ist?«

Frau Luther verzog missmutig den Mund.

»Eva und ich sind keine Busenfreundinnen, die sich so etwas erzählen. Wir reden mehr über Allgemeines, wenn wir uns treffen. Aber soweit ich das von außen beurteilen kann, macht die Ehe einen normalen Eindruck. Sie haben ihre Kinder und das schöne Haus am See. David von Mansfeld kümmert sich rührend um seine Familie, auch wenn Robin und Hazel nicht seine leiblichen Kinder sind.«

»Nicht?«

»Sie haben sie adoptiert. Soweit ich weiß, stammen sie

aus schwierigen Verhältnissen. Die Kinder haben es gut getroffen mit ihren Adoptiveltern. David ist ein liebevoller Vater und kümmert sich vorbildlich um sie. Und auch Eva tut alles, damit die Kinder vorankommen.«

Während Hedwig Luther sprach, hatte ihr Gesicht einen Ausdruck angenommen, den man als träumerisch bezeichnen konnte. Sprach sie wirklich über David von Mansfeld, diesen langweiligen, grauen Mann, der gleichzeitig fordernd und weinerlich sein konnte?

Olga bat um die Adresse des Malers.

»Die gebe ich Ihnen nur ungern«, sagte die Galeristin. »Herr Lumm ist etwas speziell. Die Leute bekommen leicht einen falschen Eindruck von ihm. Er wirkt manchmal etwas ... skurril.«

»Ein richtiger Künstler, wie er im Buche steht?«

»Wenn Sie so wollen ...«

Zögernd reichte sie Olga eine Visitenkarte mit Adresse und Telefonnummer. Da fiel Olga noch etwas ein.

»Haben Sie eigentlich schon einmal etwas von dem Maskenmann gehört?«

»Sie meinen diese Geschichte mit dem Wolf, der arglose Rentner auf Radtouren im Wald erschreckt?«

»Ja. Wissen Sie mehr?«

»Eine Bekannte hat behauptet, er sei auf der Prinzeninsel gesehen worden. Jedenfalls hat wohl jemand mit einer struppigen Maske auf der Wiese bei den Obstbäumen gestanden, still und stumm in der Abenddämmerung. Aber er hat nichts gemacht und war dann plötzlich wieder weg.«

»Okay, wenn Sie noch mal so etwas hören, würden Sie mich dann anrufen?«

Frau Luther nickte. Olga Island reichte ihr ihrerseits eine Visitenkarte und bedankte sich.

»Bevor ich gehe, hätte ich noch einen Wunsch«, sagte sie dann.

»Ja?«

»Etwas heißes Wasser, bitte, um ein Glas Brei zu erwärmen.«

7

Nachdem das Wasser erhitzt war, hatte Hedwig Luther es auf einmal sehr eilig gehabt, ihre Galerie zu schließen. Mit hektischen Flecken im Gesicht war sie in ihren Geländewagen gestiegen und davongebraust, während Olga zum Parkplatz zurückgekehrt war, um dem Kind das Essen im Auto in den Mund zu löffeln.

Nun waren sie auf dem Weg zu dem Maler. Smilla lag abgefüttert und frisch gewickelt in ihrer Babyschale. Sie war vom monotonen Brummen des Motors und von der Schlagermusik längst wieder eingedöst. Nie wieder würde das Kind so viel schlafen wie jetzt. Das war schon eine merkwürdige Lebensform als Baby: Essen, Schlafen, Ausscheiden. Oder war, mit Abstand betrachtet, überhaupt das ganze Leben so?

»In dreihundert Metern: Biegen Sie rechts ab.« Das Navi muss sich irren, dachte Olga Island. Von der Automatenstimme namens Katrin gelenkt, war sie hinter Wahlstorf, einem kleinen Ort mitten in der Pampa, von der Chaussee abgebogen und nun schon fast fünf Kilometer einem Plattenweg zwischen Getreidefeldern und Wiesen gefolgt. »Biegen Sie rechts ab«, beharrte die Domina-Stimme. Weiter vorn tauchten die Andreaskreuze eines unbeschrankten Bahnübergangs auf. Immer noch war weit und breit kein Haus zu sehen. Wohin führte dieser Weg?

In langsamem Tempo fuhr sie an den Übergang heran, stoppte und blickte die Bahngleise entlang, die sich links und rechts in eine flache Unendlichkeit verloren. Laut

Navibildschirm war dies die Bahnstrecke von Plön nach Kiel, die sie, das Gaspedal vorsichtig betätigend, holpernd überquerte. Hinter dem Übergang führte der Weg zwischen Hecken hindurch in einen Wald. Die frühe Abendsonne schien durch die Baumkronen der Buchen und ließ die jungen Blätter im Unterholz in surrealem, neonfarbenem Grün erleuchten. Die intensive Farbe raubte einem fast den Verstand. Olga ließ das Seitenfenster ganz herunter und atmete tief ein. Hatte sie vergessen, wie Frühling sein konnte? Was sollte sie anfangen mit den ganzen verrückten Glücksgefühlen, die sie beim Anblick der prächtigen Natur durchströmten, die sehnsüchtig machten, melancholisch?

Nachdenklich starrte sie in den blauen Himmel. War Eva von Mansfeld am Samstagnachmittag nach dem Besuch in der Galerie hier entlanggefahren? Was hatte sie sich von dem Besuch bei dem Maler erhofft? Hatte sie wirklich nur ein Bild kaufen wollen?

»Sie haben Ihren Zielort erreicht.«

Der Wald öffnete sich, und in seinem Schatten lag rechter Hand ein Gehöft. Es war ein Bauernhof mit hell gestrichenem Wohnhaus, zwei großen Scheunen und einigen Nebengebäuden. Die Dächer der Scheunen waren aus Eternit, das an einigen Stellen mit Moos bewachsen war. Blühende Kastanienbäume umstanden den Platz zwischen den Stallungen. Olga Island bog gerade in das Anwesen ein, da ließ sie irritiert den Blick schweifen. Das kleine Rasenstück vor dem Wohnhaus war frisch gemäht. Mitten auf der Grünfläche lag ein großer, runder Feldstein von den Ausmaßen eines Grabsteins. Ein Wagenrad war hineingemeißelt sowie das Wort »Schöneweide«.

Auf den ersten Blick wirkte alles ordentlich und gepflegt, doch dann fiel ihr auf, dass die Büsche und Bäume hinter der Scheune und den Stallungen völlig verwildert waren. Und sie erkannte, was sie so verwirrt hatte: Alle Fenster und Türen der Gebäude waren zugemauert oder mit Platten vernagelt. In manche der verschlossenen Fensterhöhlen waren von außen Fenstersprossen und Blumentöpfe hineingemalt. Auf diesem Hof lebte niemand mehr. Es war ein Geisterhof, ausgestorben und verlassen wie eine Filmkulisse. Sie setzte ihren Wagen zurück auf den Feldweg, verfehlte knapp einen tief abfallenden Graben und rollte langsam weiter.

»Sie haben Ihren Zielort erreicht«, behauptete die Navistimme weiterhin, obwohl von einem weiteren Haus oder gar einer Siedlung nichts zu sehen war. Sie kam an eine Wegbiegung, das Gelände wurde hügeliger, in der Ferne glitzerte Wasser. Laut Display war es die von Plön nach Preetz strömende Schwentine, die an dieser Stelle durch den Kronsee floss.

»Tja, Smilla«, murmelte Olga Island, »dann drehen wir wohl besser um.«

Aber in diesem Moment entdeckte sie etwa hundert Meter entfernt ein kleines Backsteinhaus mit einem roten Pfannendach. Es lag so versteckt hinter weiß und lilafarben blühenden Fliederbüschen, dass sie es fast nicht gesehen hätte. Vorsichtig rollte sie die enge, zugewachsene Auffahrt hinauf. Vor einem mit Holz und Bauschutt gefüllten Carport stand ein dunkelgrüner Passat Kombi, daneben auf einer verkrauteten Kiesfläche ein alter blaugrauer Hanomag-Kastenwagen, der schon bessere Tage gesehen hatte.

Olga stieg aus, schnallte sich Smilla vor den Bauch und ging durch den Garten zum Hauseingang. Schwer lag der Geruch der Fliederbüsche in der Luft. Links und rechts des Gartenweges ragten roh behauene Sandsteine aus dem ungemähten Gras – wie Riesen, die Spalier standen, um das Haus zu bewachen. Bis auf das abendliche Vogelzwitschern war es still. Über dem Eingang war ein Fries in altdeutschen Buchstaben eingelassen: »Frohsinn 1865«.

Auf dem verschrammten Briefkasten stand kein Name. Die Türklingel war aus ihrer Halterung gerissen und hing lose am Kabel. Olga klopfte kräftig und wartete. Zu beiden Seiten der Tür standen Marmorquader, auf denen schalenförmige Objekte aus glasiertem Ton balancierten. Die Schalen, die wie aufgeplatzte Früchte aussahen, waren mit Metallfäden umwickelt. Ihr war nicht klar, was diese Figuren darstellen sollten. Aber je länger sie sie ansah, desto mehr verfestigte sich in ihr die Assoziation, dass es sich um Vaginas handelte, die jemand, vielleicht einer der Steinriesen aus dem Vorgarten, mit rostigen Fäden zugenäht hatte. Wie komme ich bloß auf solche Gedanken?, fragte sie sich kopfschüttelnd. Wahrscheinlich habe ich die Geburt noch nicht richtig verarbeitet. Aber sie mochte nicht weiter darüber nachdenken.

Olga Island trat von der Tür zurück und betrachtete den Hausgiebel. Ein paar Backsteine hatten sich aus der Fassade gelöst und lagen zerbröselt im Gras unter den Fenstern, die schon lange nicht mehr geputzt worden waren. Sie versuchte, drinnen in der Stube irgendetwas zu erkennen, sah aber nur ein paar im Raum verstreute Möbelstücke. Als sie um die Hausecke bog, fiel ihr Blick auf eine Obstbaumwiese, die sich bis zu einer Reihe verwachsener

Korbweiden am Ufer des Kronsees erstreckte. Der Garten war verwildert und sah geheimnisvoll und verwunschen aus. Für so einen Garten würde ich auch aufs Land ziehen, dachte Olga.

Auch Smilla schien die friedliche Stille hier draußen zu mögen. Sie blickte mit kugelrunden Augen umher und brabbelte leise vor sich hin: »Örö, örö.«

Das Haus hatte nach hinten einen flachen Anbau. Eine schmale Treppe führte zu einer Art Wintergarten. Olga stieg hinauf und spähte durch die Scheibe der verwitterten Holztür.

8

Einen Strich auf die Leinwand setzen. Draußen vor dem Fenster sah er die Landschaft, den See, durch den unsichtbar der Fluss strömte, die Schwentine – »heiliger Fluss« in der Sprache der Slawen. Eine der Geschichten, die seine Mutter früher immer erzählt hatte: Die am Fluss wohnenden Wenden hatten ihren Göttern Opfer gebracht, Tieropfer und Menschenopfer. Das Blut der Getöteten hatte das Wasser der Schwentine rot gefärbt. Wenn Mutter diese Geschichten auftischte zum Frühstück, zum Mittag oder zum Abendbrot in seiner Kindheit, dann hatte er es vor sich gesehen, das blutrote, schlierige Wasser, wie es strömte und gurgelte und floss.

Wieso dachte er schon wieder daran? War es, weil der Abendhimmel so leuchtete? Oder war die Geschichte immer in seinem Kopf, wenn er den Pinsel ins Rot tauchte, Zinnoberrot, Kirschrot, Karmesin?

Die Sonne stand tief über den Kronen der Obstbäume, die bereits jetzt, im Spätfrühling, ihre harten, grünen Früchte ansetzten. Im Herbst würden Äpfel und Birnen ungeerntet ins Gras stürzen, Wespen, Frucht- und Schwebfliegen sich daran gütlich tun, Igel und Wasserratten daran nagen. Und schließlich würde alles vermodern. Der ewige, sinnlose Kreislauf aus Blühen, Werden und Vergehen.

Und er saß hier, im Atelier, vor seiner Staffelei, und ließ die Zeit verstreichen. Er starrte nach draußen und konnte seinen Blick nicht abwenden, obwohl er doch malen wollte. Stattdessen spürte er seinen Pulsschlag, der je nachdem, wohin er seine Gedanken lenkte, langsam und träge oder schnell und rasend in ihm pochte. Das hatte er erst wieder mühsam lernen müssen, auf den eigenen Körper zu hören, ja, ihn überhaupt zu spüren. Damals, damals, immer wieder damals. Wenn er sich zu tief in der Zeit verfing, begann sein Herz zu stolpern, zu schmerzen.

Es waren nur wenige Tage und Wochen gewesen, die sein Leben verändert hatten, für immer. »Du musst dich von diesen Gedanken verabschieden. Was geschehen ist, ist geschehen, irgendwann muss Schluss sein, es ist schon so lange her«, hatte seine Exfrau Britta gesagt und darauf bestanden, dass er einen Therapeuten aufsuchte. »Hör auf mit der Selbstquälerei, hör auf, dich mit Schmutz zu bewerfen, du bist ein freier Mensch. Es ist doch alles längst vergessen, niemand denkt mehr daran, das Leben ist für alle anderen längst weitergegangen.« Bei so einer Belehrung war Brittas Stimme hoch gewesen und unerträglich. Früher einmal hatte sie Verständnis gezeigt, am Anfang, als sie noch in ihn verliebt gewesen war. Doch dann hatte sie angefangen, sich zu sorgen und Vorschläge zu machen. Irgendwann war sie wütend geworden und hatte herumgetobt, geflucht und genörgelt. Schließlich hatte sie aufgegeben, sich um seine Probleme kümmern zu wollen, und war gegangen.

Sie war nicht die Erste gewesen, die es mit ihm nicht ausgehalten und ihn verlassen hatte. Er wollte darüber nicht nachdenken. Das war sein Schicksal, der Fluch seines Lebens. Jack Daniels, Tavor, Hustensaft, Sexvideos oder Computerspiele – nichts von alledem hatte seine kreiselnden Gedanken je stoppen können. Ein wenig Linderung brachte ihm der Hanf, den er unter der Lampe auf dem Dachboden zog, und – wenn es gut lief – die Malerei.

Alles war gut, wenn er nur malen konnte. Dann war alles wieder da: die Erzählungen seiner Mutter, der Frieden, den er in seiner Kindheit gespürt hatte, die Verlockungen der Jugend, die Versprechungen, die das Leben einem jungen Menschen zu machen scheint, das Unglück natürlich auch, aber hier, in der Malerei, konnte er ein Stück davon bannen. Malen war wichtiger als Frauen und ihre ständigen, viel zu hohen Ansprüche.

Er starrte noch immer nach draußen. Da bemerkte er, wie eine Frau durch seinen Garten schlich. Er hielt den Atem an. Vor ihrer Brust trug sie ein Kind, verschnürt wie ein Paket. Und sie war so dreist, sich vor die Glastür zu stellen und zu ihm hineinzuschauen wie in einen Affenkäfig. Das Haar hatte sie hochgesteckt. Eine Strähne hatte sich gelöst, und feine Härchen umwehten ihren schlanken, weißen Nacken. Er richtete sich auf und ließ sie nicht aus den Augen. Sie trug ein enges schwarzes T-Shirt und eine Jeans, die über ihren Hüften spannte. Er musste an eine kräftige, neugierige Hyäne denken, die vorsichtig witternd durchs hohe Gras schlich.

Mit einer hastigen Bewegung griff er nach einem Pinsel und tauchte ihn in die Farbe, die er vor Stunden schon in kleinen Wülsten auf die Palette gedrückt hatte und die bereits anfing zu trocknen. Eilig zog er eine waagerechte Linie über die Leinwand. Was dachte sich diese Frau da draußen eigentlich? Er war doch mitten bei der Arbeit. Wütend biss er sich auf die Zunge. Jemand war dabei, in sein Territorium einzudringen, jemand wagte es, seinen farbigen Sommerabend zu zerstören.

9

Olga Island klopfte erneut. Der Anbau schien als Atelier zu dienen, denn hinter einer Staffelei saß ein Mann. Er schien so beschäftigt, dass er sie wohl noch nicht bemerkt hatte. Doch dann hob er zögernd den Kopf, blinzelte in Richtung der Tür, stand schließlich auf und öffnete. Dunkelblaue Augen sahen sie fragend an. Eine Strähne seines zu einem Zopf gebundenen, graublonden Haares fiel ihm ins Gesicht. Er trug einen farbbesprenkelten alten Wollpullover, verschmierte Jeans und Holzpantinen. Seine Haut war frisch, als würde er sich viel im Freien aufhalten. Er war groß und knochig, attraktiv für sein Alter, sie schätzte ihn auf Mitte fünfzig.

»Guten Abend«, sagte Olga, »tut mir leid, wenn ich störe.«

Er musterte sie abwartend. Erst als Smilla ihm den Kopf zudrehte, zwinkerte er ihr zu, senkte aber rasch den Blick.

»Was kann ich für Sie tun?«

»Sind Sie Lars-Peter Lumm, der Maler?«

Der Mann nickte und trat einen Schritt zurück, aber er bat sie nicht herein. Ein Schatten war in sein Gesicht getreten. Olga warf einen Blick in den Garten, ob vielleicht eine Wolke die Landschaft verdunkelt hatte, doch da war nichts. Als sie ihn wieder ansah, war sein Gesicht ausdruckslos.

»Ja«, sagte er. »Der bin ich. Und Sie sind die neue Nachbarin?«

Merkwürdige Frage, dachte sie. Wo sollte eine neue

Nachbarin denn wohnen? Etwa auf dem verlassenen Hof vorne am Plattenweg?

»Nein.« Olga wippte Smilla im Tragesack auf und ab. »Ich habe Ihre Adresse von Ihrer Galeristin aus Plön.«

»Tatsächlich?«

»Ja, sie meinte, ich sollte ruhig mal bei Ihnen vorbeifahren, um noch mehr von Ihren Bildern zu sehen. Die in der Galerie haben mir auch schon gut gefallen.«

»Was interessiert Sie denn?«

Er klang abweisend.

»Eigentlich alles.«

Er verbeugte sich wie ein Diener, und sie trat ein. In der Veranda, die er als Atelier nutzte, roch es intensiv nach Ölfarbe und abgestandenem Zigarettenrauch. Sofort verspürte sie das Bedürfnis, ein Fenster zu öffnen, um frische Luft hereinzulassen. Der Wintergarten war ein großer, quadratischer Raum mit ramponiertem Holzboden. Im Gegensatz zum vermüllten Carport wirkte hier alles geordnet und aufgeräumt. Es gab einen Zeichenschrank, einen Hocker und ein Kanapee, auf dem eine schwere, rote Samtdecke lag.

Auf zwei Staffeleien standen großformatige Leinwände, auf denen mehrere nackte Frauenkörper abgebildet waren. Sie wiesen üppige Brüste und Bäuche auf, aber statt eines Halses war jeweils nur ein abgeschnittener Stumpf zu sehen. Auf dem einen Gemälde war im Hintergrund ein hundeartiges Tier zu erkennen.

Mit leichter Abscheu wandte Olga sich ab und blickte durch die Holzsprossenfenster über Garten, Obstbäume und Korbweiden hinüber zum See, auf dem sich der Abendhimmel spiegelte. Nichts von der Idylle da draußen fand sich in den Bildern wieder, außer vielleicht das Rot der sinkenden Sonne.

»Schöner Garten«, sagte sie, um das eingetretene Schweigen zu unterbrechen.

Er setzte sich hinter seine Staffelei und deutete auf das Kanapee.

»Nimm Platz.«

Sie schob die Samtdecke beiseite und hockte sich auf den Rand der Liege. Warum hatte er angefangen, sie zu duzen? Hatte er sie hier platziert, um sie zu malen?

Langsam und konzentriert nahm er einen Pinsel aus einem Glas mit Terpentin und tupfte ihn mit einem Lappen trocken. Olga stellte verblüfft fest, dass es ihr gar nicht unangenehm war, auf dem Kanapee zu sitzen. Vielleicht lag das an dem gehirnerweichenden Dunst aus Ölfarben, Farbverdünner und Firniss, der das Atelier ausfüllte und den sie aus dem Kreuzberger Studio ihres Exfreunds Lorenz so gut kannte. Der Geruch erinnerte sie an eine gute, sorglose Zeit über den Dächern von Berlin.

Schalte deinen Kopf ein, mahnte sie sich.

»Sie wohnen allein?« Sie spürte, dass die Frage unpassend war, aber sie stellte sie trotzdem.

»Meine Frau ist schon lange ausgezogen, wenn du es genau wissen möchtest.« Er stellte einen Pinsel zurück in das Pinselglas und entschied sich für einen schmaleren.

»Oh«, sagte Olga, »tut mir leid.«

Lumm griff nach der Malpalette, auf der sich Farbreste zu kleinen, bunten Hügeln türmten, und zuckte die Schultern.

»Und du? Lebst du auch allein?«

Seine Stimme hatte einen angenehmen Klang. Aber Olga

hatte nicht die Absicht, seine Frage zu beantworten. Sie schüttelte den Kopf. Es widerstrebte ihr, den Mann zu duzen, aber sie zwang sich dazu.

»Ich habe den Tipp mit deinen Bildern ehrlich gesagt von einer Freundin.«

Der Maler zog langsam und gekonnt einen Strich über die Leinwand. Er schwieg.

»Eva von Mansfeld«, fuhr Olga fort. »Sie war sehr begeistert von dir und deinen Arbeiten.«

Sie beobachtete ihn, wie er den Pinsel in die Farbe tauchte und konzentriert weitermalte. Er verzog keine Miene.

»Nie gehört, den Namen, leider.«

»Das ist ja komisch. Sie wollte herkommen und sich Bilder ansehen.«

Er zuckte die Schultern.

»Am Samstagnachmittag habe ich mit ihr telefoniert, und sie meinte, sie fährt jetzt raus aufs Land in dein Atelier, mit dem Fahrrad. Sie wollte ein Bild kaufen, für ihren Mann zum Geburtstag.«

Er zog weiter seine Striche und schwieg.

»Aber sie war nicht hier?«

»Nee.«

»Aber du erinnerst dich doch sicher daran, dass du dich vor ein paar Tagen mit ihr unterhalten hast.«

»Hm.«

Er war ganz ruhig, unbeteiligt. Er malte.

»Auf einem Konzert, hat Eva erzählt«, plapperte Olga weiter. »Wo war das noch gleich ...«

»Das Konzert in der Linde?«, fragte er.

»Ja, genau, das kann sein.« Sie dachte fieberhaft nach,

wo sie den Namen des Gasthauses gelesen hatte. Dann fiel es ihr wieder ein. In diesem Supermarkt. Das Plakat. Musik vom Feinsten. In der Linde. In Ascheberg. »Wie hieß die Band noch mal?«, bohrte sie weiter nach.

Die Stille im Raum wurde unangenehm.

»Wie hießen die?«

»Kiel Town Boyz«, sagte er kühl. »Ja, ich war auf dem Konzert. Aber ich erinnere mich an kein Gespräch mit einer Eva.«

»Nein? Und sie war auch nicht hier?«

Lumm hob den Kopf und sah Olga direkt an.

»Hörst du schlecht?«, fragte er scharf. »Ich hatte keinen Besuch in den letzten Tagen.«

Seine Bewegungen wirkten kontrolliert, wie eingefroren.

»Aber nun bist *du* ja gekommen, um mir Gesellschaft zu leisten.« Sein Lächeln wirkte falsch. »Leider willst du mir nicht sagen, wer du bist.«

»Olga«, sagte sie langsam.

Er nickte.

»Also, Olga, warum bist du hier?«

10

Na ja, wegen der Kunst«, stotterte sie.

Was meinte der Mann an der Staffelei eigentlich? Was wollte er? Kamen Leute wegen anderer Dinge zu ihm als Kunst? »Also, ich und mein Mann, wir richten gerade unsere Wohnung neu ein, und da soll mal etwas Neues an die Wände«, log sie das Blaue vom Himmel herunter. »Und weil das Geld auf dem Konto im Moment ja nicht viel bringt, haben wir gedacht, wir legen es in Kunst an. Besonders in solche aus der Region. Aber wenn ich hier nichts finde, dann kenn ich noch eine Malerin aus Laboe«, plapperte sie weiter. »Oder ich seh mich in Berlin um, wenn ich mal wieder hinkomme.«

Sie wollte noch nicht gehen, sie musste sich das Haus ansehen, um herauszufinden, ob hier noch jemand war, ob Eva von Mansfeld hier war, ob alles in Ordnung war.

»Die Sachen von dir in der Galerie von Hedwig Luther in Plön waren schon gut, aber die beiden Bilder da drüben auf den Staffeleien sind richtig …«

Brutal, wollte sie sagen, abschreckend, grausam, geschmacklos.

»… interessant«, sagte sie stattdessen.

»Die hat ein Freund von mir gemalt«, erwiderte er kühl, zog ein Päckchen Tabak aus der Hosentasche und begann, sich eine Zigarette zu drehen. Seine Finger waren schlank und kräftig. Künstlerhände, aber gelb vom Nikotin. »Gefallen sie dir?«

»Ja, schon. Wie heißt der Maler?«

»Friedrich Frerksen. Kennst du wohl nicht?«

»Nein«, sagte sie wahrheitsgemäß. »Und von wem sind die Objekte draußen vor dem Haus?«

»Ich habe sie für meine Frau gemacht. Sie hat sie zurückgelassen, als sie ging.«

Er zündete die Zigarette an, blies den Rauch in Richtung Decke und stand auf. Ein Hüne mit kräftigen Armen. Nervös begann er, im Raum hin und her zu gehen. Hätte eine zierliche, schlanke Frau wie Eva von Mansfeld eine Chance, sich gegen einen Mann wie Lars-Peter Lumm körperlich zu behaupten?

Moment mal, ermahnte Olga sich. Du weißt doch gar nicht, ob sie überhaupt hier gewesen ist. Es gibt keine Beweise dafür. Nur die Aussage der Galeristin, dass die Vermisste vielleicht vorhatte, hierherzufahren. Nur dein Gefühl, dass etwas nicht stimmt. Diese Unruhe unter seiner betont ruhigen Miene. Etwas ist hier nicht in Ordnung. Aber was?

»Komm«, sagte Lumm und stand auf. »Du willst sicher etwas anderes sehen.«

Er ging voraus durch einen dunklen Flur. Sie folgte ihm. An den Wänden des schmalen Gangs lehnten bemalte Holztafeln. Zwischen wilden Strichen und wirren Zeichen erkannte sie Hundeschnauzen. Noch ein Künstler mit Hundefaible, dachte sie, genau wie Lorenz. Nur hatte der sich eher für die heitere Seite dieser Tiere interessiert, die spielerische, sportliche dieser Spezies. Bei diesem Künstler hingegen wirkten die Tiere wild und bedrohlich.

Vom Gang führte eine Tür in die Diele. Durch ein rundes Fenster neben der Haustür konnte sie ihren Wagen draußen vor dem Carport sehen. Der Maler führte sie in ein

Wohnzimmer mit brauner Sitzgarnitur, Esstisch und Fernseher. Es roch nach feuchten Polstern und Wandfarbe. Auf dem Tisch unter einer Hängelampe lagen Stapel von Zeichenblättern, schnelle, mit schwarzer Kohle grob aufs Blatt geworfene Skizzen weiblicher Körper.

Lumm trat an einen flachen weißen Schrank, zog eine Schublade auf und holte weitere Zeichnungen hervor: Gebäude und Landschaften. Das Haus »Frohsinn« aus allen erdenklichen Perspektiven, bei Tag, am Abend, in der Nacht. Das Plöner Schloss, die Altstadt, der See und das Niedersächsische Bauernhaus auf der Halbinsel, unter düsteren Wolkenbergen, bei Regen, im Winter, bei sommerlichem Sonnenschein.

»Sind das etwa Originale?«, fragte Olga, obwohl sie sofort erkannt hatte, dass Lumm ihr billige Fotokopien unter die Nase hielt. Zwar waren die Arbeiten auf schwerem, kräftigem Papier ausgeführt, und sie trugen die Initialen LPL als Wasserzeichen in einem Kreis. Trotzdem war es eindeutig, dass er sie mit einem Fotokopierer hergestellt hatte. Allerdings als Farbkopien in einem Sepiaton, der wohl nostalgisch wirken sollte. Tatsächlich stand ein beachtliches Ungetüm von einem Kopierer in der Ecke neben einem der Fenster.

Der Maler schüttelte den Kopf. »Nein, aber Touristen wollen meistens nicht viel ausgeben. Sie kaufen diese Bilder gern für wenig Geld als Souvenirs. Von irgendetwas muss ich ja leben.«

Wieder sah er sie forschend an.

Diese eisigen Augen, dachte Olga, mir wird kalt.

»Sparen wir uns die Heimatnummer. Du willst richtige Kunst?«

Sie nickte.

Er öffnete eine weitere Schublade und zog eine Mappe daraus hervor. Feste Papiere lagen darin, bemalte Kartonbögen. Wenn es tatsächlich Friedrich Frerksen gewesen war, der die beiden Bilder im Wintergarten gemalt hatte, dann hatte Lars-Peter Lumm seine Motive ziemlich realistisch nachempfunden. Frauenakte schienen ihn zu faszinieren. Warum nur diese Verstümmelungen an Kopf und Extremitäten? Oder hatte er Kopf und Beine einfach weggelassen auf seinen Bildern?

Langsam blätterte sich Olga durch die Skizzen.

»Ziemlich brutal«, sagte sie.

»Erschreckt dich das?« Der Maler zeigte beim Lächeln kräftige Zähne.

»Ich wundere mich nur«, sagte sie. »Woher diese Aggression?«

Er hob lässig die Schultern.

»Ich bin keiner, der die Welt in Kitsch ertränkt.«

Sie legte die Bilder zurück in die Mappe.

»Ehrlich gesagt, für mich ist das nichts«, sagte sie. »Hat Eva die Bilder gemocht?«

Lumm packte alles zurück in die Schublade und schloss sie sorgsam ab.

»Hör auf, von dieser Frau zu reden. Ich lasse mir nichts unterstellen. Da kann ich sehr böse werden.«

Olga glaubte ihm aufs Wort. Als er sie ansah, war die Haut seines Gesichts ganz blutleer und grau geworden. Schweißgeruch lag in der Luft. Angriffslust.

Smilla, die die ganze Zeit still an ihrem Fäustchen genuckelt hatte, schien sein verändertes Mienenspiel ebenfalls bemerkt zu haben und fing an zu weinen.

Das war der Moment, sich zu verabschieden.

Olga äugte nach der Haustür, in der Hoffnung, dass sie nicht verschlossen war.

»Verstehe«, sagte sie, obwohl genau das nicht der Fall war. »Ich muss wieder los. Die Kleine ist leider sehr müde.«

Sie verspürte das Bedürfnis, das Haus so schnell wie möglich zu verlassen. Am liebsten ohne den Umweg über das Atelier.

»Danke, dass ich mir die Bilder ansehen durfte.«

Zu ihrer Erleichterung ließ sich die Haustür einfach aufziehen. Der Maler ließ es stumm geschehen.

»Schönen Abend noch«, sagte sie.

Endlich draußen angelangt, lief sie durch den Garten zu ihrem Wagen und befestigte die herzerweichend schreiende Smilla im Eiltempo in ihrer Sitzschale. Die Kleine beruhigte sich erst, als Olga den Schlagersender einschaltete.

Es war keine gute Idee, Smilla bei solchen Ermittlungen mitzunehmen. Es war unverantwortlich. Allein der Rauch im Atelier war schon fast einer Körperverletzung gleichgekommen. Zum Glück würde Frau Kilinski übermorgen wieder da sein.

Als Olga aus der Einfahrt fuhr, sah sie im Rückspiegel den Maler. Er stand im Türrahmen und sah ihr nach – mit einem Blick, der nicht nur ein Kleinkind erschrecken konnte.

Auf dem Weg über den Plattenweg zurück nach Wahlstorf kam sie wieder an dem verlassenen Gehöft vorbei. Vergeblich suchte sie nach Lebenszeichen. Nichts. Alles war dunkel und verlassen. Wer hatte früher wohl in dieser Einöde gelebt? Und warum hatten die Menschen den Hof aufgegeben? Wie lange lebte der Maler Lumm wohl schon im Haus »Frohsinn« am Ende der Welt? Würde ihr Exfreund Lorenz, der Berliner Künstler, eines Tages ebenso skurril und verbittert werden wie dieser Mann? Vielleicht war es ja nur gut, dass sie nicht mehr zusammen waren – sie, die bodenständige Polizistin, und er, das große Genie?

11

Zu Hause in der Yorkstraße angekommen, fand Olga einen Parkplatz direkt vor dem Haus, was beim Parkplatzmangel in ihrem Viertel ein seltenes Glück war. Vorsichtig trug sie das schlafende Kind nach oben und legte es in sein Bett. Dann ging sie noch einmal hinunter und holte den Supermarkteinkauf vom Nachmittag aus dem Wagen. Sie räumte die Küche auf, nahm Babykleidung aus dem Trockner und legte sie zusammen. Nachdem alles erledigt war, ging sie bald darauf zu Bett.

In der Nacht träumte sie wirr. Blühende Obstbäume und weite einsame Landschaften spukten ihr im Kopf herum, auf einem Fahrrad fuhr sie durch dunkle Wälder, vorbei an Häusern und Ställen, deren Türen und Fenster zugemauert und vernagelt waren.

Draußen dämmerte es schon, als sie vom Klingeln ihres Handys erwachte. Der Radiowecker zeigte die Uhrzeit an: vier Uhr zehn.

»Island?«

»Hier spricht Hazel.«

»Ja?«, fragte sie schlaftrunken und unfähig, Namen oder Stimme einordnen zu können.

»Hazel von Mansfeld.«

»Ach ja, klar, was gibt es denn?«, murmelte Olga und setzte sich im Bett auf.

»Ich wollte Ihnen etwas sagen.« Die Stimme der jungen Frau war undeutlich und klang weit entfernt.

»Könntest du etwas lauter sprechen?«, bat Olga.

»Nein«, sagte Hazel leise.

»Okay.« Olga presste den Lautsprecher dichter an ihr Ohr. »Also?«

»Ich wollte nur sagen, dass in der Nacht von Freitag auf Samstag etwas Komisches passiert ist.«

Es entstand eine Pause. Olga lauschte und wartete.

»Ja?«

»Da war einer nachts bei uns im Garten. Er ist um das Haus geschlichen.«

»So? Wer denn?«

»Keine Ahnung, ich habe nur seine Fußspuren gesehen. Mindestens Schuhgröße 45, so große Füße hat keiner in unserer Familie.«

»Hm.«

»Am nächsten Tag habe ich die Schuhabdrücke gesehen, unter dem Fenster meines Zimmers und unter dem Küchenfenster.«

Wieder schwieg das Mädchen.

»Hazel«, sagte Olga müde, »für mich hört sich das gerade an wie eine Detektivgeschichte à la drei Fragezeichen.«

»So war es aber. Mama muss die großen Fußabdrücke im Garten unter den Fenstern gesehen haben, als sie morgens auf die Terrasse gegangen ist, um ihre Yoga-Übungen zu machen. Ich habe sie beobachtet, sie hatte noch ihr Nachthemd an, als sie am Samstagmorgen rausgegangen ist. Sie hat sich über die Balustrade gebeugt und den Boden betrachtet. Später hat sie mit der Harke alles glatt gemacht.«

»Hast du sie gefragt, warum?«

»Nein, wir haben nicht darüber gesprochen.«

»Danke, dass du mir das erzählt hast.«

»Noch etwas«, fuhr das Mädchen fort. »Am Freitagabend, als wir aus Berlin hier angekommen sind und im Ferienhaus zusammen gegessen haben, da haben sich meine Eltern total gestritten. Ich weiß nicht, warum eigentlich, am Anfang ging es nur um den Umbau im Haus und um die Verteilung der Arbeit oder so. Aber als wir im Bett waren, sind beide noch mal total ausgerastet. Ich habe nicht verstanden, worum es ging. Sie hatten schon manchmal Streit. Aber so schlimm wie Freitag war es bisher nicht.«

»Es ist gut, dass du mich angerufen hast, Hazel. Auch wenn man um diese Zeit eigentlich schlafen sollte. Ich hoffe, eure Mutter taucht bald wieder auf.«

Nach dem Telefongespräch lag Olga wach, lauschte Smillas Atemzügen und starrte an die Decke. Es kam ihr so vor, als habe Hazel die Geschichte mit den Fußabdrücken eigentlich nur erzählt, um über den Streit ihrer Eltern zu berichten. Olga beschloss, der Sache nachzugehen. Ansonsten aber hatte jede erwachsene Person in Deutschland leider – oder glücklicherweise – das Recht, ihren Aufenthalt frei zu bestimmen. Die Polizei suchte nicht sofort nach einem erwachsenen Menschen, nur weil man nicht wusste, wo er sich befand. Bei Eva von Mansfeld gab es keine Hinweise darauf, dass sie an Leib oder Leben gefährdet war. War ihr etwas passiert, oder war sie von Mann, Kindern und dem ach so schönen Ferienhaus weggelaufen? Die Familie wollte sie unbedingt finden, das war total verständlich, aber wollte sie auch gefunden werden?

Erst gegen fünf Uhr schlief Olga wieder ein.

Zwei Stunden später erwachte sie verschwitzt und mit steifem Nacken. Smilla war schon wach und verlangte nach Brei und Trinken. Nachdem das Kind versorgt war, trank Olga eine Tasse starken schwarzen Tee. Sie überlegte, ob sie in der Bezirkskriminalinspektion anrufen sollte, um weitere Akten für ihre Schreibtischarbeit zu ordern, entschied sich dann aber, selbst hinzufahren.

Die Räume der Mordkommission Kiel im dritten Stock des altertümlich gestalteten, burgähnlichen Hauses in der Blumenstraße waren nicht mit Fahrstuhl zu erreichen, was Olga früher nichts ausgemacht hatte. Als sie sich nun mit Smilla die Treppe hinaufschleppte, dachte sie an die seit Jahren angekündigte gründliche Renovierung und Modernisierung und hoffte, dass sie auch in dieser Hinsicht eine Verbesserung bringen würde. Schließlich wurde man nicht jünger, auch wenn das Treppensteigen einen vielleicht ein wenig fit hielt.

Oben angekommen, traf sie auf die Kollegen, die gerade mit ihrer Morgenbesprechung fertig waren und das »Oval Office« verließen. In dem schlichten Raum mit den Magnettafeln an den Wänden und dem großen, ovalen Tisch versammelte man sich gewöhnlich zweimal am Tag, um sich über die aktuellen Ermittlungen auszutauschen. Heute hatten sie sich wohl auch über die Ergebnisse im Todesfall des Richters Detlef Hellwig beraten. Soweit bekannt war, gab es seit Wochen keine weiterführenden Erkenntnisse in dieser mysteriösen Angelegenheit. Man kam einfach nicht von der Stelle, und der Druck, den gewisse einflussreiche Menschen aus der Politik erzeugen wollten, brachte den Fall auch nicht weiter voran.

In diesem Zusammenhang war es schon fast ein wenig gewagt, dass der Chef der Mordkommission, Thoralf Bruns, über Pfingsten Urlaub genommen hatte. Eigentlich war es nur ein kleiner Ausgleich für die vielen Überstunden, die er wie viele andere Mitarbeiter der Bezirkskriminalinspektion im Lauf des Jahres angesammelt hatte. Doch es war schon bemerkenswert, dass Bruns ausgerechnet zu diesem Zeitpunkt mit seiner Frau zu einem Urlaub nach Mecklenburg-Vorpommern aufgebrochen war. Einige Kollegen munkelten, er habe dort ein Hausboot gemietet, mit dem er auf den weitläufigen Gewässern herumschippern und angeln wolle. Allerdings musste es in der Umgebung des Hausboots von Funklöchern nur so wimmeln, denn die auffallendste Tatsache war, dass der Chef stundenlang, ja sogar das ganze Wochenende über nicht an sein Handy gegangen war.

Alle, die Olga auf dem Gang entgegenkamen, wirkten schwer beschäftigt, grüßten aber, als sie sie sahen, oder nickten ihr zu.

»Hi, Olga, hallo, Smilla.« Die junge Kollegin Henna Franzen kam ihr lächelnd entgegen.

»Hättest du kurz Zeit?«, fragte Olga.

»Bin voll im Stress, aber eine Kaffeepause geht immer«, entgegnete Franzen und schüttelte ihr zotteliges, rotes Haar. Früher hatte sie es kurz getragen, inzwischen aber zu mittellangen Dreadlocks gezwirbelt. Sie beugte sich zu Smilla.

»Schon wieder gewachsen, meine Süße, was?«

Die beiden lachten sich an.

»Möchtest du auch einen Kaffee?«, fragte Henna.

»Gern.«

Während die junge Kommissarin in die Teeküche ging, in der seit Neuestem ein Kaffeeautomat stand, der Bohnen mahlen konnte und eine braune Bitterbrühe ausspuckte, ging Olga ins Büro, das sich Henna Franzen und Karen Nissen teilten. Mit Smilla im Tragesack fühlte sie sich an ihrer alten Arbeitsstelle immer ein wenig fehl am Platz.

Henna kam mit zwei Tassen zurück, die sie zwischen die Papierstapel auf ihrem Schreibtisch schob.

»Na, meine liebe Kaltmamsell«, sagte sie, immer noch gut gelaunt, und wickelte einen Müsliriegel aus. »Wie läuft's?«

»Kalt … was?«

»Na, kalte Fälle sind doch gerade deine Spezialität.«

Olga musste lachen. »Da hast du recht.«

»Und, schon etwas in der Vergangenheit aufgetan, womit wir den Chef nerven können?«

»Das eine oder andere, klar. Aber wenn ich auf etwas wirklich Heißes stoße, bist du die Erste, die es erfährt.«

»Da bin ich aber happy.«

»Und was macht die Angetraute?«, wollte Olga wissen.

»Danke der Nachfrage«, sagte Henna. »Der geht's gut.«

Henna hatte im letzten Sommer ihre Lebensgefährtin Svenja Petersen geheiratet, die nun Petersen-Franzen hieß. Olga, die selbst nichts vom Heiraten hielt und der eine Vermählung im zarten Alter von Mitte zwanzig als reichlich früh erschien, war zusammen mit vielen anderen Kollegen beim netten Fest im letzten Sommer dabei gewesen. Eine angenehm sorglose und unprätentiöse Feier war das gewesen. Des Menschen Wille ist sein Himmelreich, hatte sie gedacht. Jede Generation und jeder Einzelne hatte eine andere Vorstellung vom Leben. Sie selbst würde nie heiraten. Wen denn auch?

»Was macht Jan Dutzen?«, fragte Henna, als könne sie Gedanken lesen, und nippte an ihrem Kaffee.

»Der? Wieso?«

»Ich denke, er schreibt dir.«

Olga rollte die Augen.

»Genau. Rundmails an Gott und die Welt über seine spannenden Erlebnisse auf seiner wichtigen Reise. Ich glaube, es soll ein Buch werden.«

»Super. Und?«

»Ich bin zu müde, um mir das reinzuziehen«, sagte Olga gereizt. Während sie sich mit Kind und Halbtagsjob herumquälte, trieb er sich in der weiten Welt herum. Sein Erotikfaktor war jedenfalls auf null gesunken.

»Wo steckt er denn gerade?«

»Afrika.«

»Und was macht er da?«

»Was man so macht in Afrika. Vielleicht Safari?«

»Mann, der hat's gut, echt.«

Olga trank etwas von dem Kaffee. Alles, was kein altmodisch aufgebrühter Filterkaffee war, schmeckte ihr nicht. Sie wollte endlich von etwas anderem reden.

»Sag mal, Henna, hast du mitbekommen, dass in der Nähe von Plön eine Frau vermisst wird?«

Franzen musste nicht lange nachdenken. »Karen hat es mir erzählt. Sie hatte gestern ein paar Mal den Ehemann an der Strippe, diesen von Mansfeld oder wie der hieß. Er wollte aber nur mit dir sprechen. Hat er dich erreicht?«

»Ja, ich war auch schon draußen am Plöner See, wo die gerade Urlaub machen, und habe mit ihm geredet.«

»Und das K11?«, fragte Franzen. »Unternehmen die denn nichts?«

»Kai Lornsen, den der Mann wohl schon ein paar Mal kontaktiert hat, sieht offenbar keinen Anlass, nach der Frau zu fahnden. Es wäre ja nicht das erste Mal, dass im Urlaub Probleme in einer Familie hochkochen und einer der Partner abhaut. Ich spreche aber noch mal mit ihm.«

Henna Franzen beugte sich vor und grinste. »Soweit ich gehört habe, ist dem guten Kai genau das im letzten Jahr selbst passiert. Seine Frau ist eine Woche vor ihm aus dem Badeurlaub in Tunesien zurückgekommen.«

»Ach nee.«

»Stell dir vor! Und das, wo Kai sich doch für unfehlbar hält. Und was hattest du für einen Eindruck von der Familie Mansfeld?«

»Irgendwas stimmt da nicht. Der Mann war extrem besorgt und sehr bemüht, eine offizielle Fahndung in Gang zu bringen.«

»Du meinst, er könnte was mit dem Verschwinden seiner Frau zu tun haben?«

»Keine Ahnung. Ich möchte vor allem zwei Sachen wissen.«

»Nämlich?«

»Eva von Mansfeld hat drei Tage vor ihrem Verschwinden, also am letzten Mittwoch, angeblich auf einem Konzert in einem Dorfkrug in Ascheberg einen Mann kennengelernt. Einen Künstler, der in der Nähe auf dem Land ein Atelier hat. Den wollte sie am Samstagnachmittag offenbar mit dem Fahrrad besuchen. Das behauptet jedenfalls die mit der Vermissten befreundete Galeristin des Malers. Ich bin mal bei diesem Künstler vorbeigefahren, aber der besteht darauf, dass er Frau von Mansfeld nicht kennt und sie noch nie gesehen hat.«

»Komische Geschichte.«

»Ich wüsste gern mehr über diesen Maler.«

»Setz dich an meinen Rechner. Ich muss sowieso noch mal rüber in die Rechtsmedizin.«

»Danke. Wo ist Karen?«

»Ihr Kleiner ist krank. Masern, glaube ich.«

»War er denn nicht geimpft?«

»Karen ist Impfgegnerin. Wusstest du das nicht? Ich dachte, Mütter reden immer nur über solche Sachen.«

»Nein«, sagte Olga erstaunt.

So hatte Olga ihre Kollegin Nissen gar nicht eingeschätzt. Aber was wusste man schon voneinander?

»Ach, und noch was«, fuhr Olga fort, während sie den noch halb vollen Becher von sich schob. »Der Maler wohnt in einem alten Haus in der Nähe von Wahlstorf, das liegt hinter Preetz. Das Grundstück hat über den Garten einen Zugang zum Kronsee. Es ist richtig schön, aber auch einsam dort. Nur ein einziger Hof liegt in der Nähe, der ist aber verlassen. Die Fenster und Türen der Gebäude sind vernagelt oder vermauert, aber sonst war da noch alles relativ gut in Schuss. Wenn man auf den Hofplatz fährt, fällt es einem nicht mal gleich auf, dass das ein Geisterhof ist. Was ist das wohl für ein Anwesen?«

»Schon mal im Internet gesucht?«

»Ja, aber ich habe nichts gefunden, was mir weiterhilft. Man sieht auf den Satellitenaufnahmen die Gebäude, ein paar Weideflächen und den Wald. Aber wem gehört das Ganze? Und was ist dort geschehen?«

Henna Franzen verzog nachdenklich die Stirn.

»Ich könnte einen fragen, der einen kennt, der einen kennt. Wir haben zum Beispiel einen Heimatforscher in der Familie. Mein Onkel Horst aus Dithmarschen. Der ist der totale Freak und im ganzen Land gut vernetzt. Bestimmt weiß er, wen er damit belatschern kann. Nur jetzt sitzt er gerade auf seinem Trecker und macht Heu.«

»Ja, frag den mal«, sagte Olga.

»Für dich doch immer und jederzeit.«

»Hast was bei mir gut, Henna. Und danke für den Kaffee.«

Franzen strahlte über das ganze Gesicht.

»Schmeckt richtig lecker, was?«

Na ja, dachte Olga und verabschiedete sich.

12

Das Kind im Tragesack, trabte Olga hinunter in den ersten Stock, wo die Dienststelle für Vermisste, Drogendelikte und Brandermittlungen ihre Räume hatte. Die Tür von Kai Lornsens Büro stand offen, und sie sah ihn an seinem Schreibtisch sitzen. Trotzdem klopfte sie.

»Moin, Lornsen«, grüßte sie.

»Frau Island mit dem Kinde! Komm rein.«

»Du, ich habe einen Anruf erhalten von einem gewissen David von Mansfeld.«

»Ach, dieser Spinner?«

»Seine Frau ist weg.«

»Das scheint sein Problem zu sein, ja. Was hast du denn mit dem zu tun?«

»Er ist ein Bekannter von einem Bekannten aus Berlin.«

»Daher weht der Wind.« Kai Lornsen hob abwehrend die Hände. »Da bist du aber bei mir eindeutig falsch.«

»Wird nach seiner Frau denn inzwischen gesucht?«

»Hörst du mir nicht zu, Island? Dafür gibt es keinen Anlass.«

»Warum bist du dir da so sicher?«

»Das Ganze hat sich in zwei, drei Tagen erledigt, du kennst das doch. Die Frau ist kurz mal abgehauen, wir machen die Pferde wild – und schwupps taucht sie schon wieder auf. Vielleicht hat sie sich bei einer Freundin einen angetrunken und schläft ihren Rausch aus, vielleicht besucht sie ihren Liebhaber, was weiß ich? Der Mann ist ein totaler Nervbolzen. Der macht sich wichtig. Nur weil er im Urlaub mal ein paar Tage selbst einkaufen und kochen muss.«

»Dann interessiert es dich also auch nicht, wo Eva von Mansfeld zuletzt gesehen wurde, mit wem sie gesprochen hat oder wohin sie unterwegs war?«

»Du hast es erfasst.«

»Habt ihr das Handy der Frau geortet?«

»Natürlich nicht. Ich komm in Teufels Küche, wenn ich das einfach so mache. Keine Fahndung, keine Handyortung. Klar?«

»Von Mansfeld ist wohl auch deshalb so besorgt«, beharrte Olga, »weil er von der Geschichte mit dem Maskenmann gehört hat. Du weißt, dieser Typ, der mit einer Wolfsmaske herumläuft und Leute bedroht.«

Lornsen lehnte sich auf seinem Bürostuhl zurück.

»Bedroht? Erschreckt? Das ist doch nichts als ein sommerlicher Lückenfüller in der Regionalzeitung. Immer wenn nichts los ist, gibt es solche Räuberpistolen. Ich hab noch kein einziges Foto von dem Maskenmann gesehen. Und das, wo doch sonst immer alle alles mit ihren Handys fotografieren.«

»Gut«, sagte Olga ruhig, »aber lass mich bitte trotzdem dieses Handy orten, ja? Und wenn du schon mal dabei bist, lass mir doch auch ein Bewegungsprofil von den Handys des Ehemanns und der Kinder anfertigen.«

Sie legte den handgeschriebenen Zettel mit den Telefonnummern auf Lornsens Schreibtisch.

»Sag mal, hackt es bei dir, oder was? Habe ich mich nicht deutlich ausgedrückt?«, fragte er barsch.

Nun wurde auch Olga langsam ungehalten.

»Bei dem kleinsten Mist macht ihr sonst eine Handyortung, warum stellst du dich denn jetzt damit so an?«, fragte sie.

»Zeig mir deine richterliche Genehmigung, und ich tue, was du möchtest.« Er griente.

Sie grinste zurück.

»Was war eigentlich mit deiner Frau los in eurem letzten Urlaub?«, fragte sie. »Ich habe gehört, dass sie früher zurückgeflogen sein soll als du.«

Lornsens Augen verengten sich zu Schlitzen.

»Was willst du damit sagen?«

»Hat es ihr nicht gefallen auf Malle?«

»Tunesien.«

»Ach, war es zu heiß in Tunesien?«

»Island, du willst richtig fetten Ärger haben mit mir, oder?«

»Auf gar keinen Fall«, entgegnete Olga zuckersüß. »Ich möchte nur diese Handyortungen. Könntest du das ausnahmsweise für mich erledigen?«

13

Wenig später lag Smilla auf der ausgebreiteten Krabbeldecke unter dem Fenster in Henna Franzens Büro und vergnügte sich mit einer bunten Plastikrassel, die sie ausgiebig besabberte, während sich Olga an Hennas Computer durch die Datenbanken klickte. Sie hätte auch an den Rechner in ihrem alten Büro gehen können, aber dort saßen sich an zwei neuerdings dazugestellten Schreibtischen zwei junge Kommissare aus Estland gegenüber, die für einige Monate zur Fortbildung in Kiel waren. Sie nutzten Olgas Büro, sofern sie nicht an der Verwaltungsfachhochschule in Altenholz an einem Seminar teilnahmen. Zwei nette junge Kerle waren das, aber Olga wollte sie heute nicht stören.

Lars-Peter Lumm war in keinen einschlägigen Listen erfasst, aktuell deutete nichts darauf hin, dass er schon einmal polizeilich in Erscheinung getreten war. Nicht mal beim Kraftfahrtbundesamt in Flensburg gab es einen Eintrag über ihn oder eines der beiden Fahrzeuge, die auf ihn zugelassen waren. Keine Verfehlungen also?

Dann recherchierte sie im Internet. Der Künstler hatte eine recht dürftig gestaltete Website. »Lumm auf dem Land: Malerei und Skulpturen.« Ein paar grob gepixelte Fotos seiner Landschaftszeichnungen waren dort zu finden und eine Aufnahme von den Skulpturen vor seinem Haus. Ein Link führte zur Website der Galerie Hedwig Luther in Plön. Das war auch schon alles. Es gab keinen Lebenslauf, keine Hinweise über seinen künstlerischen Werdegang, nichts Wissenswertes über seine Werke, keine Angaben über Preise oder Stipendien.

Der Internetauftritt von Olgas Exfreund sah da ganz anders aus. Lorenz hatte auf seiner Website auch die kleinste Ausstellungsbeteiligung festgehalten, jede Förderung aufgeführt, die er jemals erhalten hatte, und jeden Satz zitiert, der je in einem Kunstkatalog über ihn abgedruckt worden war.

Nicht so Lars-Peter Lumm. War das vornehme Zurückhaltung, oder war er auf eine Werbung im Internet gar nicht angewiesen? Seine Website informierte weder über seine Adresse, noch gab es irgendwo ein Porträtfoto des Künstlers. Im Impressum stand nur der Hinweis auf die Firma, die die Seite gestaltet hatte: Webpress Blohm, mit Adresse und Telefonnummer in Kiel-Gaarden.

Olga forschte weiter. Bei Wikipedia gab es einen kurzen Eintrag, der sie stutzen ließ. Lars-Peter Lumm, geboren in Kiel, Künstler, bekannt auch unter dem Pseudonym Friedrich Frerksen. Das war der Name des Malers, von dem laut Lumm die scheußlichen Frauenbilder im Atelier stammten. Hatte er die Bilder mit den abgerissenen Köpfen und den verstümmelten Körpern also doch selbst gemalt? Und warum versteckte er sich hinter einem fremden Namen?

Weitere Informationen über Lumm oder Frerksen konnte Olga Island im Internet nicht auftreiben. Und leider erbrachten die polizeilich zugänglichen Erfassungssysteme für keinen der beiden Namen einen Treffer. Nachdenklich strich Olga sich eine Haarsträhne hinter das Ohr. Vielleicht sollte sie sich erst mal mit dem Registrator und Verwalter der Bezirkspolizeiakten, dem Archivar Herrmann

Hildemann, unterhalten. Das hatte sie in der letzten Zeit häufiger getan. Wenn der Maler Lumm oder Frerksen früher schon einmal polizeilich in Erscheinung getreten oder erfasst worden war, würde Hildemann das vielleicht im Archiv für sie herausfinden können.

Leise vor sich hinpfeifend, kehrte Henna Franzen zurück ins Zimmer und legte eine weitere, mit Papieren vollgestopfte Mappe auf ihre Ablage.

»Na, schon was rausgefunden?«, fragte sie beschwingt, und wieder einmal vermochte Olga nicht auszumachen, woher ihre gute Laune stammte. Vielleicht war sie einfach nur gut drauf, weil die Sonne schien.

»Bisher wenig«, antwortete Olga. »Könnte ich Smilla kurz bei dir lassen? Ich müsste mal runter in die Registratur, und sie spielt gerade so schön.«

»Voll auf dem Aktentrip, was?«, scherzte Henna. »Oder hast du ein Auge auf Hildemann geworfen?«

Olga tippte sich innerlich an die Stirn. Der Mann war, soweit sie wusste, glücklich verheiratet und stand kurz vor dem Ruhestand. Wenn sie sich je über etwas Privates unterhalten hatten, dann über seinen Kleingarten. Also nicht ganz der Typ für einen Flirt am Arbeitsplatz.

»Das ist so mit dem alten Zeug. Wenn man einmal damit anfängt, kann man gar nicht mehr aufhören«, meinte sie ausweichend.

»Wo soll das nur enden?« Henna beugte sich zu Smilla hinunter und machte Faxen, was diese zu amüsieren schien.

»Danke fürs Aufpassen«, sagte Olga, »ich bin gleich zurück.«

Die Registratur der Bezirkskriminalinspektion befand sich im Keller. Hier unten, in den weitläufigen, alten Gewölben waren neben der Registratur und dem Archiv auch die Labore der Spurensicherung untergebracht, außerdem die Gewahrsamszellen.

Olga ging an den ersten Räumen vorbei. Hier hatte sie schon so manches Gespräch mit Hans-Hagen Hansen, dem Leiter der Spurensicherung, geführt. Zurzeit waren die Labore die meiste Zeit verwaist, denn auch Hansen hatte Urlaub. Wenn die Arbeit es zuließ, pflegte er in der Vorsaison mit seiner Frau in den Alpen zu wandern. Dieses Jahr war er nach Erledigung der wesentlichen Spurensicherungsarbeiten im Fall des verstorbenen Amtsrichters aus Plön schnell in den Urlaub aufgebrochen.

Seine Vertretung war Frau Dr. Annette Kleist, ansässig im Landeskriminalamt in der Eichhofstraße, wo sie normalerweise für die Daktyloskopie zuständig war. Heute war sie nicht im Haus, denn alle wichtigen Dinge waren erledigt und kein neuer Fall dazugekommen. Für Frau Dr. Kleist waren, anders als für Hans-Hagen Hansen, die Fälle der Mordkommission Kiel eindeutig nicht der Mittelpunkt der Welt. Sie wohnte im Speckgürtel von Hamburg, pendelte jeden Tag nach Kiel und pflegte stets zu betonen, dass sie als Sachverständige für Fragen zur Personenidentifizierung mittels Fingerabdrücken in Schleswig-Holstein und Hamburg zuständig sei und nur im Ausnahmefall für die Spurenbearbeitung in diesem Provinznest von Landeshauptstadt. Freunde hatte sie sich damit in der Bezirkskriminalinspektion noch keine gemacht.

Olga kam an den Zellen für den vorübergehenden polizeilichen Gewahrsam und den Vernehmungsräumen vorbei und gelangte schließlich zu einer grauen Tür mit der Aufschrift »Registratur«. Hier befand sich der Eingang zum Reich von Herrmann Hildemann. Sein Büro war ein kleines Stübchen, im Winter überheizt, im Sommer unangenehm kühl. Es war kaum mehr als ein Vorraum zum großen, mit Rollregalen ausgestatteten Aktenmagazin. Wochentags zwischen acht und sechzehn Uhr dreißig war Hildemann zuverlässig wie ein Uhrwerk an seinem Arbeitsplatz anzutreffen.

Sein geliebter Kleingarten lag in der Nähe der Stadtautobahn und war neuerdings in Gefahr, denn eine Möbelhauskette hatte sich das Grundstück für die Ansiedlung einer weiteren Niederlassung reserviert, eine Tatsache, die den ansonsten sehr friedlichen Mann rasend machte. Olga hatte eines Morgens ein Foto von ihm in der Tageszeitung entdeckt, auf dem er zusammen mit anderen Schrebergärtnern gegen die Pläne der Stadt, das Stück Land samt der Gärten zu verkaufen, protestierte.

Als sie an die Tür der Bürostube klopfte, saß der Hüter der Akten friedlich vor seinem Bildschirm und hakte mit einem Kugelschreiber Registraturzeichen handschriftlich von einer Liste ab. Neben ihm lagen Stapel beigefarbener Hängemappen.

»Guten Tag«, sagte Olga.

»Hallo, Frau Island«, sagte der Registrator, der bei der Arbeit immer einen Blaumann mit aufgenähten Ärmelschonern trug, und blickte über den Rand seiner Lesebrille. »Wo ist denn heute das Töchterchen?«

»Ich habe meine Kollegin Henna Franzen spontan als Babysitterin gewinnen können«, erzählte Olga und setzte sich auf den Besucherstuhl.

Seit sie an den Altfällen arbeitete, war sie einige Male mit Smilla in die Registratur gekommen, um Akten direkt im Magazin zu sichten, statt sie alle in ihrem Wohnzimmer zu horten. Hildemann schien sich über Olgas Besuche ehrlich zu freuen. Manchmal bot er ihr sogar einen Kaffee aus seiner Warmhaltekanne an. Das hieß aber nicht, dass er immer besonders gesprächig war.

»Und, was kann ich für Sie tun?«, fragte er.

»Ich brauche neues Forschungsfutter. Die Mordfälle bis 1974 habe ich jetzt alle durch.«

»Sehen Sie sich gern um.« Er deutete auf die Tür zum Magazin. »Alle Akten ab 1974 liegen in den Regalen acht und folgende.«

»Danke. Ich würde aber gern noch etwas anderes wissen«, fuhr Olga fort.

»Bitte.« Er machte mit dem Kopf eine auffordernde Geste.

Sie berichtete von ihrer Begegnung mit Lars-Peter Lumm, der auch unter dem Namen Friedrich Frerksen als Maler tätig war. »Ich finde keinen Eintrag in unseren elektronischen Systemen, aber ich habe den Verdacht, dass er früher schon mal mit der Polizei zu tun gehabt haben könnte. Vielleicht ist alles gelöscht worden, weil die Fristen zur Datenspeicherung abgelaufen sind. Aber was das angeht, können Sie ja vielleicht ein bisschen zaubern …«

Hildemann zog die Augenbrauen zusammen.

»Friedrich Frerksen«, sagte er nachdenklich. »Die alten Karteien stehen im ersten Regal links. Wir haben damals nach Personennamen, Datum und nach Orten sortiert. Wenn Sie ein wenig darin blättern wollen, will ich Sie nicht daran hindern.«

Olga Island bedankte sich und betrat das Magazin. Die

Luft war noch kühler und trockener als in dem engen Kabuff.

Das schwere Rollregal mit der Ziffer 1 ließ sich mühelos zur Seite kurbeln. Im mittleren Fach standen Kästen aus Holz und grauem Hartplastik. Sie suchte zunächst nach einem Eintrag zum Nachnamen »Frerksen«, fand aber nichts. Dann suchte sie unter »Lumm«, und tatsächlich: Es gab dazu ein Aktenzeichen. Bingo, dachte sie, es hat einen Eintrag gegeben, und wenn ich es richtig sehe, ist es eine Akte der Mordkommission.

Sie zog die Karteikarte hervor und ging damit zurück zu Hildemann.

»Hier ist tatsächlich etwas. Existiert diese Akte noch?«

Der Mann warf einen kritischen Blick durch seine Brille.

»Das sollte sie. Offenbar haben Ihre Vorgänger sich 1989 schon einmal ausführlich mit dem Mann beschäftigt. Dann wollen wir doch mal sehen …«

Er stand auf, ging in den hinteren Teil des Magazingangs und kam wenig später mit einem Stapel Ordner zurück, die zu einem Paket verschnürt waren.

»Das müsste es sein.«

Mit einer einzigen Handbewegung öffnete er die Schnürfäden.

»Mordfall Cornelia Labent, genannt Conny«, buchstabierte er und wurde ernst. »Ach herrje, ist das schon so lange her? Es kommt mir vor, als wäre es gestern gewesen.«

»Erzählen Sie! Worum ging es?«

»Das war eine schlimme Sache. Die Frau war noch so jung. Dieser Fall hat uns alle sehr beschäftigt. Auch mich hat er nicht unberührt gelassen.«

»Was ist passiert?«

»Conny Labent war eine junge Frau, damals ziemlich genau im Alter meiner Tochter. Auch unsere Ines ist damals regelmäßig in der Bergstraße tanzen gegangen. Meine Frau und ich konnten es ihr ja nicht verbieten, schließlich war Ines volljährig, und natürlich wollte sie wie alle jungen Leute am Wochenende ihren Spaß haben. Aber wir haben uns nach dem Tod von Conny verdammte Sorgen gemacht, wenn Ines unterwegs war, das können Sie mir glauben. Man wusste ja nicht, ob da ein Mörder rumläuft, der noch einmal zuschlägt.«

»Wie ist Conny Labent denn zu Tode gekommen?«

»So genau weiß ich es gar nicht mehr. Soweit ich mich erinnere«, fuhr der Archivar fort, »hatte sie die Nacht vor ihrem Tod in einer der Diskotheken in der Bergstraße verbracht. Sie hatte da mit einer Band Musik gemacht oder war einfach nur zum Tanzen da gewesen. Fragen Sie mich jetzt nicht, wie genau der Laden hieß, in dem sie zuletzt gesehen wurde. Jedenfalls muss das ein bei der damaligen Jugend angesagter Schuppen gewesen sein. Ob Conny nach ihrem Auftritt nach Hause trampen wollte oder ob sie ein Bekannter noch ein Stück mitgenommen hatte, ist nie geklärt worden. Man fand ihre Leiche in einem Rapsfeld in der Nähe von Preetz. Mir graut es heute noch, wenn ich an dem Parkplatz dort vorbeikomme. Viele Jahre stand ein kleines Holzkreuz am Wegesrand unter den Bäumen, und immer lagen frische Blumen dort. Was im Einzelnen passiert ist und wie die Ermittlungen damals abgelaufen sind, werden Sie in den Akten finden. Der Name Lumm sagt mir in dem Zusammenhang leider nichts. War das einer der Verdächtigen? Sie werden es ja sehen, wenn Sie die Sachen durchgehen.«

Mit gekonnten Handgriffen begann Hildemann, die Ordner wieder zusammenzuschnüren.

»Dann schicken Sie mir doch bitte alles nach Hause«, sagte Olga und überlegte, wo sie auch noch die Akten dieses Falles in ihrem Wohnzimmer lagern sollte.

»Ich trage es in Ihre Liste ein«, antwortete der Registrator. »Es ist sicher kein Problem, wenn Sie diesen Fall vorziehen. Sie würden den ja ohnehin früher oder später auf den Tisch bekommen. Aber ich sage Ihnen, es ist nicht wenig Material. Neben den Mappen hier gibt es noch zwanzig Aktenordner im Regal 11.«

»Wo sind die Asservate zu diesem Fall? Haben Sie da auch eine Registriernummer für mich?«

»Hier steht, dass sie beim Landgericht verwahrt werden. Rufen Sie doch mal an.«

»Mach ich, wenn es notwendig wird.«

»Sind Sie gegen sechzehn Uhr zu Hause anzutreffen?«, fragte Hildemann. »Ich würde Ihnen dann den Boten vorbeischicken.«

Olga nickte. »Damit steht dann auch mein Abendprogramm fest«, sagte sie mit gespielter Freude.

Der Archivar warf ihr einen kritischen Blick zu und schüttelte den Kopf.

»Die jungen Mütter von heute ... Ich persönlich mache ja lieber Feierabend, gehe in meinen Garten und erhole mich. Solange der noch da ist ...«

»Feierabend?«, scherzte Olga Island. »Was soll denn das sein?«

14

Der Maler Lars-Peter Lumm schwitzte. Mit einem Spaten hieb er auf den Boden ein, an der Stelle zwischen dem Birnbaum und dem Apfelbaum der Sorte Finkenwerder Herbstprinz, an der sich früher einmal ein Gemüsebeet befunden hatte. Dort war die Erde unter dem hohen Gras noch immer etwas aufgelockert, und es gelang ihm ohne allzu große Mühe, ein Loch auszuheben. Bis es die nötige Tiefe hatte, war der Kragen seines Hemdes schweißgetränkt. Er nahm den Skizzenblock und die Stücke der Leinwand, die er von den Keilrahmen geschnitten hatte, und warf alles hinein. Dann schaufelte er das Loch zu, klopfte die Erde fest und setzte ein paar auf der Wiese ausgestochene Grassoden darauf. Anschließend verstaute er den Spaten im Schuppen hinter dem Carport und drehte sich eine Zigarette. Während er blauen Dunst paffte, blickte er über den Garten. Das war erledigt. Nun galt es, die Geschichte schnell zu vergessen.

Diese albernen Fragen. »Sind Sie Lars-Peter Lumm, der Maler?« und: »Sie wohnen allein?« Ihm war sofort klar gewesen, dass das Bullenfragen waren. Dazu dieser Blick: kühl abschätzend, durchdringend, forschend. Sie hatte ihn gemustert und war gleichzeitig auf der Hut gewesen, bereit zu Angriff oder Rückzug. Aber warum hatte sie das Kind dabeigehabt? Er hatte gespürt, dass die Anwesenheit des Kindes sie unsicher gemacht hatte, vorsichtig. Wieder nahm er einen tiefen Zug und ließ den Rauch langsam aus der Nase sickern. Jetzt rannten Polizistinnen also schon mit Säuglingen in der Gegend herum, wenn sie dumme Fragen stellten.

Das absurde Konzert im Gasthaus Zur Linde. Warum war er da hingefahren? Hätte er doch nur das Plakat im Supermarkt nicht gesehen. Eine Kiel-Town-Boyz-Reunion-Tour. Das war doch verrückt. Er hatte da nicht hingewollt. Aber dann hatte er am Abend vor Himmelfahrt in seinem Atelier gesessen und eine Zigarette nach der anderen geraucht. Und war doch losgefahren. Pitty-Sven-Max-Reunion. Wieso machten die das nur? War es Mut, Provokation oder Hirnlosigkeit?

Ganz hinten in der Ecke hatte er gestanden und sich den Mist angehört, den die drei vorne auf der Bühne verzapften. Krudes Zeug, wie früher. Fett waren sie geworden, die ehemaligen Punks, besonders Pitty. Mit dem Stiernacken erinnerte er kaum noch an den jungen Schlacks, der er mal gewesen war. Und grau waren sie geworden, vor allem Sven. Schließlich waren fünfundzwanzig Jahre vergangen, ein Vierteljahrhundert. Da biss die Maus keinen Faden ab. Um das alles ertragen zu können, hatte er sich gleich zu Beginn zwei oder drei Whiskys hinter die Binde gekippt. Und in der Pause, mitten im Gedränge vor den Toiletten, hatte ihn dann diese Frau angequasselt. Er hätte sich keine weiteren Drinks mehr holen sollen, doch ohne Alkohol wäre es an dem Abend echt nicht gegangen, der Schreddelsound, die alten Songs, Pittys Altpunkallüren, die verblassenden Tattoos auf der verschwitzten Haut, sein Feinrippunterhemd. Man sah ihm die Alkoholexzesse früherer Tage an, die mühsamen Stunden in Fitnessstudio und Solarium.

Und dann die Frau vor den Klos. Eva oder wie auch

immer sie hieß. Warum verdammt noch mal hatte er sie nicht einfach ignoriert? Er war mit einem Mal betrunken gewesen. Und sie hatte so verloren ausgesehen, zuwendungsbedürftig. Dieser Rette-mich-Blick, auf den er nie wieder hatte hereinfallen wollen. Der Whisky hatte sein Urteilsvermögen leider nicht geschärft.

Sie waren mit seinem Wagen nach Hause gefahren. Er war angetrunken gewesen, und auch sie hatte einen im Tee gehabt. Gin Tonic, das Damengesöff. Unterwegs im Auto war sie schon eingeschlafen. Er hätte es wissen können. Aber verdammt noch mal, durfte ein Mann denn keine Bedürfnisse haben? Wollte er nicht auch mal wieder neben einem warmen, weichen Körper aufwachen, mal wieder berührt werden? Das war doch schon Jahre her.

Der Kater am nächsten Morgen. Wie verspannt Eva im Morgengrauen gewirkt hatte. Sie hatte etwas gefaselt von Mann und Kindern und dass ihr so was seit Jahren nicht mehr passiert sei. Er hatte sich das alles nicht anhören wollen, war aufgestanden und hatte Kaffee gekocht. Später hatte sie ihm dann doch noch Modell gestanden oder besser gesagt gelegen, auf dem Sofa im Atelier. Eva, die Frau mit dem rötlichen Schamhaar, unrasiert von den Achseln bis zu den Unterschenkeln, so etwas gab es heutzutage ja kaum noch. Die jungen Modelle, die sonst aus Kiel zu ihm ins Atelier kamen, meist Studentinnen der Kunst oder der Medien, hatten sich immer alles wegrasiert. Eine Generation, die wie ewig zwölf aussehen wollte. Ein Trend, den er nicht mehr verstand. Eva dagegen hatte den normalen Körperbau einer Frau von Mitte vierzig gehabt, rund und weich. Die Aktzeichnungen von ihr waren trotzdem nicht besonders gut geworden. Das hatte am Licht im Atelier und wohl auch an seinen dröhnenden Kopfschmerzen gelegen.

Hinterher hatte er sie mit seinem Wagen zurück zum Gasthaus Zur Linde gefahren. Unterwegs hatten sie kaum noch ein Wort gewechselt. Vor dem Gasthaus war sie auf ihr Rad gestiegen und davongeradelt. Sie hatte sich nicht mehr nach ihm umgedreht. In dem Moment hatte er gedacht: Uff, die sehe ich nicht wieder.

Die Zigarette war zu Ende geraucht. Er spuckte aus, warf den Stummel auf den Boden und trat ihn aus. Das war nicht gerecht. Ausgerechnet diese langweilige, kleine Eva sollte jetzt verschwunden sein? Das Einzige, was ihn tröstete, war, dass er sich nun, wo die Zeichnungen begraben waren, eigentlich kaum noch an sie erinnern konnte.

15

Olga Island saß in ihrem Wohnzimmer am Schreibtisch und ließ den Blick über das vollgepackte Regal und die Papierhaufen schweifen, die sich davor auf dem Teppich türmten. Das Wohnzimmer war eindeutig nicht dafür geeignet, darin die halbe Polizeiregistratur unterzubringen. Diese Menge von alten Ordnern und Mappen war außerdem nicht gerade dekorativ. Wenn Tante Thea sie jetzt besuchen würde, hätte sie bestimmt wieder ein paar Sprüche auf Lager über die Unordnung in Wohnung und Leben und über die Gefahr, einen Burnout zu erleiden, je mehr und je chaotischer man sich in die Arbeit stürzte.

Olga schlug den Deckel der ersten Akte auf. Aktenzeichen MK-1989-12 Cornelia Labent. Sie begann zu lesen. Zuoberst lag eine Zusammenfassung des Gutachtens eines Rechtsmediziners namens Gorm Kockmann aus dem Jahr 1989. Soweit Olga wusste, war Kockmann seit fünfzehn Jahren im Ruhestand.

Die Tote wurde am Pfingstsonntag, dem 14. Mai 1989, in einem Rapsfeld bei Preetz an der B 76 aufgefunden, und zwar in der Nähe des Parkplatzes, auf dem sich ein Imbiß namens Polarstation befindet. Sie lag auf dem Rücken und war mit einem schwarzen, langärmligen T-Shirt, einer kurzen, roten Jacke aus Ballonseide sowie einer engen, schwarzen Hose aus Leder bekleidet. Ihre roten Stiefeletten, Schuhgröße 37, lagen wenige Meter entfernt in einem Gebüsch am Straßenrand. Die Jacke, die sie trug, war an den Ärmeln aufgeschnitten. Die Leiche muß etwa eine Woche in dem Rapsfeld gelegen haben. In den vergangenen Wochen herrschten mehrere Tage Temperaturen mit Höchstwerten von über 20 Grad. Dementsprechend war die Leichenzersetzung fortgeschritten. Aufgrund der Analyse der Verwesungsprozesse, insbesondere der Untersuchung der an der Leiche aufgefundenen Fliegenlarven, kann vermutet werden, daß der Tod sehr wahrscheinlich zwischen dem 5. und 7. Mai des Jahres eingetreten ist.

Die körperliche Untersuchung brachte folgende Ergebnisse: Auf der Innenseite des linken Handgelenks befanden sich sechs tiefe, lange Schnitte in die Haut, am rechten Handgelenk drei Schnittverletzungen ähnlicher Art. Tiefe und Anordnung der Schnitte an den Handgelenken waren uneindeutig, so daß es sich zur Zeit nicht sicher sagen läßt, ob es sich um Abwehrverletzungen gegen einen Angriff mit einer schneidenden Waffe handelt oder ob sich die Frau die Wunden in suizidaler Absicht selbst zugefügt haben kann. Die Schnitte in den Hals, offenbar mit derselben Waffe durchgeführt, sind ebenso uneindeutig. Aufgrund der Schwere der Wunden ist es allerdings kaum vorstellbar, daß die Frau sich solche Verletzungen selbst zugefügt hat. Sicher ist, daß die Frau trotz hoher Blutverluste nicht an diesen Verletzungen verstorben ist. Der Tod trat nicht durch Gewalt gegen den Hals ein, sondern durch Ersticken an eigenem Erbrochenen, wie die Untersuchung der Lunge ergab. Toxikologisch nachweisbar ist, daß die Frau zum Zeitpunkt des Todes eine nicht unerhebliche Menge Alkohol konsumiert hatte und unter Einfluß von Drogen stand.

An Körper und Kleidung wurden Fasern einer rötlichen Wolle identifiziert, wahrscheinlich von einer Decke aus Schafswolle, in die die Leiche vermutlich zum Transport eingewickelt war. Die Position der Totenflecken läßt darauf schließen, daß der Leichnam postmortal in dem Rapsfeld abgelegt wurde. Tatort bzw. Ort des Todeseintritts sind bislang ungeklärt.

Die Frau litt zum Zeitpunkt ihres Todes an keiner nachweisbaren Erkrankung und war in einer ihrem Alter entsprechenden guten körperlichen Verfassung. Allerdings hat die Haaranalyse ergeben, daß sie seit etwa zwei Jahren regelmäßig Cannabis konsumiert hat. Ebenso kann ein schon länger bestehender Alkohol-Abusus nicht ausgeschlossen werden. Spermaspuren wurden nicht gefunden. Eine Schwangerschaft lag nicht vor.

Dem Bericht des Rechtsmediziners waren zahlreiche Seiten mit den Laborergebnissen der toxikologischen Untersuchungen beigeheftet. Es folgte eine Schätzung von Zeitpunkt und Menge der Drogen, die die junge Frau vor ihrem Tod eingenommen hatte. Beigefügt war auch der Nachweis der Einnahme einer nicht mehr genau kalkulierbaren Menge LSD.

Olga stand auf, ging hinüber ins Kinderzimmer und beugte sich über das Bettchen. Smilla lag auf dem Rücken, hatte die kurzen Arme neben den Kopf gestreckt und atmete ruhig und gleichmäßig. Heute Nachmittag schlief sie ungewöhnlich lange. Olga berührte ihre Stirn, um festzustellen, ob sie vielleicht Fieber hatte, aber die Temperatur schien normal zu sein, und die Atemzüge des Kindes waren leicht und frei. Sie ging hinüber in die Küche, nahm einen Becher aus dem Regal und hängte einen Teebeutel hinein. Dann stellte sie den Wasserkocher an, ging wieder ins Wohnzimmer und beugte sich erneut über die Akte.

Auf den Obduktionsbericht folgte eine seitenlange Übersicht der Vernehmungsprotokolle und Befragungen, die die Mitarbeiter der damaligen Mordkommission durchgeführt hatten. In den Tagen und Wochen nach dem Auffinden der Leiche hatte man über einhundert Personen in die Bezirkskriminalinspektion einbestellt und befragt. Allein der dazugehörige Schriftverkehr füllte sechs Ordner. Olga suchte in der Liste der Vernommenen nach dem Namen Lumm und fand ihn weit oben, direkt nach den Aussagen der Mutter der Getöteten, Waltraud Labent, und deren Lebensgefährten Joseph Hagge, die mehrmals befragt worden waren. Lars-Peter Lumm war für Dienstag, den 16. Mai 1989 um acht Uhr dreißig in die Blumenstraße einbestellt worden. Seltsamerweise war von der Vernehmung nur ein Durchschlag vorhanden, nämlich wenige, enggetippte Seiten, auf denen lediglich die Antworten festgehalten worden waren, nicht aber die Fragen, die man Lumm gestellt hatte. Leider war auch nirgends erfasst, wer die Befragung durchgeführt hatte.

Im Fall der am Samstag, dem 14. Mai 1989, tot aufgefundenen Cornelia Labent erschien der einbestellte Lars-Peter Lumm, 24 Jahre alt, geboren in Flensburg, wohnhaft im Knooper Weg 51 in Kiel, Lehramtsstudent an der Muthesius-Schule sowie an der Universität Kiel. Nach Feststellung seiner Personalien gab Lumm zu Protokoll:

Ich war mit der Verstorbenen Conny Labent sehr gut bekannt. Wir waren sechs Monate zusammen, haben uns aber vor Kurzem getrennt. Conny hat sich oft bei mir aufgehalten, ja man könnte sagen, sie hat bei mir gewohnt. Nach unserer Trennung hat sie sich mit ihren wenigen persönlichen Sachen einen Platz in einer Wohngemeinschaft gesucht. Irgendein Kumpel von ihr hat ihr das Zimmer dort besorgt. Sie wohnte zuletzt in einem Abrißhaus in der Holtenauer Straße 49. Als wir noch zusammen waren, haben wir uns meistens in meiner Wohnung getroffen, denn Conny wohnte da noch zu Hause bei ihrer Mutter, die aber depressiv war und ihr keinen Besuch erlaubte. Das Haus, in dem ich wohne, gehört meiner Cousine. Sie hat mir die Zweizimmerwohnung im Souterrain gegen eine geringe Miete überlassen.

Ja, ich habe ein Sofa.

Eine rote Wolldecke habe ich auch.

Conny und ich haben uns in der letzten Zeit oft gestritten. Stimmt wohl, wenn die Nachbarn das sagen. Ja, auch mal angebrüllt. Ich finde aber, das ist meine Privatsache.

Männergeschichten?

Ich habe irgendwann verstanden, daß Conny nicht die richtige Frau für mich ist, das gebe ich zu.

An Himmelfahrt war ich mit einigen Kumpeln an der Schwentine unterwegs. Wir sind mit einem Ruderboot von Oppendorf nach Klausdorf gefahren. Wir waren zu fünft und haben eine Kiste Bier geleert. Conny war nicht dabei, es war ein Männerausflug zum Vatertag.

Am Freitag, den 5. Mai, habe ich lange geschlafen. Dann habe ich gezeichnet und für die Uni gelernt. Ein Zimmer in meiner Wohnung nutze ich als Atelier.

Dort steht auch das Sofa, wieso?

Freitag abend war das Konzert der Kiel Town Boyz im

Subway in der Bergstraße. Conny war auch da, wir haben uns gesehen, aber wir haben nicht miteinander gesprochen. Sie hatte einen kurzen Auftritt auf der Bühne. Zusammen mit Pitty hat sie einen Song im Duett gesungen. Ja, nur ein einziges Lied. Sie hatte keine sehr begnadete Stimme. Nicht mal für diese Art von Musik. Sie war angetrunken, wie immer bei solchen Anlässen. Bier und Schnaps, nehme ich an. Tequila, klar, kann gut sein.

Sie hat dann noch viel getanzt und sich über alles totgelacht. Sie ist mehrmals beim Tanzen hingeknallt, aber sie hat sich immer wieder hochgerappelt und hat weitergetanzt.

Drogen hat sie normalerweise nicht genommen. Ab und zu mal gekifft, das schon. Aber selten.

Andere Sachen nicht, nein.

Warum sollte ich das erzählen, wenn es nicht stimmt?

Nein, ich nehme keine Drogen. Ja, gut, Alkohol und Zigaretten, aber das meinen Sie nicht, oder?

Ich kenne die Leute von den Kiel Town Boyz sehr gut. Freunde, ja, könnte man sagen.

Wieso Stress? Ich hatte keinen Stress mit denen. Wegen Conny?

Mit Pitty? Keine Ahnung, das glaube ich nicht.

Mit allen? Bullshit. Wer sagt das?

Ich bin gegen ein Uhr weg aus dem Subway. Da war Conny noch da. Sie hat am Tresen gestanden mit einer anderen Frau, die ich aber nicht kannte, und hat Salzstangen geknabbert. Ich weiß nicht, wie die hieß. Habe sie noch nie gesehen. Eine Freundin? Keine Ahnung.

Zu Hause hab ich mich gleich ins Bett gelegt und geschlafen. Zwei Tage feiern hat mir gereicht.

Ich habe einen Cutter, um meine Leinwände zurechtzuschneiden. Natürlich, ich kann den holen, wenn Sie möchten.

Wo? In meinem Hausflur?

Keine Ahnung, wie das Blut da drangekommen ist. Das ist ganz sicher nicht mein Cutter.

Wer?

Eine Nachbarin?

Bitte, rufen Sie mir einen Anwalt.

Der Kessel auf dem Herd pfiff in den höchsten Tönen, aber Olga Island brauchte eine Weile, bis sie das Geräusch überhaupt wahrnahm, so vertieft war sie. Erst als ihr einfiel, dass Smilla von dem Pfeifen wach werden könnte, stand sie auf, ging in die Küche und goss sich mit dem restlichen, noch nicht verkochten Wasser ihren Tee auf. Dann nahm sie die Tasse mit zum Schreibtisch.

Olga griff nach einer blauen Mappe mit dem Presseecho. Fein säuberlich waren die inzwischen leicht vergilbten Zeitungsartikel auf holzfreies DIN-A4-Papier geklebt und beschriftet worden. Seit Dienstag, dem 16. Mai 1989, als eine erste kurze Mitteilung über den Fund einer weiblichen Leiche in einem Rapsfeld bei Preetz verbreitet wurde, wuchsen Nachrichten und Spekulationen über das Ableben von Cornelia Labent unter Zuhilfenahme von formatfüllenden Fotos des Fundortes und eines Porträts der Getöteten auf Doppelseitenformat an.

In einem Artikel aus der Kieler Tageszeitung vom 18. Mai 1989 hieß es, dass der frühere Freund der Toten, Lars-Peter L. aus Kiel, aufgrund dringenden Tatverdachts festgenommen worden sei. Angeblich hatte er seiner Exfreundin mit einer Waffe so schwere Verletzungen zugefügt, dass sie gestorben sei. Im Hausflur des Verdächtigen habe man das Tatwerkzeug gefunden, an dem man Blutspuren der Blutgruppe des Opfers nachgewiesen habe. Der seit dem 17. Mai in Untersuchungshaft sitzende L. schweige jedoch zu den Vorwürfen.

Olga Island lauschte zu ihrem Kind hinüber, aber alles war ruhig, und sie las weiter. Die Akten protokollierten, dass Lumm vom 17. Mai an in Untersuchungshaft gesessen hatte, aber der Prozess gegen ihn war vor dem Landgericht in Kiel erst am 12. November eröffnet worden. Die Anklage hatte sich im Wesentlichen auf die Aussagen der Wohnungsnachbarn des Angeklagten gestützt, wonach Lumm und seine Exfreundin eine katastrophale, von Geschrei und Gewalt geprägte Beziehung geführt haben sollen. Der ständige Lärm hatte bereits seit Ostern 1989 zu Beschwerden bei der gemeinsamen Vermieterin geführt, die diese aber nicht weiterverfolgt hatte. Die Nachbarn beklagten sich, dass Lumm die familiären Verbindungen zur Vermieterin ausgenutzt habe, um alle Beanstandungen zu ignorieren. Ein zentraler Punkt während des Prozesses war der im Hausflur vor Lumms Wohnung gefundene Cutter gewesen, mit dem er der Getöteten schwere Verletzungen zugefügt haben sollte. Während des Prozesses hatte es für Lumm nicht gut ausgesehen, und auch die Presse schien ihr Urteil bereits gefällt zu haben.

Der Prozess endete überraschend nach dem 14. Verhandlungstag. Der Vorsitzende Richter, ein relativ junger Mann mit Namen Detlef Hellwig, sprach Lumm in allen Anklagepunkten frei.

Olga stutzte. Der Name Hellwig kam ihr bekannt vor.

Nach kurzem Nachdenken fiel ihr ein, dass der ertrunkene Richter aus Plön, den man im Kellersee gefunden hatte, so geheißen hatte. Sie machte sich eine kurze Notiz und las weiter.

Die Urteilsbegründung des Landgerichtes hielt fest, dass nicht gerichtsverwertbar nachzuweisen sei, dass der Lehramtsstudent Lars-Peter Lumm seine Exfreundin Conny Labent ermordet habe – trotz intensiver Ermittlungen und aller möglicher rechtsmedizinischer Untersuchungen. Bis zuletzt habe man nicht ausschließen können, dass sich die Frau die Wunden an Handgelenken und Hals in selbstmörderischer Absicht selbst zugefügt habe. Als Todesursache war Tod durch Aspiration von Mageninhalt festgestellt worden.

Wie die Leiche ins Rapsfeld gelangt war, konnte ebenfalls nicht geklärt werden. Zwar war auf dem Feld in der Nähe der Leiche ein Handschuh gefunden worden. Dieser Handschuh konnte aber keiner Person zugeordnet werden. Womöglich stammte er von einer unbeteiligten Person wie einem Land- oder Straßenarbeiter.

Die Kommentatoren in den Zeitungen hatten sich über den Ausgang des Prozesses gegen Lars-Peter Lumm irritiert, wütend und geradezu entsetzt gezeigt. Eine Zeitung aus dem Plöner Umland schrieb: »Es ist schwer zu akzeptieren, dass eine so erdrückende Beweislast wie der Fund des blutverschmierten Cutters im Hausflur des Mörders zu so einem Urteil führen kann. Lars-Peter L. hatte einen prominenten Anwalt, den seine vermögende Cousine finanziert hat. Diese Investition hat sich offenbar ausgezahlt.«

Kein einziger der Zeitungskommentare bewertete den juristischen Grundsatz »Im Zweifel für den Angeklagten«, auf den der Richter Detlef Hellwig sich berufen hatte, als angemessen.

Die Leserbriefe in der Zeitung waren ausgesprochen emotional und wütend. Viele Leserinnen und Leser konnten nicht verstehen, warum ein derart Verdächtiger oder auch nach Volkes Meinung eindeutig Schuldiger wie Lumm wieder frei herumlaufen durfte.

16

Olga las, bis Smilla wach wurde und sich mit leisem Geschrei meldete. Sie fütterte sie, wickelte sie und zog sie um. Dann legte sie sie auf die grüne Decke im Wohnzimmer und schob den Babytrainer zu ihr hinüber. Dabei handelte es sich um ein kleines Holzgestell, an dem einfache Spielsachen aus Holz und Stoff angebracht waren, mit denen sich Smilla beschäftigen konnte. Eine Zeit lang lag sie auf dem Rücken unter dem Gestell und griff mit ihren kleinen Fäusten nach den bunten Teilen. Wenn es ihr gelang, ein Teil zu erhaschen, steckte sie es in den Mund, um es zu erkunden. Dabei sabberte und brabbelte sie vor sich hin. Besonders lange widmete sie ihre Aufmerksamkeit einem mit Knisterfolie gefüllten Frotteehasen.

Während Smilla sich stillvergnügt in aller Ruhe fortbildete, las Olga die Protokolle über die Befragungen der Mitglieder der Punkband, die am fraglichen Abend im Subway in der Bergstraße aufgetreten war und sich Kiel Town Boyz nannte. Sie stutzte erneut. Genauso hatte doch die Band geheißen, die letzte Woche am Abend vor Himmelfahrt im Gasthof Zur Linde in Ascheberg aufgetreten war. Ausgerechnet deren Konzert hatte der Maler Lars-Peter Lumm besucht, und genau auf dieser Veranstaltung sollte sich auch Eva von Mansfeld aufgehalten haben. Was die Galeristin behauptete, Lumm aber abstritt.

Olga sah im Baum vor ihrem Fenster zwei große, graue Wildtauben hocken. Sie mochte nicht glauben, dass das alles ein großer Zufall war. Alarmiert las sie weiter.

Die Kiel Town Boyz waren 1989 drei junge Männer im Alter von zwanzig bis vierundzwanzig Jahren gewesen: der zwanzigjährige Sven Hollmann, Max Erking, einundzwanzig Jahre alt, und der vierundzwanzigjährige Heiner Storjahn, genannt Pitty, alle wohnhaft in Kiel. Die drei Musiker waren einzeln als Zeugen vernommen worden. Olga überflog die Aufzeichnungen, und schnell fiel ihr auf, wie auffällig die Aussagen der Männer über den fraglichen Freitagabend und die Nacht zum Sonnabend einander glichen. Die Schilderungen der Abläufe im Subway stimmten so gut überein, dass sie sofort den Eindruck gewann, dass sich die Befragten untereinander abgestimmt hatten. Sven, Max und Pitty hatten sich gegenseitig perfekte Alibis gegeben, und zwar gleich für das ganze Wochenende.

So hatte Pitty Storjahn am 16. Mai 1989 zu Protokoll gegeben: »Gleich nach unserem Gig in der Bergstraße haben wir die Instrumente in unseren Bandbus geladen und sind feiern gegangen. Wir waren erst im Irish Pub vorn an der Ecke in der Muhliusstraße. Als der zumachte, sind wir weiter in die Kaskade unten am Hafen. Die Animierdamen werden Ihnen das bestätigen. Gegen sieben Uhr morgens sind wir in den Angler am Exer und haben dort gefrühstückt. Den Bus hatten wir auf dem Wilhelmplatz geparkt. Warum? Auf dem Exer konnten wir nicht stehen, da war doch Wochenmarkt. Nach dem Frühstück sind wir alle zusammen rausgefahren auf den Hof von Max' Großeltern. Der liegt mitten auf dem Land, in Richtung Plön. Dort haben wir erst mal ausgeschlafen, Max und Sven auf dem Dachboden, ich im Bus. Den ganzen Samstag und den ganzen Sonntag waren wir auf dem Hof und haben geprobt. Gerade arbeiten wir nämlich an unserem zweiten

Album. Erst Montagmorgen haben wir uns wieder getrennt. Da hat Max uns früh gegen halb acht nach Kiel gefahren. Ich bin zur Arbeit, Sven zur Uni, Max zu seinem Zivildienst. Die anderen werden Ihnen das sicher so bestätigen. Die Großeltern von Max natürlich auch.«

Und tatsächlich gab jeder jedem ein wasserdichtes Alibi. Keiner von ihnen wollte Conny Labent nach ihrem kurzen Gastauftritt auf der Bühne des Subway noch gesehen oder gesprochen haben. Auch die Frage, ob sie eine Liebesbeziehung zu einem von ihnen unterhalten habe, hatten alle weit von sich gewiesen. Die schöne Conny sei eine Art Groupie und bei fast allen Auftritten dabei gewesen. Ab und zu habe sie ja sogar mal singen dürfen. Aber sonst habe keiner ein besonderes Interesse an ihr gehabt.

»Örö, trrr.« Smilla machte komische Geräusche. Sie hatte es geschafft, sich auf den Bauch zu drehen, und versuchte nun, den Po nach oben zu schieben und sich mit den Armen hochzustemmen. Dabei atmete sie wie eine Schwerstarbeiterin. Olga stand auf und setzte sich zu ihr auf den Boden.

»Gut machst du das.«

Unter Aufbietung seiner ganzen Konzentration und Körperkraft robbte das Kind rückwärts.

»Na, nu geit dat aber los«, sagte Olga und hätte diesen ergreifenden Moment gern mit irgendjemandem geteilt. Aber es war niemand da, und deswegen Tante Thea anzurufen, kam ihr übertrieben vor.

Sie konnte sich den Dialog bildhaft vorstellen.

»Übrigens, Smilla krabbelt.«

»Ja und, was kann sie sonst noch?«

Eine Weile beschäftigten Mutter und Kind sich miteinander und mit dem Babytrainer. Bald darauf wurde Smilla müde, und Olga trug sie wieder in ihr Bett. Aber die kleine Krabblerin wollte nicht schlafen, sondern wirkte unzufrieden und unruhig. Sie weinte, bis die Müdigkeit sie übermannte und ihr die Augen zufielen. Wieder ging Olga ins Wohnzimmer und setzte sich an den Schreibtisch.

Conny Labent war in der Nacht von Freitag, dem 5. Mai, auf Samstag, den 6. Mai, gegen zwei Uhr morgens das letzte Mal lebend gesehen worden. Zunächst von einem Zeugen mit Namen Patrick D. Köller, der sich selbst als ein guter Bekannter bezeichnete. Er habe sie im Treppenhaus vor der Diskothek Hinterhof getroffen und versucht, sich mit ihr zu unterhalten. Conny habe aber abwesend gewirkt, einen merkwürdigen, starren Blick gehabt und sich »wie ferngesteuert« bewegt. Sie sei an ihm vorbei die Treppe zum Ausgang hochgestiegen und habe sich am Geländer festhalten müssen, weil sie so geschwankt habe.

Eine andere Zeugin, Heike Cordmann, wollte etwa um dieselbe Zeit beobachtet haben, wie Conny im Billardsalon, der sich in der untersten Etage des Bergstraßenlabyrinths befand, die Damentoilette aufsuchte. Conny habe ausgesehen, als würde sie schlafwandeln. Die Augen weit aufgerissen, die Pupillen starr. Auch diese Zeugin hatte versucht, Conny anzusprechen, aber die habe nicht geantwortet.

Olga sah aus dem Fenster. Die Tauben im blühenden Straßenbaum vor der Haustür gurrten laut und ausdauernd.

Sie versuchte sich zu erinnern. Subway, Billardsalon, Hinterhof. Das sagte ihr etwas. Aber es war alles schon so ewig her. Mehr als ein halbes Leben. Denn nicht nur Ines, die Tochter des Registrators, war Ende der Achtzigerjahre in der Bergstraße unterwegs gewesen. Auch sie selbst hatte die Gänge, Treppenhäuser, Spielsalons, Bars und Discos durchstreift und dort in den fensterlosen Clubs nächtelang getanzt. Selbst von Laboe aus war der Weg nie zu weit gewesen. Man nahm den Bus, fuhr bei Bekannten mit oder trampte. Plötzlich stand ihr alles wieder vor Augen, fast meinte sie, beim Lesen den Geruch nach Schweiß, Siff, Bier und Tausenden von gerauchten Zigaretten wieder in der Nase zu haben. Die Bergstraße. Eine unübersichtlich gebaute Anlage mit unzähligen Vergnügungsetablissements. Auch heute noch war sie ein beliebtes Ausgehziel für die jüngeren Kielerinnen und Kieler. Nicht selten gab es dort nächtliche Polizeieinsätze wegen Schlägereien und anderen Körperverletzungen. Mit der Mordkommission hatte Olga Island in ihrer bisherigen Zeit in Kiel zum Glück noch nicht dorthin ausrücken müssen.

So kam es, dass sie selbst seit über zwanzig Jahren nicht mehr dort gewesen war. Früher hatte sie sich oft im Hinterhof herumgetrieben, einer Diskothek alter Schule, mit gedrechselten Holzsäulen und angestaubten Rockhits, die damals schon nostalgisch gewirkt hatte. Von dort aus war man ein paar Treppen hinuntergestiegen zu Läden mit Namen wie Pfefferminz, Heinrich Böll, Tucholsky, DNA oder Subway. Dort unten in den Katakomben unter der Stadt hatte es Gänge und Treppenhäuser gegeben, die zu weiteren Diskotheken, Spielhallen oder kurzlebigen Restaurants geführt hatten. Von manchen Türen aus war man überraschenderweise in ein Parkhaus gelangt, welches immer gleichermaßen merkwürdig wie düster erschienen war.

Das im zweiten Kellergeschoss gelegene Subway war damals die Adresse für Punk und New Wave gewesen, konsequent in Schwarz gehalten, mit der härtesten Musik weit und breit und berühmt für die KOT-Tage, an denen es für eine D-Mark Korn, Ouzo oder Tequila gab, die auf überladenen Tabletts durch die finsteren Räume getragen wurden. Währenddessen tanzte man, je nach Musikstil, entweder Pogo oder bewegte sich gemessen zu Gruftmusik hin und her.

War das damals, bevor sie nach Berlin gegangen war, eigentlich eine gute oder eine schlechte Zeit gewesen? Sie hätte es nicht sagen können.

17

Sven Hollmann schlug die Augen auf. Die Uhr auf dem Nachtschrank zeigte zwei Uhr dreißig. Warum war er aufgewacht? Er drehte sich auf die andere Seite und versuchte, wieder einzuschlafen, aber er musste wie so oft an die Schule denken. Schon sah er sie vor sich: diese Mutter, die ihn wutentbrannt vor dem Lehrerzimmer abgefangen hatte. Sie beschwerte sich lautstark, dass ihr Junge trotz Nachhilfeunterricht nur eine Vier in der Mathearbeit geschafft hatte. Ihr Verbalangriff war an sich nichts Besonderes gewesen, es kam oft vor, dass Eltern sich beschwerten. Aber diese Frau hatte, während sie sprach, einen feinen Schleimfaden an der Nase gehabt, und dieser Schleimfaden wollte ihm jetzt mitten in der Nacht einfach nicht aus dem Sinn gehen.

Er drehte sich auf den Rücken. Du musst an etwas anderes denken, ermahnte er sich. Sonja lag abgewandt neben ihm auf der anderen Seite des Bettes und schnarchte leise. Es war ein vertrautes Geräusch, das er normalerweise überhörte. Jetzt aber, wo er wach war und ihm das Einschlafen so schwerfiel, machte ihn das Schnarchen seiner Frau wütend. Er musste damit rechnen, noch lange wach zu liegen. Am nächsten Tag in der Schule würde sich das bitter rächen, denn nichts stachelte Schüler mehr an als ein unausgeschlafener, unkonzentrierter Lehrer, bei dem die Nerven blank lagen.

Er starrte zur Decke und versuchte, seine Gedanken auf etwas Angenehmes zu lenken. Der Auftritt der Band in der

Linde, das war ein schöner Abend gewesen. Wie gut sie gewesen waren. Und wie viele Leute gekommen waren. Es hatte sich zu den Bekannten, die sie selbst eingeladen hatten, auch wieder einiges Jungvolk gesellt. Glücklicherweise war keiner seiner Schüler dabei gewesen. Die wollte er wirklich nicht auf dem eigenen Konzert treffen. Zum Glück wohnten die zu weit weg, und die meisten waren sowieso viel zu brav und angepasst für diese Art von Musik.

Alte Bekannte dagegen traf er schon ganz gern. Nur auf Lars-Peter Lumm, den Gefährten aus der Studentenzeit, hätte er gut verzichten können. Den hatte wohl keiner von ihnen wiedersehen wollen. Trotzdem war Lumm da gewesen, hatte sich hinten im Saal hinter einen Pfeiler gestellt und auf die Bühne geglotzt. Wie verhärmt er ausgesehen hatte. Früher war Lumm ein hübscher Kerl gewesen, ein Mann, der den Frauen gefiel. Der schöne Lehrer Lumm. Auf dem besten Weg vom Referendariat direkt in eine Festanstellung. Bis zu der Geschichte mit Conny.

Dabei hatte Lumm Glück gehabt. Schließlich war er freigesprochen worden. Nun gut, die Eltern an der Schule, an der er damals Kunst und Englisch unterrichtete, hatten das anders gesehen. Sie hatten dafür gesorgt, dass er nach seiner Untersuchungshaft nicht an seinen Arbeitsplatz zurückkehren konnte. Er war versetzt worden – erst aufs Land bei Rendsburg, dann auf eine Nordseeinsel, schließlich ins Hamburger Umland. Über die Buschtrommeln hatte Sven später gehört, dass Lumm schließlich überall gescheitert war. Er hatte seinen Beruf an den Nagel gehängt oder hängen müssen und war Künstler geworden. Und obwohl er früher einmal mit ihm befreundet gewesen war, hatte auch er nie wieder mit ihm gesprochen.

Zwei Uhr siebenunddreißig. Und keine Spur von Müdigkeit. Trotzdem war Sven von den ganzen wirren Gedanken so erschöpft, dass er tanzende Punkte an der Zimmerdecke wahrzunehmen meinte. Er rieb sich die juckenden Lider. Dann schloss er die Augen und malte sich aus, wie er auf der Bühne ein Gitarrensolo spielte und schöne, junge Frauen davor ekstatisch tanzten.

Als er die Augen wieder öffnete, war es zwei Uhr vierzig, und die unruhigen Punkte an der Zimmerdecke waren noch immer da. Es flackerte. Mit einem Ruck fuhr Sven Hollmann in den Kissen hoch und setzte sich auf. Etwas knisterte. Er sprang aus dem Bett und lief zum Fenster. Das Schlafzimmer befand sich unterm Dach im obersten Stock des Einfamilienhauses. Von hier ging der Blick über das mit Trockenrasen begrünte Flachdach des Carports bis in die Baumwipfel am anderen Ende des Gartens, die jetzt, mitten in der Nacht, normalerweise im Dunkeln lagen. Doch heute wirkten die Baumkronen so, als würden sie von irgendeinem unruhigen Licht bewegt. Svens Augen suchten schlaftrunken nach einer Erklärung und blieben an dem Carport hängen. Er schrak zusammen. Das Licht war der Widerschein von Flammen.

Brannte etwa der Wagen im Carport?

Sven Hollmann rannte hinüber ins Kinderzimmer und riss seine Tochter aus dem Bett. Das weinende, schlaftrunkene Kind an sich gepresst, rannte er die Treppe hinunter, öffnete die Haustür und lief nach draußen.

»Und an mich hast du keinen einzigen Gedanken verschwendet!« Sonjas Stimme war hoch und schrill wie ein Zug, der auf den Schienen bremste. »Dein Kind hast du immerhin gerettet. Ansonsten ging es dir nur um dein blödes Auto. An mich hast du überhaupt nicht gedacht. Ich könnte tot sein.«

Seine Frau saß auf der Couch im Wohnzimmer, schniefte und verzog den Mund zu einem dauerhaften Schmollen, das nichts als Verachtung ausdrückte.

Er versuchte, sich zu erinnern, was ihm durch den Kopf gegangen war, als ihm klar wurde, dass sein Wagen brannte. Das Auto war ihm gar nicht so wichtig gewesen – es war ihm um die Gitarre gegangen, die im Kofferraum gelegen hatte. Er hatte tatsächlich nicht an seine Frau gedacht. Und obwohl sie natürlich auch nicht wirklich in Gefahr gewesen war, hatte sie dummerweise erst das Gellen der Feuerwehrsirene auf dem Haus am Dorfteich aus dem Schlaf gerissen. Da hatte es wohl in dem Schlafzimmer auch schon heftig nach Brand gerochen.

Sonja hatte wie wahnsinnig nach Marly geschrien und war, als sie sie im Kinderzimmer nicht fand, in kopfloser Panik die Treppe nach unten gestürzt, direkt in die starken Arme eines Barsbeker Feuerwehrmannes, der ihr in voller Montur unter Atemschutz im Flur entgegengekommen war. Das war nun ihr Held.

Sven hatte mit Marly an der Hand draußen vor dem Carport gestanden, unfähig, sich von der Stelle zu rühren. Der Zafira war nicht mehr zu retten gewesen, und Sven musste zusehen, wie der schöne, neue Wagen ganz und gar zu einem Totalschaden zusammenschmorte. Die Balken des Carports waren völlig verkohlt, das Grasdach verrußt, doch ansonsten war der Brand glimpflich ausgegangen. Das Wohnhaus war – bis auf den Brandgeruch in einigen Zimmern – unversehrt geblieben.

»Aber das konntest du ja nicht wissen, dass das Haus nicht abbrennt«, sagte Sonja wohl zum zehnten Mal. »Ich hätte sterben können. Du bist ein Idiot.«

»Es tut mir leid«, sagte Sven. Seine Gedanken wanderten immer wieder zu dem Gespräch mit den Brandexperten der Bezirkskriminalinspektion, die bereits früh am Morgen nach dem Feuer mit einem Trupp aus Kiel angerückt waren. Nach ihren ersten Erkenntnissen handelte es sich um Brandstiftung.

»Jemand hat Ihnen Grillanzünder auf die Reifen gelegt. Das ist ein typisches Vorgehen, um sich nach dem Legen des Feuers in Ruhe vom Brandort zu entfernen«, hatte der Leiter der Truppe erklärt. »Bis der Reifen brennt, kann es bis zu zehn oder zwanzig Minuten dauern. Ist Ihnen in der Nacht kurz vor dem Brand vielleicht etwas aufgefallen? Haben Sie Geräusche gehört oder jemanden gesehen?«

Sonja und Sven hatten beide den Kopf geschüttelt.

»Seit mein Mann wieder mit seiner Band probt, gibt es nur Unglück«, hatte Sonja vorwurfsvoll gesagt. »Die Jungs scheinen das Unheil förmlich anzuziehen.«

Die Brandermittler versäumten nachzufragen, was sie damit eigentlich gemeint hatte. Sie wollten lieber eine genaue Schilderung von Sven Hollmann hören, der als Erster beim Brandherd gewesen war.

»Ich bin gegen halb drei Uhr aufgewacht, aber ich weiß nicht, warum«, entgegnete Sven Hollmann. »Erst nachdem ich eine Weile wach gelegen hatte, habe ich den Feuerschein bemerkt.«

»Haben Sie einen Verdacht, wer das getan haben könnte?«, fragte einer der Brandermittler.

»Nein. Natürlich nicht. Wir haben keine Feinde«, sagte Sven Hollmann im Brustton der Überzeugung.

»Vielleicht war es der Feuerteufel, der hier vor zwei Jahren sein Unwesen trieb?«, mischte sich Sonja ein.

»Von einem Feuerteufel ist wohl nicht auszugehen, denn wir haben im Moment keine ungeklärten Brände in dieser Gegend«, war die lapidare Antwort.

»Aber die Strohballen, damals im Sommer …«, beharrte Sonja Hollmann.

»Das waren zwei Jugendliche, die längst gefasst wurden.«

»Vielleicht haben sie wieder damit angefangen.«

»Keiner der beiden lebt mehr in Schleswig-Holstein. Sie sind mit ihren Familien weggezogen.«

»Ich verstehe das nicht«, sagte Sonja ratlos.

»Wir ermitteln gegen unbekannt.«

»Tun Sie das! Sonst wissen wir ja nicht, wie wir je wieder ruhig schlafen sollen.«

»Danke«, sagte Sven, »aber es ist ja nichts Schlimmes passiert. Wir kommen schon klar.«

Sonjas Blick war hasserfüllt.

18

Am Mittwoch, dem 4. Juni, fuhr der erste Zug von Kiel nach Lübeck im Kieler Hauptbahnhof um 5.13 Uhr ab. Fahrplanmäßig passierten die Triebwagen Raisdorf um 5.22 Uhr und verließen den Bahnhof von Preetz um 5.28 Uhr. Die Strecke durch den Wald bei Kühren dauerte zwei Minuten, dann glitt der Zug am malerischen Lanker See dahin, eilte durch Wiesen und Felder und gelangte auf eine mehrere Kilometer lange, schnurgerade Strecke, die direkt auf den Ort Ascheberg am Plöner See zuführte. Auf dieser Strecke nahm der Zug, der durch langsames Tempo im Wald eine halbe Minute verlor, noch einmal richtig Fahrt auf. Früher hatte es auf dieser Strecke mehrere unbeschrankte Bahnübergänge gegeben, die aber inzwischen fast alle mit Schrankenanlagen ausgestattet waren, die vom Stellwerk in Plön aus bedient wurden. Nur an einer Stelle gab es noch einen mit Andreaskreuzen gekennzeichneten, unbeschrankten Überweg.

Die heutige Zugführerin Lisa Kloth vermutete, dass der Plattenweg, der die Bahngleise hier kreuzte, kaum mehr als zwei Kuhkoppeln miteinander verband. Denn obwohl sie schon mehrere hundert Mal an dieser Stelle vorbeigekommen war, hatte sie weder bei Tag noch bei Nacht je jemanden an diesem Übergang stehen sehen.

Doch an diesem hellen Morgen, die Sonne war im Osten schon hoch über die Felder emporgestiegen, bemerkte sie, als sie sich dem Übergang schon auf fast einhundert Meter genähert hatte, dass sich etwas auf den Schienen befand.

Die Sonne blendete, und Lisa Kloth kniff die Augen zusammen. War es mehr als nur ein dunkler Schatten von einem der Bäume, die in der Böschung neben dem Bahngleis wuchsen, oder war da jemand auf den Schienen? Der Zug hatte eine Geschwindigkeit von hundertdreißig Stundenkilometern erreicht. Wenn das da vorne ein Mensch oder ein Tier oder ein größerer Gegenstand war, war es höchste Zeit zu bremsen. Sie betätigte den Hebel und leitete den Bremsvorgang ein. Das Geräusch, das dann einsetzte, ging ihr und allen Fahrgästen in den Triebwagen durch Mark und Bein. Metall schliff über Metall, Funken spritzten. Eine ältere Frau, die mit ihrem Hund nach Eutin unterwegs war, wurde aus ihrem Sitz geschleudert und stürzte auf den Gang vor der Zugtoilette. Der Hund jaulte auf, die Frau schrie. Ein leiser Aufprall draußen und immer noch das irrsinnige Quietschen der Räder. Erst viel später kam der Zug zum Stehen.

Lisa Kloth vorn im Fahrerstand hatte instinktiv die Augen geschlossen, als das dunkle Etwas auf sie zugerast kam. Als der Aufprall stattfand, spürte sie nichts, außer einer schwachen Erschütterung der vorderen Scheibe. Sie konnte einfach nicht glauben, dass ihr das passiert sein sollte, was jedem ihrer Kollegen statistisch zweimal in seinem Berufsleben passierte. Es fühlte sich nicht so an. Sie öffnete die Augen. Die Frau mit dem Hund schrie noch immer.

Die Zugführerin lehnte sich vor, konnte aber durch die Scheibe nichts sehen. Benommen ging sie zum Ausstieg im vorderen Wagen und öffnete ihn. Draußen ging sie am Zug entlang nach vorn zum Steuerwagen. Etwas klemmte zwischen Vorderrad und Schotterbett. Etwas anderes war zur

Seite geflogen und hing hinter dem Zug in einem der Bäume.

Lisa Kloth blieb ruhig. Während die Fahrgäste schweigend in ihren Sitzen saßen und aus den Fenstern starrten, zog sie ihr Handy aus der Tasche und verständigte die Kollegen vom Stellwerk in Plön und die Polizei.

Es war ganz still, denn selbst die Vögel in den Hecken schienen zu schweigen.

19

An diesem Mittwochmorgen war Olga vor Smilla wach. Sie stellte im Badezimmer das Radio an, erwischte einen Oldie und sang laut mit: »Against the wind, we were running against the wind.« Wie viel man doch in seinem Hirn abspeicherte im Laufe eines Lebens, auch wenn es sich manchmal nur auf Melodien und Wortfetzen beschränkte.

Während sie in der Dusche stand und sich abtrocknete, hörte sie die Kurznachrichten aus der Region, in denen von einem Garagenbrand in Barsbek, einem Dorf hinter Laboe, die Rede war. Glücklicherweise sei niemand verletzt worden. Olga trug Gesichtscreme auf. Die Stimme des Nachrichtensprechers wurde hektischer.

»Im Fall des ertrunkenen Amtsrichters aus Plön, Detlef Hellwig gibt es neue Erkenntnisse.« Sie horchte auf. »Die Kamera eines Ornithologen aus Malente, die im Schilf des Kellersees für eine Langzeitstudie über Zugvögel aufgestellt worden war, hat nach Erkenntnissen der Staatsanwaltschaft in Kiel eindeutiges Filmmaterial aufgenommen. Die Aufzeichnungen beweisen, dass der vor ein paar Tagen tot im See aufgefundene Richter ohne fremdes Verschulden bei Tätigkeiten an Deck seines Schiffes über Bord gestürzt ist. Eine Fremdeinwirkung kann somit ausgeschlossen werden.« Es folgte ein kurzes Interview mit Kriminalhauptkommissar Falk Taulow, der in Bruns' Abwesenheit die Ermittlungen leitete und die Auswertung der Filmaufnahmen bestätigte.

Olga sah in den Spiegel und kämmte sich die Haare.

Es war schon merkwürdig, so früh am Morgen die Stimme eines vertrauten Kollegen im Radio zu hören.

Weil Smilla immer noch schlief, cremte sie sich in aller Ruhe mit Körperlotion ein und zog sich an. Inzwischen war auch das Kind aufgewacht und wartete ausnahmsweise mehr oder weniger geduldig auf Brei und Trinken. Nachdem auch Olga einen Tee getrunken und sich mit Käsebrot gestärkt hatte, machte sie Smilla ausgehfein und fuhr sie im Kinderwagen zur Tagesmutter in der Steinstraße. Frau Kilinski öffnete die Tür und lachte über das ganze Gesicht.

»Sie wird so eine schöne Braut, das glaubt man nicht«, strahlte sie. »Ich bin aufgeregter als bei meiner eigenen Trauung.«

»Das wäre ich auch an Ihrer Stelle«, sagte Olga.

Die Wohnung roch nach frisch gebackenem Brot und Kräutertee, eine Mischung, die Smilla offenbar gefiel, denn sie hatte augenblicklich in den »Ich-bin-ein-Sonnenschein-und-verzaubere-alle-durch-meinen-Liebreiz«-Modus umgeschaltet. Während Olga Island noch ein paar Fotos der neu eingerichteten Hamburger Wohnung des zukünftigen Brautpaares bestaunen musste, saß Smilla rücklings auf dem Teppich und beschwerte sich auch nicht, als eines der anderen Tageskinder, ein eineinhalbjähriger Junge namens Jasper, seine Bauklötze umwarf, zu ihr hinüberrobbte und ihr mit beiden Händen den Kopf tätschelte.

Olga verabschiedete sich, indem sie Smilla eine Kusshand zuwarf. Als sie auf die Straße trat, atmete sie erst einmal durch. Fünf Stunden frei, um alles zu erledigen, was zu erledigen war, fünf Stunden ungestörtes Arbeiten. Der

Himmel war blau, die Luft klar, und die Sonne schien so hell, dass es in den Augen schmerzte. Auf dem Weg zur Bezirkskriminalinspektion lief sie die Holtenauer Straße hinunter und erlaubte sich einen Blick in die Auslagen einer neu eröffneten Designer-Boutique. Für schicke Schuhe und Klamotten hatte sie gerade kein Geld übrig. Aber gucken war schließlich erlaubt.

Sie erreichte die Blumenstraße gegen neun Uhr. Früher war sie oft eine der Ersten im Büro gewesen, um die Ruhe der frühen Morgenstunden nutzen zu können. Jetzt war sie froh, wenn sie es überhaupt mal für ein paar Stunden in die Mordkommission schaffte. Die beiden estnischen Kommissare waren nicht da, hatten ihre Arbeitsplätze aber penibel aufgeräumt hinterlassen.

Nur ein Kalender an der Wand mit einem Foto der Altstadt von Tallinn und eine über einer Stuhllehne abgelegte Strickjacke in einem feinen Folkloremuster deuteten darauf hin, dass sie Kiel noch nicht endgültig verlassen hatten.

Olga öffnete das Fenster und ließ frische Luft herein, dann ging sie in die Teeküche und machte sich mit dem wild zischenden Höllenautomaten ein bitteres Heißgetränk. Sie dachte an die altmodischen Kaffeemaschinen, die früher die Amtsstuben bevölkert hatten. Dieser fiese, meist abgestandene Kaffee hatte ehrlich gesagt auch nicht besonders geschmeckt.

Sie stellte den Becher mit Espressobrühe auf den Schreibtisch, setzte sich und zog ein paar weiße Blätter DIN-A4-Papier aus der Schublade. Manchmal half es, sich auf weißem Papier noch einmal alles vor Augen zu führen. Auf dem ersten Blatt notierte sie ein paar Details über das Verschwinden von Eva von Mansfeld, die sie nicht vergessen wollte, dann hielt sie auf einem weiteren Blatt ein paar Fakten zu den Nachforschungen über den Maler Lars-Peter Lumm fest. Auf ein Extrablatt schrieb sie eine Liste von Dingen, die im Altfall Conny Labent zu bedenken und zu erledigen waren.

Während ihre Hand über die Papiere eilte, quietschten draußen auf dem Gang die Sohlen von Turnschuhen über das Linoleum. Henna Franzen streckte den Kopf zur Tür herein.

»Hi, Olga, du schon wieder? Der Kaffee schmeckt hier wohl doch besser als zu Hause, was?«

»Geht so.«

»Bei dem Wetter würde ich nicht freiwillig herkommen.«

Henna trug einen Stapel Aktenmappen. Sie war schon ordentlich in der Sonne gewesen und sah aus wie das blühende Leben. Unter dem sommerlichen Top lugte ihr neues Tattoo auf der Schulter hervor. Wenn der Chef Thoralf Bruns im Dienst gewesen wäre, hätte er Henna sofort nach Hause geschickt, denn die Dienstvorschriften der Polizei verboten es, solche Körperverzierungen zu zeigen. Henna sah Olgas Blick und zupfte an ihrem Ärmel herum, bis die dunklen Striche verschwunden waren.

»Ihr habt also doch noch Ergebnisse zum Ableben des Amtsrichters aus Plön?«, erkundigte sich Olga.

»War das eine Aufregung, als dieser Ornithologe die Aufnahmen vorbeigebracht hat. Das war wohl wirklich so was wie ein Glücksfall. Taulow war stolz, dass wir das ohne den Chef abschließen können.«

»Haltet ihr die Aufnahmen denn für authentisch?«

»Ja, die Prüfungen haben das ergeben.«

»Herzlichen Glückwunsch.«

»Danke.«

»Dann ist es jetzt etwas ruhiger?«

»Etliche Leute werden ein paar Überstunden abbummeln.«

»Das ist ja gut«, sagte Olga.

Aber Henna hatte noch eine andere Neuigkeit, die sie unbedingt loswerden wollte.

»Der Maskenmann ist wieder aufgetaucht«, sagte sie. »Ein paar Rentner sind ihm bei einer Radtour im Wald begegnet.«

»Wo?«

»Zwischen Plön und Malente.«

»Ist das ein Exhibitionist oder so was?«, wollte Olga wissen. »Ich meine, hat er irgendetwas getan, um die Leute weiter einzuschüchtern?«

»Nein«, antwortete Henna. »Er hat nichts weiter getan. Davon hat jedenfalls keiner etwas erzählt. Der Mann soll immer nur so dastehen, wie eine Säule.«

»Und die Rentner haben ihn einfach stehen lassen?«

»Ja, sie sind weitergefahren, und als sie sich umdrehten, war er weg. Verschwunden im Unterholz.«

»Komischer Kauz.«

Henna Franzen machte mit der Hand eine Kurbelbewegung an ihrer Stirn.

»Hast du etwas über den Hof herausgefunden, über den wir gesprochen haben?«, fragte Olga nun.

»Ja, natürlich. Ich bring nur mal den Kram weg, dann erzähl ich dir das gleich.«

Nach drei Minuten war sie wieder da.

Ebenfalls mit einem Becher Kaffee in der Hand.

»Mein Onkel Horst von der Westküste hat schnell mal einen Kumpel in Plön angerufen, der sich gut in der Gegend auskennt. Das mit dem Hof ›Schöneweide‹ scheint eine tragische, aber keine ganz ungewöhnliche Geschichte zu sein. Seit zweihundert Jahren hat dort eine Familie namens Boll gesiedelt und geackert, viele Generationen lang. Der letzte Bauer auf dem Hof, Friedrich Boll, starb vor achtzehn Jahren. Er war allein, denn seine Frau hatte sich zwei Jahre zuvor auf dem Dachboden erhängt. Den Grund dafür wusste der Bekannte aus Plön leider nicht. Er konnte auch nicht sagen, wie Friedrich Boll eigentlich gestorben ist. Er war schon über achtzig und lag eines Tages tot in seinem Bett. Von seinen drei Töchtern hat keine einzige Interesse an der Landwirtschaft gezeigt. Die Erben wurden sich aber auch nicht einig, was mit dem Besitz passieren sollte, und sind es offenbar bis heute nicht.«

»Eine zerstrittene Erbengemeinschaft also?«

»Eher eine unentschlossene. Die Töchter sind bis heute zu keiner Lösung gekommen, was sie mit dem Hof anfangen sollen. Nach dem Tod des alten Landwirts wurde der Hof nicht mehr bewirtschaftet und drohte zu verfallen. Um die Gebäude zu sichern, hat man alles verschlossen. Die Ländereien sind immerhin an einen Nachbarn verpachtet, darauf konnten sich die Schwestern einigen. Der Pächter der Flächen hält auch alles um die Gebäude herum einigermaßen in Ordnung. Man munkelt, dass die Bundeswehr dort Nahkampfübungen durchführt, aber das dürfte wohl eher ein Gerücht sein. Wir müssten sonst mal bei der Truppe nachfragen. Kann ich mir aber eigentlich nicht vorstellen.«

»Alle Fenster und Türen sind abgedichtet. Was sollen die da machen, außer um die Häuser schleichen?«

»Vielleicht dient das Gehöft bei Manövern zur Peilung? Ich habe keine Ahnung.«

»Hast du auch nach dem Haus ›Frohsinn‹ gefragt?«

Henna Franzen nickte.

»›Frohsinn‹ war ursprünglich das Altenteil des Hofs ›Schöneweide‹. Es diente als Wohnhaus für die alten Bauersleute, wenn sie den Hof an ihre Nachfolger abgegeben hatten.«

»Hat der letzte Bauer auf dem Hof, dieser Friedrich Boll, in seinen letzten Jahren auch dort gewohnt?«

»Nein. Er selbst hat dort seine Eltern versorgt, bis sie Anfang der Achtzigerjahre starben. Danach hat das Haus leer gestanden. Es wurde erst Mitte der Neunzigerjahre wieder vermietet. Da muss es eigentlich schon recht rott gewesen sein.«

»An wen wurde es vermietet? An Lumm und seine Frau?«

»Kann sein, ja.«

»Darauf konnten sich die Schwestern also einigen?«

»Offenbar. Miet- und Pachteinnahmen sind ja nicht zu unterschätzen. So ein leer stehender Hof verursacht ja stetig Kosten. Deshalb sind die Erben sicher nicht abgeneigt, etwas in die Kasse zu bekommen. Nur beim Verkauf zaudern sie nach wie vor.«

»Leben denn noch alle?«

»Das nehme ich an.«

»Wie alt könnten sie jetzt sein?«

Henna dachte nach. »Schwer zu sagen. Vielleicht zwischen sechzig und siebzig. Ist das wichtig?«

»Wahrscheinlich nicht.«

»Wenn du es genau wissen willst, finde ich ihre Namen raus.«

»Nur wenn du dich mal langweilst. Danke erst einmal für die Infos.«

Flink schnappte Henna sich ihren leeren Kaffeebecher und ging hinüber in ihr Zimmer. Sie machte ihren Job gut, war motiviert und zuverlässig. Fast nichts konnte sie aus der Ruhe bringen, sie war eine Teamplayerin und schien mit ihrem Leben zufrieden zu sein.

Das war nicht bei allen Mitarbeitern der Mordkommission der Fall. Jan Dutzen hatte sich ja Hals über Kopf ins Sabbatjahr verabschiedet. Es war eher unwahrscheinlich, dass er danach an seinen alten Arbeitsplatz würde zurückkehren können. Seine Stelle hatte Kriminaloberkommissar Stefan Ohm übernommen. Ohm war ein ehemaliger Brandermittler der Kripo, über fünfzig, glatzköpfig und korpulent, weshalb manche ihn für gemütlich hielten. Aber trotz der leichten Schläfrigkeit, die er manchmal ausstrahlte, konnte er erstaunlich schnelle Gedanken entwickeln. Genauso schnell aber konnte er seinem Gegenüber mit einer spitzen Bemerkung einen Schlag verpassen, mit dem er nicht gerechnet hatte. Er war berüchtigt für seine Vernehmungstaktik und machte nicht den Eindruck, dass er freiwillig wieder in seine alte Abteilung zurückkehren würde.

Olga Island hatte bisher noch nicht näher mit Ohm zusammengearbeitet, was sich aber ab September ändern würde. Insgeheim wünschte sie sich Jan Dutzen als Kollegen zurück. Aber es wäre sicher leichter, wenn sie nicht wieder so eng zusammenarbeiten müssten.

Draußen knallte die Sonne vom Himmel, und allmählich wurde es warm in den Büros unterm Dach. Deshalb zog Olga ihre Kapuzenjacke aus, bevor sie sich der Aktenablage auf dem Schreibtisch zuwandte. Es hatten sich etliche Schriftstücke angesammelt, die mit allgemeinen Verwaltungsangelegenheiten zu tun hatten und die sie schnell mal überfliegen sollte. Die Neugestaltung der Reisekostenabrechnungen oder Änderungen bei der Krankenfürsorge waren Dauerbrenner, die nur selten jemanden interessierten.

Es klopfte.

»Moin.« Eine Mappe flog auf Islands Schreibtisch. Ein mürrischer Kai Lornsen stand in der Tür. »Das sind die Handydaten von dieser Trulla.«

»Eva von Mansfeld?«

»Wer denn sonst?« Lornsen hatte schlechte Laune, und Olga ärgerte sich, dass er die mal wieder an den Kollegen ausließ. Sie beschloss, ruhig und freundlich zu bleiben.

»Super, vielen Dank! Und was hast du herausgefunden?«, erkundigte sie sich.

»Lies selbst«, knurrte er. »Sie könnte in Kiel sein. Jedenfalls ist ihr Handy hier. Seit Sonntagabend ist es in den Funkzellen rund um den Kieler Bahnhof nachgewiesen.«

»Drogenszene?«

»Was weiß ich? Vielleicht ist die Frau in einem der Hotels abgestiegen.«

»In welchem?«

Er rollte die Augen. »Sollte ein Witz sein.«

»Ach so.«

»In den letzten Nächten hat sich das Gerät in der Nähe des Restaurants Vapiano befunden. Wahrscheinlich schläft die Frau auf einer der Bänke dort am Ufer.«

»Das passt aber nicht zu ihr.«

Er zuckte die Schultern.

»Das zu untersuchen ist deine Sache, Frau Island.«

»Oh, danke. Und das Mobiltelefon des Ehemanns?«

Er deutete auf die Mappe. »Steht alles hier drin.«

»Sag's mir doch bitte mal schnell.«

Er funkelte sie böse an. »Das Handy des Mannes hat sich zwischen Freitagnachmittag, als er offenbar aus Berlin angereist ist, und heute Morgen immer in denselben Funkzellenquadranten befunden, nämlich in und um Sepel, am Plöner See, wo ja wohl das Ferienhaus steht. Außer am Samstag, da war es in Bad Segeberg nachweisbar, und am Sonntagnachmittag für eine halbe Stunde in Plön. Die Mobiltelefone der Kinder waren bis auf Samstag, als die beiden offenbar in Bad Segeberg waren, die ganze Zeit im Bereich des Ferienhauses am Plöner See eingeloggt.«

»Was könnten wir *noch* überprüfen?«

»Verdammt noch mal, Island, für mich gibt es keinen Fall, basta. Hast du es mal bei Madame von Mansfeld zu Hause in Berlin versucht? Vielleicht sitzt sie gemütlich in ihrer Küche, trinkt Rotwein und lacht sich ins Fäustchen.«

»Unter dem Festnetzanschluss in Berlin geht sie nicht ran.«

»Dann ist sie eben im Fitnessclub oder bei ihrem Liebhaber oder was weiß ich.«

»Das würde ich gern glauben, aber mein Gefühl sagt mir …«

Er lachte abschätzig.

»Was ist, wenn wir es doch mit einem Verbrechen zu tun haben?«, fuhr Olga fort.

Ohne eine Antwort drehte Kai Lornsen ihr den Rücken zu und verschwand auf den Gang.

20

Als Kai Lornsen gegangen war, rief Olga Island bei der Asservatenstelle im Landgericht an, wo angeblich die Beweismittel im Fall Cornelia Labent lagerten. Der dortige Mitarbeiter versprach, sie zurückzurufen. Tatsächlich meldete er sich noch vor der Mittagspause und teilte ihr mit, dass nur noch wenige Asservate vorhanden seien. Die zunächst sichergestellten persönlichen Dinge aus dem Besitz der Verstorbenen seien nach Ablauf einer Frist von fünfzehn Jahren an die Angehörigen zurückgegeben worden. Nur der Cutter als mögliche Tatwaffe, die Wolldeckenfussel als mögliche Spurenträger und die zerschnittenen Kleidungsstücke der Toten seien noch in der Sammlung gesichert.

Olga bedankte sich und rief dann bei Frau Dr. Kleist an. Die stellte mit spitzer, belehrender Stimme klar, dass eine Wiederaufnahme der Ermittlungen im Altfall Cornelia Labent ohnehin nur nach Anordnung des Ermittlungsrichters durchgeführt werden könne. Eine DNA-Analyse und alle weiteren Untersuchungen würden drei bis sechs Wochen in Anspruch nehmen, es könne aber immer zu weitaus längeren Bearbeitungszeiten kommen. Außerdem wollte sie wissen, ob Olga Island schon Kontakt zu einem der zuständigen Staatsanwälte aufgenommen habe. Und ob ihr Team im Falle dieses besonderen Altfalles überhaupt schon ein einigermaßen schlüssiges und weiterführendes Ermittlungskonzept ausgearbeitet habe. Olga Island verneinte, bedankte sich und legte auf.

Eigentlich hatte sie für diesen Nachmittag geplant, ihre Tochter bis vierzehn Uhr bei Frau Kilinski abzuholen. Aber daraus wurde nichts. Denn um kurz vor eins bekam sie einen Anruf aus dem Landeskriminalamt. Man bat sie, so schnell wie möglich vorbeizukommen. Deshalb bestellte sie ein Taxi und saß fünfzehn Minuten später Thomas Müller, einem Mitarbeiter der Abteilung für Innere Sicherheit beim Staatsschutz, in seinem Büro gegenüber. Thomas Müller war ein schlanker, unauffälliger Typ mit Oberlippenbart, der Olga Island kurz und bündig über einen Vorfall am frühen Morgen informierte.

»Um 5.33 Uhr hat es einen gefährlichen Eingriff in den Schienenverkehr gegeben. Der Frühzug von Kiel nach Lübeck musste auf der Strecke zwischen Preetz und Plön eine Notbremsung durchführen, weil die Zugführerin eine Kollision mit einer Person oder einem Gegenstand befürchtete. Bei der Notbremsung kamen im Zug zwei ältere Personen und ein Hund leicht zu Schaden.«

»War es etwa beim unbeschrankten Bahnübergang in der Nähe des leer stehenden Gehöfts ›Schöneweide‹?«, platzte Olga heraus.

»Exakt«, sagte Thomas Müller und sah sie kühl und forschend an.

»Aber wieso befragen Sie mich dazu?«, fragte Olga.

Sie wollte sich ihre Unsicherheit auf keinen Fall anmerken lassen. Sicher würde sie gleich zu hören kriegen, wie das alles zusammenhing. Sie wollte einfach nicht glauben, dass alle ihre Schritte vom Staatsschutz überwacht wurden. Dazu gab es doch schließlich keinen Grund.

»Wir haben erfahren, dass Sie an einem Fall arbeiten,

der mit diesem Vorfall in Zusammenhang stehen könnte«, antwortete der unscheinbare Mann.

»So?«, fragte Olga. Arbeitete diese Frau Dr. Kleist etwa so eng mit dem Staatsschutz zusammen, dass sie sofort brühwarm alles weitergegeben hatte? Aber was sollte sie ihr denn überhaupt Wichtiges erzählt haben? Die Frau hatte doch alles abgebügelt, was in Richtung Wiederaufnahme der Ermittlungen im Altfall Conny Labent gegangen wäre.

Thomas Müller zog eine Plastikkarte aus einer Mappe und legte sie vor Olga Island auf die Schreibtischplatte. Es war der Personalausweis von Eva von Mansfeld.

»Sie haben eine Überprüfung der Handydaten dieser Person angeordnet. Warum?«

Daher weht also der Wind, dachte Olga Island. Dann hat Kai Lornsen die Handyortung also keinesfalls auf seine Kappe genommen.

»Ist sie tot?«, fragte sie und versuchte, ihr Entsetzen zu verbergen.

Thomas Müller schwieg, aber nachdem er sie einige Zeit weiter scharf und forsch angestarrt hatte, schüttelte er schließlich den Kopf.

»Nein, ich kann Sie beruhigen. Direkt auf den Gleisen ist niemand zu Schaden gekommen. Es scheint eher so zu sein, dass jemand einen schweren Rucksack auf die Schienen geworfen hat, der die Zugführerin zu einer Notbremsung veranlasste, bei der der Triebwagen beschädigt und Passagiere verletzt wurden. Im Rucksack waren Kleidungsstücke, ein Fahrradhelm und dieser Ausweis. Wir würden aber natürlich sehr gern wissen, was es mit der Person, der der Ausweis gehört, auf sich hat.«

»Eva von Mansfeld wurde am letzten Samstagnachmittag in einer Galerie in Plön von der Galeristin Hedwig Luther das letzte Mal gesehen und gilt seitdem als vermisst«, antwortete Olga Island. Dann berichtete sie kurz und knapp, was sie noch über das Verschwinden wusste. Währenddessen machte sich Müller Notizen.

»Interessant«, sagte er schließlich.

»Haben Sie denn an den Bahngleisen sonst noch etwas gefunden?«, wollte Olga wissen.

»Was meinen Sie?«

»Zum Beispiel das grüne Damenrad der Frau?«

»Nein, aber kommen Sie gern mit und schauen sich die Reste an, die wir eingesammelt haben.«

Thomas Müller führte sie über den Hof zu einem Metallcontainer. Er öffnete die Tür, und sie traten ein. Auf einem Labortisch lagen Kleidungsstücke sowie ein schwarzer, ramponierter Rucksack, dessen Schultergurte gerissen und zerfetzt waren. Bei der Kleidung handelte es sich um eine schwarze Fahrradhose und eine rote Trainingsjacke. Daneben lagen ein schwarz-weiß gestreifter Fahrradhelm, dessen Stirnseite eingedrückt war, und ein buntes Baumwolltuch. Die Dinge auf dem Tisch entsprachen den Sachen, die Eva von Mansfeld auf ihrem letzten Foto getragen hatte.

»Die Sachen könnten tatsächlich Frau von Mansfeld gehören«, bestätigte Island. »Ich werde Ihnen ein Foto übermitteln, mit dem Sie das abgleichen können. Was war denn noch in dem Rucksack?«

»Ein paar Quittungen aus einem Supermarkt in Ascheberg.«

»Und sonst?«

Er wies auf eine halbhohe Plastikbox.

»Taschentücher, eine leere Trinkflasche, ein paar zerfledderte Seiten aus einem Notizbuch oder von einem Brief. Die Schrift war allerdings kaum noch lesbar. Das Papier ist auf den Schienen durch die Reibungsenergie fast pulverisiert worden. Unsere Schriftexperten sind dran.«

»Könnte ich eine Kopie bekommen, wenn Sie Ergebnisse haben?«

»Ja, Frau Kollegin. Sie wissen aber, dass das dauern kann.«

»Informieren Sie mich einfach zeitnah, dann bin ich schon zufrieden.«

Der Oberlippenbartträger nickte und gab ihr zum Abschied die Hand.

21

Am Abend des 4. Juni wurde auf dem Vorplatz des Kieler Hauptbahnhofs auf Anordnung der Staatsanwaltschaft Kiel ein Mann festgenommen und aufs Polizeirevier in der Falckstraße gebracht. Seine Personalien wurden festgestellt, und wenig später erhielt Olga Island einen Anruf, dass der Mann zur Vernehmung bereitstünde.

Olga, die gerade einen ruhigen Abend mit Smilla zu Hause verbringen wollte, rief Frau Kilinski an, die wiederum sofort versuchte, ihre jüngste Tochter Jessica zu erreichen, weil sie selbst einen wichtigen, nicht aufschiebbaren Termin hatte. So kam es, dass gegen halb acht die sechzehnjährige Jessica Kilinski mit Smilla im Kinderwagen zu einem Spaziergang an der Förde startete, während Olga in einem Büro des Polizeireviers einem Mann namens Kevin Birk gegenübersaß.

Kevin Birk war in Hamburg unter der Adresse seiner Mutter gemeldet. Seine Kleidung schien längere Zeit nicht gewaschen worden zu sein. Er roch nach einem Leben auf der Straße und nach feuchtem Hundefell.

»Herr Birk, in dieser Plastiktüte befindet sich ein Handy, das wir bei Ihnen sichergestellt haben. Wie kommen Sie in den Besitz?«

»Ich hab es gefunden.«

»Wo?«

»In Plön auf dem Bahnhof.«

»Wann war das?«

»Keine Ahnung. Echt nicht.«

»Ich glaube Ihnen. Aber versuchen Sie bitte, sich zu erinnern.«

»Oh Mann, gleich wird mir wieder was untergeschoben, nur weil ich mal was aufgehoben hab. Warum muss so was immer mir passieren? Immer nur mir.«

»Sie hätten das Gerät doch abgeben können. Im Fundbüro.«

»Stimmt, das wollte ich auch. Aber da war weit und breit kein Fundbüro. Und auch keiner von der Bahn, dem ich es hätte in die Hand drücken können. Da hab ich es eben eingesteckt und vergessen, dass ich es bei mir hab.«

»Also noch mal. Denken Sie bitte nach. Wann haben Sie das Handy gefunden und wo genau?«

»Versuch ich ja, aber …« Er hob die Schultern. »Fällt mir nicht ein.«

»Herr Birk, es ist ganz leicht für uns. Wir checken alle Leute, die in den letzten Tagen von dem Gerät aus angerufen worden sind. Die kriegen dann alle Besuch von uns, und wir werden fragen, ob sie mit Ihnen telefoniert haben.«

»Okay, okay, also es war Sonntagabend. Das Ding lag im Mülleimer bei den Bänken, wo in Plön die Busse abfahren. Ich hatte da nach leeren Flaschen geguckt. Plötzlich hat das Teil geklingelt, und ich hab es aus dem Müll gefischt. Ist doch wirklich schade, so was wegzuschmeißen. Ich hab's echt nicht geklaut, nur gefunden.«

»Okay. Und dann haben Sie ein bisschen damit telefoniert?«

»Das waren Notfälle. Es ist doch nur ein Steinzeithandy, kein Smartphone oder so was, nur ein doofes, kleines Handy.«

»Und Sie haben keine Ahnung, wem es gehört hat?«

»Das schwöre ich.«

»Und Sie haben auch niemanden gesehen, der es in den Müll geworfen hat?«

»Nein.«

»Kennen Sie die Frau auf diesem Foto?«

»Nie gesehen.«

»War sie hier in Kiel?«

»Keine Ahnung. Echt nicht.«

»Wurden Sie mal angerufen?«

Der Mann zögerte. »Von dem einen oder anderen Kumpel, ja.«

»Kamen denn auch Anrufe für die Besitzerin des Telefons?«

»Nee, nee, obwohl ...«

»Ja?«

»›Unbekannt‹ hat ein paar Mal angerufen. Da bin ich aber nicht rangegangen.«

»Sonst niemand? Sie haben wirklich keine Einträge wie ›David‹ oder ›Zu Hause‹ auf dem Display gesehen?«

»Nein. Immer nur ›Unbekannt‹.«

»Wo waren Sie heute Morgen um halb sechs?«

»Da habe ich auf meiner Bank am Hafen geschlafen.«

»Sind Sie sicher?«

»Die Möwen sind meine Zeugen.«

Nach der Befragung von Kevin Birk, der anschließend mangels Zweifel an seiner Aussage auf freien Fuß gesetzt wurde, wählte Olga Island die Nummer von David von Mansfeld. Er meldete sich mit verschlafener Stimme.

»Störe ich?«, fragte Island.

»Nein, warum? Ich habe nur ein bisschen ferngesehen. Haben Sie meine Frau gefunden? Vorhin waren zwei Männer da und haben mir Fotos vom Rucksack und der Kleidung meiner Frau gezeigt. Was hat das zu bedeuten? Ihre Sachen lagen auf irgendwelchen Gleisen. Wer wohnt da in der Nähe? Das scheint ja in the middle of nowhere zu sein. Wie kommen die Sachen da hin?«

»Sie haben wohl keine Idee?«

»Nein, aber ich werde mir einen Anwalt nehmen, wenn die Polizei mich weiter so hinhält. Ich werde einfach nicht ausreichend informiert. Niemals hätte ich so etwas für möglich gehalten! Das ist eine bodenlose Unverschämtheit.«

»Ich wollte Ihnen gerade mitteilen, dass wir das Handy Ihrer Frau geortet haben. Es wurde am Hauptbahnhof in Kiel sichergestellt.«

»Und was heißt das? Wo ist Eva jetzt?«

»Herr von Mansfeld, halten Sie es für denkbar, dass Ihre Frau am Samstag mit dem Zug nach Kiel gefahren ist?«

»Nein, niemals, warum hätte sie das tun sollen?«

»Hat sie vielleicht Bekannte in Kiel, die sie besuchen wollte?«

»Bestimmt nicht. Sie ist doch Berlinerin.«

»Kann es denn sein, dass sie einfach nach Berlin zurückgereist ist?«

»Das ist völlig absurd. Wir haben doch zusammen Urlaub gemacht. Mit den Kindern. Jemand muss sie überfallen haben. Unternehmen Sie doch endlich etwas. Das ist ja wirklich nicht auszuhalten.«

»Wie oft haben Sie in den letzten Tagen versucht, Ihre Frau auf ihrem Handy anzurufen?«

Im Hörer blieb es für einige Sekunden still.

»Sehr oft.«

»Gut. Wir sind bereits dabei, genau solche Sachen zu überprüfen.«

22

Max Erking kam gegen ein Uhr nachts zu Hause in Projensdorf an. Seine Geschäftsreise war anstrengend gewesen. Vor drei Stunden hatte er noch im Hotel in Hannover mit Kunden aus Vancouver zusammengesessen und über Preise, Mengen und Lieferzeiten verhandelt. Aber dann waren sie sich einig geworden, und er war sofort ins Auto gestiegen und wie erhofft zügig nach Kiel durchgekommen. Seine Nacht würde kurz sein, denn schon um halb acht wurde er wieder im Büro erwartet. Immerhin würde er dem Chef und seinen Mitarbeitern vom erfolgreichen Abschluss der Verhandlungen berichten können.

Die Motoren für mittelgroße Yachten und Motorboote, die sie im Programm hatten, waren auch für ausländische Kunden interessant. Und es sah so aus, als wäre da in Zukunft noch mehr möglich. Das Geschäftsvolumen wuchs, mit der Firma ging es voran.

Leise vor sich hin pfeifend war er von der Autobahn abgefahren und kurz darauf in die kleine Seitenstraße eingebogen, in der sein Haus lag. Schon am Bordesholmer Dreieck hatte er den Flachmann aus dem Handschuhfach gezogen und sich seitdem den einen oder anderen Schluck daraus gegönnt. Nun war das Fläschchen leer. Gleich würde er sich noch einen richtigen Absacker genehmigen, um dann gut schlafen zu können.

Das Garagentor reflektierte die hellen Scheinwerfer. Nach der Nachtfahrt war er regelrecht geblendet vom strahlenden Weiß. Er kniff die Augen zusammen, während das Tor langsam hochfuhr. Auf der linken Seite der Dreifachgarage stand der Sportwagen seiner Frau, in der Mitte sein VW-Bus. Es hatte sich in jedem Fall gelohnt, die Garage verbreitern zu lassen, auch wenn die Bauzeit nervig gewesen war. Die Baufirma hatte geschlampt, und er hatte sich wieder einmal einen Anwalt nehmen müssen, bis alles seinen Vorstellungen entsprochen hatte. Aber nun hatten die Wagen endlich ausreichend Platz, und seine Frau zerkratzte beim Einparken nicht mehr den Lack. Lukas und Linus konnten, wenn sie mal vorbeischauten, vorne an der Straße parken. Aber die beiden Jungen waren nicht mehr oft zu Hause. Sie wohnten schon seit über einem Jahr in der Innenstadt und waren auch ansonsten immer voll beschäftigt mit Ausbildung, Auftritten und ihren sonstigen Projekten.

Max war stolz auf seine Söhne. Sie machten sich gut und kamen voran. Ganz der Vater, dachte er zufrieden.

Während er aus dem Wagen stieg und die Aktentasche aus dem Kofferraum holte, fiel ihm der Schnaps im Kühlschrank wieder ein. Fast spürte er ihn schon auf der Zunge. Den hatte er sich verdient. Er verließ die Garage und hörte, wie sich das Tor leise surrend hinter ihm schloss. Der Bewegungsmelder reagierte und tauchte den Garagenvorplatz und den Weg zum Gebäude in gleißendes Licht. Vorplatz und Zugang zum Haus waren im Zuge des Garagenausbaus ebenfalls neu gepflastert worden. Seine Frau Lena mochte es gern ein bisschen exklusiv. Deshalb hatten sie sich nach langem Hickhack für runde Steine aus grob behauenem Marmor entschieden, auch wenn er dafür einen weiteren Kredit hatte aufnehmen müssen.

Er achtete nicht auf seine Schritte, vielleicht lag es auch am langen Sitzen im Auto und der leichten Müdigkeit zu dieser späten Stunde. Jedenfalls blieb er mit der Schuhspitze an einem Pflasterstein hängen, stolperte und wäre fast gestürzt. Er fing sich in letzter Sekunde. Diese teure Baustelle, dachte er wütend, und am Ende war es doch nicht perfekt geworden. Am Licht der Gartenbeleuchtung lag es nicht, denn das war gnadenlos hell.

Weiter oben, kurz vor der Haustür, waren dunkle Flecken auf dem hellen Bodenbelag. Etwas Flüssiges war über die Steine gelaufen und in den Rillen der feinen Zwischenräume versickert. So eine Schweinerei. Hoffentlich reichte es, die Verunreinigung mit einem Wasserschlauch abzuspritzen. Oder musste er sich schon wieder irgendwo bei einem Fachmann Rat holen?

Den Eingangsbereich hatten sie schon vor längerer Zeit neu gestalten lassen, und zwar mit einer Holztür im Friesenhauslook. Das war ein bisschen zu bieder für seinen Geschmack, aber Lena hatte es unbedingt so haben wollen. In der Adventszeit oder zu Ostern schmückte sie die Tür von außen mit einem Kranz oder einem schönen Blumengebinde. Nun stand Pfingsten bevor, und tatsächlich hing da wieder etwas zwischen den Butzenscheiben.

Max Erking wühlte den Haustürschlüssel aus der Hosentasche hervor und starrte dabei die Tür an. Der Blumenschmuck hatte eine ungewöhnliche Form. Wahrscheinlich war es das Neueste aus dem Lifestyle-Blumenladen vorne an der Hauptstraße, den Lena so toll fand, dass sie gleich Unmengen von Geld dort ließ. Diesmal war es eine Katzendeko. Was hatten Katzen eigentlich mit Pfingsten zu tun? Komisch unförmig war das Ding auch noch.

Er trat näher und kniff die Augen zusammen. Auch beim Fahren hatte er inzwischen Schwierigkeiten, auf dem Armaturenbrett alles scharf zu erkennen. Je nach Lichtverhältnissen brauchte er ab und zu seine Lesebrille. Doch die steckte gerade im Etui tief in seiner Aktentasche. Und eine Gleitsichtbrille kam einfach noch nicht infrage.

Waren das eigentlich rote Zweige, die aus dem Blumenstrauß hervorlugten, oder was? Max Erking schloss die Tür auf und stutzte wieder. Dieser Geruch – unangenehm, muffig, irgendwie nach nassem Tier. Er trat auf den Absatz zurück und glotzte das Ding an, das zwischen den Butzenscheiben an der Tür baumelte.

Das war kein Blumenarrangement. Es war ihr Kater Nick, der vergötterte Liebling seiner Frau. Jemand hatte das Tier mit einem roten Stofffetzen aus Wolle umwickelt, mit frischen Birkenzweigen und einem Zweig Rapsblüten ausstaffiert und zwischen die Butzenfensterscheiben an die Tür genagelt. Nick war steif und mausetot.

Max Erking zog das klamme Paket mit einem Ruck von der Tür ab. Mit zitternden Knien ging er damit zur Mülltonne vorne an der Straße, zog zwei volle Mülltüten daraus hervor, warf den Kater in die Tonne und entleerte die Tüten sorgfältig über dem toten Tier. Hoffentlich würde übermorgen die Müllabfuhr kommen und die Tonne leeren, bevor Lena irgendetwas vom Tod ihrer Katze mitbekam.

Max ging ins Haus und auf direktem Weg in die Küche. Er riss die Schnapsflasche aus dem Kühlfach, setzte sie an den Mund und nahm einen großen und tiefen Schluck. Eine fast schwindelerregende Entspannung lief durch seinen Körper.

Gut schlafen würde er trotzdem nicht.

23

Am nächsten Morgen, dem Donnerstag vor Pfingsten, brachte Olga Island ihre Tochter bereits um halb acht zur Tagesmutter. Anschließend fuhr sie über die Bundesstraße in Richtung Preetz. In der Nacht hatte es geregnet, und die Luft war kühl. Über dem Land lag ein nebliger Dunst. Auf den Weiden und am Wegesrand stand der Löwenzahn kniehoch, bereit, bei den ersten Sonnenstrahlen die Welt in ein tiefgelbes Blütenmeer zu verwandeln.

Hinter Preetz erreichte sie nach etlichen Kurven über Hügel und Hänge den Plattenweg zwischen den Feldern, der nach »Schöneweide« und zum Kronsee führte. Aufmerksam rumpelte sie über den unbeschrankten Bahnübergang, der scheinbar unverändert dalag. Hier war gestern Eva von Mansfelds Rucksack auf ungeklärte Weise vor den Frühzug geraten. Danach hatte ein größeres Polizeiaufgebot wahrscheinlich jeden Zentimeter Schiene unter die Lupe genommen und jeden Stein mehrfach umgedreht.

Sie parkte hinter einem dichten Gebüsch in der Nähe des Wäldchens, das ehemals zum Hof »Schöneweide« gehört hatte. Bevor sie ausstieg, griff sie nach ihrer Waffe, die in der Sicherungsbox unter dem Beifahrersitz lag, und steckte sie ins Hüfthalfter, das sie schon zu Hause unter ihre Kapuzenjacke gezogen hatte. Auch eine Taschenlampe nahm sie mit.

Dann wählte sie die Nummer von Henna Franzen.

»Moin, Henna«, sagte sie, als die Verbindung zustande

kam. »Ich möchte, dass du weißt, wo ich heute Morgen bin.«

»Was ist denn los?«

»Nichts Besonderes. Du weißt doch, der Hof, über den wir gesprochen haben ...«

»Klar.«

»Den möchte ich mir noch mal bei Tageslicht ansehen.«

»Allein?«

»Ja, low level. Kein Stress. Es ist wahrscheinlich nichts. Nur so ein Gefühl.«

»Du weißt, was Jan Dutzen dazu jetzt sagen würde ...«

»Weibliche Intuition, Psychoquatsch, mit Gefühlen kann man doch keinen Richter überzeugen, schon klar.«

»Pass auf dich auf.«

Olga glaubte ja auch gar nicht, dass sie auf dem Hof eine Spur von Eva von Mansfeld finden würde. Doch der Gedanke ließ ihr keine Ruhe, dass es ein verdammt einsamer, abgelegener Ort war, ein Ort, an dem keiner suchen würde. Und die Frau musste hier vorbeigekommen sein, wenn sie den Maler besucht hatte. Olga wollte ihm einfach nicht abnehmen, dass er Eva nicht kannte und sie nie gesehen hatte.

Sie erreichte den Hofplatz auf einem überwachsenen Seitenweg, der an der Scheune endete. Sie hatte ein diffuses Gefühl, sich verbergen zu müssen. Die Gebäude lagen grau und still im Morgenlicht. Auch jetzt, bei ihrem zweiten Besuch, sah das Wohnhaus eigentlich nicht verlassen aus, sondern so, als würde jederzeit jemand heraustreten, über das Buckelpflaster des Hofplatzes gehen und in einem der Ställe verschwinden. Doch in den Stallungen waren keine Tiere mehr, kein Futter in der Scheune und keine Landmaschinen im Wagenschuppen. Alles war leblos und verschlossen.

Sie wandte sich nach rechts und betrachtete die Remise. Die Tore des Gebäudes waren mit vernagelten Balken gesichert. In den Ritzen und auf den Erhebungen wuchs Moos. Aus der Nähe sah man sofort, dass die Tore seit Jahren nicht geöffnet worden waren. Auch Fenster und Luken waren mit Platten und Eisenbügeln gesichert und verschlossen. Nichts deutete darauf hin, dass sie in jüngster Zeit einmal geöffnet worden waren.

Die Vegetation hinter den Gebäuden war dicht und verwildert. Ein neuer Eigentümer hätte einiges zu tun, um das wieder in Ordnung zu bringen. An einigen Stellen war das Grundstück schon ganz in den Zustand eines Urwaldes übergegangen. Die Natur überwucherte niedergebrochenes Holz und die Reste eines verrosteten Mähdreschers. Auch hier war wohl schon lange Zeit kein Mensch mehr gewesen.

Während Olga sich dem Wohnhaus näherte, erklang lautes Vogelgeschrei. Eine Drossel, die in einem Busch neben der Eingangstreppe saß, flog laut zeternd auf. Sie war offenbar fest entschlossen, jedweden Eindringling aus ihrem Revier fernzuhalten.

Wurde Olga außer von dem aufgeregten Vogel von noch jemandem beobachtet? Sie blieb stehen und sah sich um.

Nichts regte sich.

Sie ging auf das Haus zu und umrundete es langsam. Dabei fasste sie an alle Türen und Fenster im Erdgeschoss und rüttelte vorsichtig an den Holzverschlägen und den verkeilten Brettern, aber sie fand keine Stelle, an der man in das Haus hätte einsteigen können. Alles war solide abgesperrt und von innen und außen gesichert. Auf der Rückseite des Wohnhauses hatte sich wohl einmal ein Bauerngarten befunden, aber außer ein paar überwachsenen Resten von Buchsbaumhecken war nur noch eine grob gemähte Wiese davon übrig. Ansonsten blühte auch hier die Wildnis.

Olga Island überquerte den Hofplatz und inspizierte die Wirtschaftsgebäude auf der anderen Seite. Die Drossel hatte aufgehört zu lärmen. Ein Kuckuck schrie aus den Bäumen hinter dem Stall. Die Sonne kam heraus, und sofort wurde es wärmer. Die Helligkeit ließ den verlassenen Hof harmlos erscheinen. Eine friedliche, ländliche Idylle – wenn Olga nur nicht dauernd das Gefühl gehabt hätte, sich wie in einer Kulisse zu bewegen. Sie fragte sich, ob sie mit Smilla an so einem Ort auf dem Land würde leben können, so weit draußen vor den Toren der Stadt.

Hatten die drei Töchter der Familie Boll, die sich schwer taten, den Hof zu verkaufen, hier eine glückliche Kindheit verbracht? Warum nur hatte die alte Bäuerin sich wohl umgebracht? Gab es etwa ein dunkles Familiengeheimnis?

Auf dem Rückweg zum Wagen drehte Olga sich noch einmal um und blickte zum Wohnhaus zurück. Vorne hatte der Bau einen flachen Treppenaufgang mit einem schlichten, verzinkten Handgeländer. Rechts daneben befand sich der Busch, in dem die Drossel brütete. Dann fiel ihr ein, dass das Haus bestimmt einen Keller unterhalb der Eingangstreppe hatte, vielleicht auch nur eine Teilunterkellerung.

Tatsächlich gab es unterhalb der Treppe einige Fenster, die sie noch nicht kontrolliert hatte. Sie ging zurück zum Hauseingang. Wieder protestierte die Drossel mit ihrem

Gezeter. Olga kniete sich hin und lugte unter die Treppe. Sie griff nach ihrer Taschenlampe und leuchtete hinein. Zwei Fensteröffnungen waren zu sehen. Sie waren relativ groß und von außen mit Stahlplatten versehen. Die eine Platte wies einen auffälligen Abstand von der Wand auf. Olga zögerte nur kurz, dann zwängte sie ihren Körper unter die Treppe. Mit dem Fuß schob sie die Öffnung zwischen Stahlplatte und Fensterumrandung auf.

Das Fenster stand offen.

Sie blickte noch einmal zurück.

Über dem Hofplatz flimmerte die Sonne, während Olga kurz entschlossen durch das Kellerfenster ins Haus einstieg.

24

Die Luft im Keller war feucht. Putz bröckelte von den Wänden, und die leeren Regale, auf die der Strahl der Taschenlampe fiel, waren von Schimmel überzogen. An einigen Stellen stand auf dem unbefestigten Lehmboden das Wasser.

Olga durchquerte den schmalen Raum. Neben einer Treppe befand sich eine große hölzerne Kartoffelkiste, in der einige verbogene rostige Gartenklappstühle lagen. In ein paar Bierkisten befanden sich leere Flaschen der Eiche-Brauerei Kiel, die ihren Betrieb schon vor vielen Jahren eingestellt hatte. Das Haus schien tatsächlich nur zum Teil unterkellert zu sein, denn sie sah keine weiteren Türen, nur die steile Treppe, die wie eine Leiter nach oben führte.

Die schmalen Stufen knarrten, als Olga nach oben stieg.

Die Kellertür zum Wohnhaus ließ sich leicht öffnen und führte in eine geräumige Küche mit Steinfußboden und Einbauschränken in Olivgrün. Den runden Tisch in der Mitte schmückte eine karierte Wachstuchdecke. Jemand hatte angefangen, die Schränke leer zu räumen, war aber nicht fertig geworden. Auf dem Boden stapelte sich Geschirr zwischen alten Küchengeräten. Alles war übersät von toten Insekten und Mäusekot. Zwar gab es Fußspuren im Staub, aber sie sahen nicht frisch aus.

Hinter der Küche befand sich ein breiter Flur, von dem mehrere Zimmer abgingen. Kein Lichtstrahl fiel durch die abgeriegelten Fenster. Zwei große Wohnräume, die nach hinten zum Garten hinaus liegen mussten, waren mit einer Durchgangstür verbunden.

In den beiden Schlafräumen, die nach vorn zum Eingang hin lagen, standen Betten aus dunklem Holz, die gestreiften Matratzen waren mit Stockflecken übersät. In einem weiteren Zimmer gab es einen Schrank, der offen stand. Jemand hatte Aktenordner und Papiere wahllos daraus hervorgezogen und auf dem Boden verteilt. Soweit Island es verstand, handelte es sich um alte Lieferscheine und Rechnungen für Saatgut, Reparaturen aller Art und Viehfutter für Schweine.

Auf allem lag der Staub von Jahren. Hier wie in den anderen Räumen, die sie bisher gesehen hatte, mussten früher zahlreiche Bilder an den Wänden gehangen haben, die man inzwischen entfernt hatte. Auf den ausgeblichenen Tapeten waren deutliche Rechtecke zu erkennen.

Eine Holztreppe in den ersten Stock endete auf einem Treppenabsatz, von dem vier Türen abgingen. Hinter dreien von ihnen lagen kleinere Zimmer mit jeweils einem schmalen Bett, offenbar die ehemaligen Kinderzimmer. Die vierte Tür führte auf den Dachboden.

Olga betrat den hohen, weitläufigen Raum. Es roch nach Schornsteinsott und Taubenmist. Durch Ritzen zwischen den Dachziegeln und zwei Dachluken fiel Licht herein. Das Dach war nicht isoliert, und eine laue Brise drang durch die Spalten zwischen den Dachpfannen in den stickigen Raum. Im Gegensatz zum Keller und Erdgeschoss war der Dachboden vollgestopft mit Gegenständen aller Art: Sitzpolster von Gartenmöbeln, ein Küchenbüfett aus den Dreißigerjahren, verbeulte Töpfe und Pfannen, geflochtene Körbe, löchrige Zinkwannen unterschiedlicher Größe, eine alte Nähmaschine, Haufen vergilbter Gardinen. Weiter hinten unter dem Dachgiebel stand ein Bauernschrank, für den man wohl, wäre er fachgerecht restauriert, auf einem Antikmarkt ein kleines Vermögen erzielen könnte. Der Schrank war als eine Art Raumteiler aufgestellt: Hinter seiner Rückseite tat sich ein vom übrigen Dachboden abgeteilter Bereich auf. Dort bedeckten ausgeblichene Perserteppiche die groben Holzbohlen. Mehrere breite Sessel und ein tiefes Plüschsofa waren um einen flachen Kacheltisch gruppiert, auf dem jede Menge leerer Bierdosen lagen und standen.

Karlsquell.

Island musste schmunzeln.

Holsten knallt am dollsten. Zu Aldibier rat ich dir. Oder wie waren die Sprüche damals gewesen?

Sie zählte sechzehn Dosen und sah weitere unter dem Sofa liegen, außerdem mehrere leere Chipstüten im rotgrünen Design längst vergangener Tage. Neben einem der Sessel stand der damals obligatorische, völlig überfüllte Aschenbecher. In diesem Fall war es ein kniehohes, schmiedeeisernes Ungetüm mit einem ausgehöhlten Marmorstein und einer kaputten Drehscheibe. Die Stummel, die auf den Boden gefallen waren, hatten Mäuse zu krümeligen Streifen zerlegt. Zwei verstaubte Lautsprecherboxen rahmten das Sofa ein. Daneben befand sich eine alte Stereoanlage mit Kassettendeck, CD-Player und Plattenspieler aus der Steinzeit der Musikbeschallung. Ein flaches Regal mit Hunderten von Langspielplatten, säuberlich aufgestellt und sortiert. Ein weiteres Regal mit Kassetten, die Hüllen mit ausgeschnittenen Bildchen aus Illustrierten, bunt und selbst gestaltet, wie man es damals so machte. Eine der Kassetten war offenbar vervielfältigt worden, denn es gab sie gleich mehrfach. Auf dem Cover war eine fette Katze abgebildet, die eine traurig dreinblickende Maus wie einen Joint in den Klauen hielt, an ihr zog und höhnisch grinste. »Restrisiko« lautete die Beschriftung.

Hinter dem Bauernschrank auf dem Dachboden war die Zeit stehen geblieben. Es sah aus wie ein Ort zum Abhängen für die Landjugend der Achtzigerjahre. Hatten sich die Töchter des letzten Bauern auf »Schöneweide« hier auf dem Dachboden vergnügt, oder waren es eher die Enkel gewesen?

Ein starker Luftzug ging durch die Dachsparren, und Staubmäuse machten sich auf den Weg über Dielen und Teppiche.

Olga trat zur Vorderseite des Schrankes, drehte den großen Schlüssel und sah hinein. Der Muff alter Kleidung schlug ihr entgegen. An einer langen Kleiderstange hingen graue und schwarze Stoffhosen und Blazer, die wohl noch vom alten Boll stammten. Darunter auf dem Boden waren selbst gestrickte Pullover unordentlich verknäult, Federkissen und eine schäbige, rostfarbene Wolldecke. Mäuse hatten darin gehaust und sich aus der Wolle Nester gebaut.

Olga schloss den Schrank wieder. Ihre Neugier war gestillt. Keine Spur von Eva von Mansfeld. Sie war nicht in diesem Schrank, und sie war nicht in diesem Haus. Sie konnte ihre Inspektion beenden und zu ihrem Wagen zurückkehren.

Sie stand schon auf dem Treppenabsatz, als sie ein Geräusch hörte. Es war ein Poltern unten im Haus, und es klang, als ob ein schwerer Gegenstand zu Boden gefallen wäre. Automatisch knipste Olga Island die Taschenlampe aus, die sie noch immer eingeschaltet in der Hand hielt. Sie lauschte. Konnte das ein Tier gewesen sein, eine Maus oder eine Ratte? Sie verharrte ein paar Atemzüge. Nichts geschah.

Langsam stieg sie die Treppe nach unten.

Die staubige Luft kratzte im Hals. Sie unterdrückte den Hustenreiz und wollte die Taschenlampe wieder einschalten, aber die Glühbirne hatte sich offenbar verabschiedet. Olga schraubte an der Fassung herum, aber es war nichts zu machen. Kein Licht mehr in dem dunklen, abgeriegelten Haus. Langsam bekam sie Beklemmungen.

Da war die Küche. Sie tastete sich bis zum Einstieg in den Keller vor. Die schmale Stiege knarrte, als sie sie hinabkletterte.

Diese höllische Finsternis dort unten. Sollte nicht durch das offen stehende Kellerfenster gegenüber der Kellertreppe zumindest ein wenig Licht hereinfallen? Aber da war kein Licht.

Sie griff nach ihrem Handy, um mit dem Display ein bisschen zu leuchten. Das sollte ausreichen, um das Fenster zu erreichen, dachte sie. Aber das Handy war nicht in der Jackentasche, wo sie es vermutete. Und auch sonst nirgendwo an ihrem Körper.

Sie fluchte. Das dumme Telefon musste irgendwo herausgerutscht sein, vielleicht auf dem Dachboden, als sie sich gebückt hatte, um unter das Sofa zu schauen, oder schon beim Hereinklettern in den engen Raum unter der Eingangstreppe. Immerhin steckte ihre Dienstwaffe noch im Halfter auf ihrer Hüfte.

Blind tappte sie in einer geraden Linie von der Kellertreppe auf die gegenüberliegende feuchte Außenwand zu.

Hey, Olga, dachte sie, es ist niemand im Haus, du hast alles gesehen, da ist keiner. Das Haus ist leer und öde. Atme langsam, aber atme. Und sie zwang sich vorwärtszugehen, auch wenn sich alles in ihr sträubte. In ihren Schläfen pochte das Blut.

Endlich – die kalte, nasse Wand. Und da, die Fensterhöhle, der Fensterrahmen.

Sie presste ihren Oberkörper dagegen, um das Fenster aufzudrücken, aber es klemmte. Was war das denn? Warum ließ sich das Ding nicht öffnen?

Sie versuchte es noch einmal, aber es war nichts zu machen.

Langsam tastete sie sich weiter an der Wand entlang, bis sie das andere Fenster erreicht hatte. Aber auch das bekam sie nicht auf. Verdammt.

Bei jedem Atemzug drang der allgegenwärtige Schimmelpilz tiefer in ihre Lungen. Ein Grausen erfasste sie. Gleich würde sie nicht mehr klar denken können.

Dunkelheit, Gefahr, die enge Kammer, damals in der verfluchten Wohnung in Pankow … Es war alles zu viel. Sie hätte niemals hier hereinklettern dürfen.

Bleib cool, dachte sie, denk an Smilla und daran, was sie wohl gerade macht. Sie spielt, sie schläft, sie isst, Frau Kilinski singt ihr ein Lied vor, und das geht so … Sie begann, leise zu summen: »Liebe, liebe Sonne, komm ein bisschen runter, lass den Regen oben …«

Endlich erreichte sie die Kellertreppe und stieg hinauf in die Küche.

Nichts passierte, alles war ruhig.

Das dumme Telefon musste doch irgendwo sein. Sie stolperte durch die dunklen Räume bis zur Treppe in den ersten Stock. Endlich erreichte sie den Dachboden. Nach der Dunkelheit, aus der sie kam, wirkte es hier oben taghell. Wenn nur dieser Staub nicht gewesen wäre. Ihre Lungen waren schon ganz wund davon.

Sie sah hinauf zu den Dachluken. Soweit sie erkennen konnte, waren sie weder von innen noch von außen gesichert. Aber sie waren unerreichbar hoch oben. Sie lief durch die Jugendzimmer, fand aber weder dort noch auf dem Dachboden ihr Handy. Und irgendwelche Gegenstände, die sie als Leiter oder Kletterhilfe hätte benutzen können, sah sie auch nicht. Vielleicht ließen sich ja ein paar von den Sesseln übereinanderstapeln? Doch der Plan erwies sich als nicht durchführbar. Die Möbelstücke waren viel zu schwer.

Sie musterte den Schrank. Er stand fett und massiv ganz in der Nähe der hinteren Dachluke. Ohne große Mühe schob sie den Kacheltisch an den Schrank und stellte einen Stuhl darauf, den sie auf der anderen Seite des Bodenraumes entdeckt hatte. Auf halsbrecherische Art und Weise gelang es ihr schließlich, auf den Schrank zu klettern. Sie streckte sich aus und konnte die Dachluke öffnen.

Frische Luft strömte herein. Kaum zu glauben, aber draußen schien noch immer die Sonne.

Dort unten lag der Hofplatz.

Schon wollte sie sich zur Luke hochstemmen, da sah sie in einiger Entfernung am anderen Ende des Platzes vor der großen Scheune einen Wagen stehen. Es war ein bräunlich glänzender Geländewagen, ein Cheyenne neuester Bauart. Nicht weit davon entfernt war ein Mann damit beschäftigt, mit einem Spaten mitten im Unkraut ein Loch auszuheben. Als er fertig war, ging er zum Wagen und holte ein längliches Bündel heraus, warf es in die kleine Grube und schaufelte sie zu.

Fieberhaft dachte Olga darüber nach, ob sie sich bemerkbar machen sollte, aber da warf der Mann auch schon den Spaten in den Kofferraum, stieg ein und fuhr davon.

Sie drückte die Luke so kräftig auf, dass diese auf das Dach schlug, und stemmte sich hoch. Wie eine große, grau glänzende, sehr schräge Welle lag das Dach unter ihr. Das Haus war nicht besonders hoch. Es sollte kein allzu großes Problem sein, sich vom Dach herunterzulassen. Sie kniff die Augen zusammen und blinzelte in die grelle Mittagshelligkeit.

Doch da hielt sie die Luft an.

Im Schatten der Scheune auf der anderen Hofseite stand ein weiterer Mann, der den Kopf in den Nacken gelegt hatte und zu ihr heraufstarrte. Er musste sie oben auf dem Dach bemerkt haben, dennoch drehte er sich um und verschwand in Windeseile auf einem unsichtbaren Pfad zwischen den Bäumen. Sie fluchte, denn auch sie hatte ihn erkannt.

25

»Wer war dieser Mann, der auf dem verdammten Hof diese scheußlich gemeuchelte Katze verscharrt hat?«

Olga Island war so wütend, dass sie in den Taschen ihrer Kapuzenjacke ihre Fäuste ballte und sich derart zusammenreißen musste, sie nicht zu gebrauchen, dass sie am ganzen Körper zitterte.

Sie hatte mit dem kleinen Klappspaten, den sie immer im Kofferraum mitführte, nicht lange buddeln müssen, bis das schwarz-weiß gefleckte Vieh zum Vorschein gekommen war. Eingewickelt in ein versifftes Handtuch, aufgeschlitzt von der Kehle bis zum Genital, blutverkrustet, grausam zugerichtet, durchlöchert. So eine Tierquälerei war ihr schon lange nicht mehr untergekommen. Wer hatte das schon wieder getan, und vor allem warum?

»Sie müssen den Mann doch gesehen haben?«

»Nein, ich habe nichts bemerkt.«

Der Maler Lars-Peter Lumm stand im farbbesprenkelten Overall neben einer großen, quadratischen Leinwand mitten in seinem Atelier, eine Farbsprühdose in der einen, eine brennende Zigarette in der anderen Hand. Der Geruch nach Ölfarbe und Lösungsmitteln raubte Olga schon wieder den Atem und machte sie ganz wirr im Kopf. Vor den Fenstern lehnten drei weitere große Leinwände, die über und über mit rotbraunen Strichen, Klecksen und verklebten Farbnasen überzogen waren.

Olga Island stand ihm gegenüber und hatte die hässlichen Bilder des angeblichen Friedrich Frerksen im Blick.

»Und warum – verdammt noch mal – haben Sie mich im Haus eingesperrt?«

Der Blick aus seinen graublauen Augen war erstaunt und belustigt zugleich.

»Woher sollte ich denn wissen, dass Sie da herumspuken?«

Bei ihrem letzten Zusammentreffen hatte er sie wie selbstverständlich geduzt. Das war jetzt vorbei. Und es war auch besser so. Undenkbar, sich diesem Mann jetzt noch mit gespielter Freundlichkeit anzubiedern.

»Sie lügen doch, sobald Sie den Mund aufmachen!«

Immer noch presste Olga die Fingernägel in die Handballen, um ihre Wut im Zaum zu halten. Am liebsten hätte sie ihm die Sprühdose weggerissen und die Farbe sonst wohin gesprüht.

»Seit wann bricht die Polizei denn in fremde Häuser ein?«, fragte er oberlehrerhaft.

»Was hatten *Sie* denn dort verloren?«, gab Olga Island zurück.

»Ach, ich geh da manchmal spazieren. Und das Kellerfenster stand offen. Es sollte aber geschlossen sein, damit keine Ratten reinlaufen. Wenn sich die Viecher erst mal eingenistet haben, sind sie bald auch hier bei mir und fressen meine Leinwände an. Darum habe ich das Fenster zugemacht. Das werden doch sogar *Sie* verstehen, oder nicht?«

»Ich glaube Ihnen kein Wort«, entgegnete Island. »Außerdem haben Sie mich doch gesehen, oben in der Dachluke. Definitiv! Und dann laufen Sie einfach weg?«

Er stellte die Spraydose auf einen Beistelltisch und schwieg.

»Ich musste vom Dach springen, um überhaupt aus dem

Haus wieder rauszukommen«, wetterte sie weiter. »Das ist im Übrigen strafbar, Freiheitsberaubung nach Paragraf 239 Strafgesetzbuch. Als Zusperrer hätten Sie die besondere Pflicht gehabt, mich wieder rauszulassen.«

Er duckte sich unter dem Prasseln ihrer Worte, aber dann zuckte er die Schultern.

»Und mein Handy haben Sie auch gestohlen«, fuhr sie ihn an.

»Es lag draußen neben der Treppe. Ich habe es nur mitgenommen.«

»Ach nee, und da wollen Sie nicht gewusst haben, dass ich im Haus war?«

Gelassen zog er an seiner Zigarette und nickte amüsiert. Doch das würde sie ihm heimzahlen.

»Ach, übrigens …«, setzte er an.

»Was ist?«, fragte sie ruppig.

»Es hat jemand für Sie angerufen.«

»Und Sie sind natürlich rangegangen?«

»Jedenfalls soll ich Ihnen sagen, dass es Ihrem Kind gut geht und dass es brav seinen Karottenbrei gegessen hat. Und Sie können sich ruhig den ganzen Nachmittag Zeit lassen, die Kleine schläft.«

Sie sah ihn an. War da nicht etwas Bedrohliches in seiner Stimme?

»Frechheit!«, sagte sie.

»Und dann noch viele Grüße von einem Jan. Es war eine irre lange Nummer, und er hat gesagt, es sei ein Ferngespräch. Er wird sich später noch mal melden.«

Olga Island spürte, dass sie ihr Gegenüber viel zu überrascht ansah. Meinte Lars-Peter Lumm wirklich ernst, was er da sagte?

»Das geht Sie alles gar nichts an«, sagte sie wütend. »Und jetzt verraten Sie mir mal bitte, wer der Mann mit der Katze war. Der kann sich auf eine Anzeige gefasst machen wegen Tierquälerei und illegaler Tierkörperbeseitigung. Genauso wie ich Sie wegen Freiheitsberaubung anzeigen werde.«

Wieder zog Lumm an der Zigarette und schüttelte wortlos den Kopf.

»Herr Lumm, verdammt, sagen Sie mir, was mit Eva von Mansfeld passiert ist! Wo zum Teufel steckt sie?«

Wieder kam nur ein Schulterzucken.

»Ich lasse Sie festnehmen!«

So gelassen und ruhig er bisher erschienen war, so verändert war er jetzt. Er warf die Zigarette auf den Boden und trat sie aus. Die Kippe ließ er liegen.

»Sie hatten doch schon mal mit der Polizei zu tun, Herr Lumm. Was war damals los? Was genau haben Sie angestellt?«

Er war blass geworden.

»Haben Sie gehört, was ich gefragt habe?«

Wie versteinert starrte er auf einen Punkt draußen im Garten.

»Was sagen Sie dazu?«

»Nichts«, sagte er. »Ich sage nichts. Nur, dass man mich freigesprochen hat.«

»Wie Sie wollen. Dann bekommen Sie wieder mal eine Vorladung nach Kiel. Das kennen Sie ja schon. Und zwar diesmal zum Thema Eva von Mansfeld.«

»Bitte nicht«, sagte er schwach.

»Doch. Und nun sagen Sie mir noch, wie der Verwalter von ›Schöneweide‹ heißt.«

Er drehte sich abwehrend zur Seite.

»Herr Lumm«, beharrte Island, »wer mäht die beschissene Wiese hinter dem verlassenen Wohnhaus? Ich krieg das sowieso raus.«

»Ein Bauer aus Wahlstorf.«

»Name? Adresse?«

»Björn Steiner«, sagte Lumm tonlos. »Dorfstraße 5.«

»Gut«, sagte Island. »Ich werde mit ihm reden, und Sie halten sich bitte zur Verfügung. Sie können sicher sein, dass wir beide uns recht bald wieder sprechen.«

Auf dem Weg nach Wahlstorf, kurz nachdem sie den Bahnübergang überquert hatte, dachte Olga Island darüber nach, ob sie die »irre lange« Telefonnummer anrufen sollte, die ihr Handy als eingegangenen Anruf gespeichert hatte. Sollte es wirklich Jan Dutzen gewesen sein, der sie hatte erreichen wollen? Sie hielt den Wagen an und wählte den Rückruf. Ein Knacken, ein Rauschen, eine taube Stille, dann …

»Ja, hallo?«

Sie erkannte Jans Stimme.

»Ich bin's.«

»Olga!«

»Du hast mich angerufen?«

»Vorhin schon. Aber da ist ein Mann rangegangen an dein Telefon …«

»Ja, stell dir vor!«

»Ein neuer Kollege?«

»Nein.«

»Ach so …«

Er verstummte.

»Was wolltest du denn?«, fragte Olga und merkte, dass ihr warm wurde.

»Ich hatte Sehnsucht nach deiner Stimme.«

»Ach?«

»Ja! Wirklich.«

Es klang so, als hätte er das ernst gemeint.

»Wo steckst du überhaupt?«, fragte sie.

»Ich war in Indien und habe drei Wochen lang meditiert.«

Sie seufzte erleichtert. Das war ein typisches Gespräch mit Jan Dutzen. Sie brauchte sich wirklich keine Sorgen zu machen, dass er sich auf seiner Reise um die Welt irgendwie verändert hätte.

»Mensch, Dutzen, das hätte ich dir ja nie zugetraut«, flachste sie.

»Doch«, sagte er, »stimmt aber.« Und es hörte sich ausnahmsweise überhaupt nicht ironisch an. »Dann bin ich wieder nach Afrika zurück. Und da hatte ich plötzlich das große Bedürfnis, dich anzurufen.«

»Toll! Und bist du nun erleuchtet oder so? Der Mann, der die Welt durch sein Karma heilt?«

»Ja, bin ich«, sagte er, immer noch ohne erkennbaren Witz in der Stimme. »Wie geht es Smilla?«

Es überraschte Olga, den Namen ihres Kindes aus seinem Mund zu hören. Er hatte ihn in ihrem Beisein noch nie ausgesprochen.

»Danke der Nachfrage. Wir kommen klar.«

»Aber geht es euch beiden denn auch gut?«

»Ja, wieso?«

»Warum antwortest du denn eigentlich nie auf meine E-Mails?«

Olga schaute über die grünen Weiden, die sich entlang der Bahnlinie erstreckten. Sie standen teilweise unter Wasser und bildeten kleine verkrautete Tümpel, ein Paradies für Frösche und Kröten. Ein Kranich strich über die sumpfigen Teiche.

»Ach, Jan, weißt du, ich arbeite und habe eigentlich kaum Zeit. Und dann habe ich mir gedacht, du bist ja auch irgendwann wieder da, ich meine, in Kiel, und dann reden wir mal in Ruhe. Und ehrlich gesagt, so superspannende Dinge erlebe ich nun auch nicht. Da weiß ich gar nicht, was ich dir schreiben soll, und …«

Ihr Kopf fühlte sich leer an. Sie wusste nicht, was sie noch sagen sollte.

»Olga, ich vermiss dich total!«

Obwohl sie im Wagen saß, ließ die Eindringlichkeit seiner Worte ihre Knie weich werden. Es war ein Gefühl von Angst, Ohnmacht und Glück zugleich. Sie stützte sich am Lenkrad ab und hoffte, dass ihr Schwindelgefühl gleich vorbei sein würde.

»Ach so«, stammelte sie, »na ja, okay, also … Ich bin gerade bei der Arbeit, deshalb muss ich jetzt auch Schluss machen. Aber wir können ja ein andermal sprechen. Also dann: tschüs.«

Stotter, stotter. Aufgelegt.

Was hätte sie denn noch sagen sollen?

Und was dachte sich dieser Jan Dutzen überhaupt?

Wollte er sie veralbern?

Sie war völlig durcheinander.

Als sich ihr Pulsschlag wieder etwas beruhigt hatte, klappte sie die Sichtblende an der Fahrerseite herunter und betrachtete ihr Gesicht im Schminkspiegel. So knallrot, wie ihre Wangen leuchteten, konnte sie jetzt unmöglich irgendjemandem unter die Augen treten. Sie stieg aus und lief auf dem Plattenweg ein paar Schritte hin und her. Dabei versuchte sie, an gar nichts zu denken. Erst als ihr Herz ruhiger schlug, stieg sie wieder ein und fuhr weiter.

Der Hof von Björn Steiner lag außerhalb von Wahlstorf an der Landstraße von Preetz nach Ascheberg. Die Einfahrt bestand aus einer kurzen Eichenallee, ansonsten hatte die Anlage alle Kennzeichen einer modernen Agrarfabrik. Um einen asphaltierten Platz herum lagen drei graue Hallen und ein ebenso farbloser Silokomplex. Etwas entfernt und mit einer Reihe Pappeln kaschiert, ragten die runden grünen Behälter einer Biogasanlage hinter einer Wallanlage hervor, die einer Festung alle Ehre gemacht hätte.

Das Büro von Björn Steiner war in einem kastenförmigen Holzhaus untergebracht, das in jedem x-beliebigen Industriegebiet hätte stehen können. Das Gelände war bis an die Hauswand heran asphaltiert. Von Garten, Blumen oder anderem nutzlosen Schnickschnack keine Spur.

Sie klingelte.

»Hallo?«, kam es aus der Gegensprechanlage.

»Hier Island, Kripo Kiel. Ich hätte ein paar Fragen zum Hof ›Schöneweide‹ und seinen Besitzern.«

Der Mann, der an die Tür kam, trug einen blauen Overall. Er war schlank und hatte eine erstaunlich hohe Stimme. Sein Alter war schwer zu schätzen.

»Björn Steiner?«

Er nickte und bat sie herein. Sie liefen einen Gang entlang und kamen an einem hellen Büroraum vorbei, in dem ein junger Mann mit einem Headset auf dem Kopf vor einem Bildschirm saß und telefonierte.

»Mein Lehrling«, erklärte Steiner, führte Island in einen Besprechungsraum und schloss die Tür. Der Raum roch intensiv nach Teppichkleber.

»Friedrich Boll und seine Familie?«, fragte der Mann. »Darüber kann ich Ihnen nicht viel sagen. Ich habe das zum Hof gehörige Land von den Töchtern des alten Boll gepachtet und baue dort Mais an. Ansonsten habe ich einen Pflegevertrag für den dortigen Garten und die Grünflächen um die Gebäude herum. Wenn mir auffällt, dass es Sturm- oder sonstige Wetterschäden gibt, informiere ich die Erben. Meistens passiert dann erst mal nichts.«

»Dafür sieht der Hof aber ganz gut aus.«

»Danke. Man tut, was man kann.«

»Warum wollen die Erben nicht verkaufen?«

»Na, wie das so geht. Jeder hat seine Interessen, dazu kommen Eifersüchteleien und alte Geschichten aus der Kindheit. Soweit ich weiß, ging es lange darum, dass Friedrich Boll den Hof an seinen Enkel Max hatte überschreiben wollen. Aber der war kein Bauer und konnte somit die Vorgaben im Testament nicht erfüllen. Und einfach verkaufen wollen die Boll-Schwestern aus irgendeinem Grund nicht.«

»Warum ist dieser Max denn kein Bauer geworden?«

Björn Steiner musterte Island, dann lachte er und zeigte dabei kleine, spitze Zähne.

»Nun, Max wäre als Landwirt völlig ungeeignet gewesen. Der war ja auch gar nicht vom Land, sondern ist in einem Vorort von Kiel aufgewachsen und war immer nur in den Ferien bei seinen Großeltern. Später als Teenie kam er öfter mal am Wochenende. Er hat mit uns Fußball gespielt und kannte alle in der Dorfjugend. Wir haben uns oft bei ihm getroffen, denn da war genug Platz, und die Alten mochten junge Menschen auf dem Hof.«

»Ich habe auf dem Dachboden zwischen dem Gerümpel so eine Art gemütliche Sitzecke gefunden«, sagte Island. »Das sah aus wie in einem Jugendtreff. Waren Sie vielleicht auch mal dort gewesen?«

»Sie waren im Haus? Warum denn das?«, fragte Steiner überrascht.

»Routine.«

Die Antwort war nicht sehr originell, und der Mann sah sie misstrauisch an. Doch dann blickte er nachdenklich aus dem Fenster.

»Ja«, sagte er dann, »das berühmte ›Dach auf Schöneweide‹. Das war eine Zeit lang so etwas wie eine Institution.« Er schmunzelte.

»Berühmt?«, wollte Island wissen. »Erzählen Sie mal! Wann war das?«

»Das muss Ende der Achtziger gewesen sein.«

»Darf ich Sie fragen, wie alt Sie da waren?«

Der Mann musste nicht lange nachdenken.

»Achtzehn, neunzehn. Das war die Zeit, wo ich da auch meine Frau kennengelernt habe.«

Ein versonnener Ausdruck erschien auf seinem Gesicht.

»Das ›Dach‹ war damals unser Tanzboden«, fuhr er fort. »Legendäre Partys wurden dort gefeiert. Unvergessliche Nächte mit Bier, Wein, Weib und Gesang. Oma und Opa Boll waren stocktaub und gingen mit den Hühnern zu Bett. Sie haben sich nie beschwert, dass oben im Haus Rambazamba war. Max konnte sich fast alles erlauben. So was wäre bei uns auf dem Hof nicht gegangen, da waren meine Eltern viel zu streng. Immer wenn Max wieder da war, hat er im Garten die Fahne von St. Pauli gehisst. Die konnte man praktischerweise bis nach Wahlstorf sehen. Und dann wussten alle, die es wissen sollten: An dem Wochenende geht die Party ab. Man schnappte sich seine Freunde und fuhr rüber. Und es war klar, es würde eine Sause werden.«

»Und wie lange ging diese Partyphase?«

»Wie gesagt, auf einer der Feten habe ich meine Frau kennengelernt. Sie ist mit ein paar Freundinnen aus Preetz da gewesen. Leider stand sie nicht so auf Punkrock. Und da musste ich mich irgendwann entscheiden. Sie oder die Partys.« Er lachte wieder. »So war das.«

Olga Island horchte auf. Sie beugte sich vor.

»Es gab dort Punkmusik? Haben Sie dort Punk gehört?«

Er grinste breit.

»Ja, natürlich, aber ›gehört‹ wäre nicht der richtige Ausdruck. Der Punk wurde dort zelebriert. Max war doch der Schlagzeuger von dieser legendären Combo. Mensch, wie hießen die noch mal …«

»Kiel Town Boyz?«

»Genau«, sagte Steiner, und in seinen Augen blitzte Begeisterung auf. »Kennen Sie die? Damals waren die doch richtig bekannt. Das Konzert bei der Kieler Woche im Werftpark und bei den Punktagen in Preetz …« Doch plötzlich schien ihm etwas in den Sinn zu kommen, und er zog nachdenklich die Augenbrauen zusammen. »Bis sie irgendwann damit aufgehört haben.«

Olga zwickte sich unter dem Tisch in den Oberschenkel. Die ganze Sache mit dem Hof »Schöneweide« wurde ja immer interessanter. Es wurde Zeit, sich die Mitglieder dieser Punkband mal vorzuknöpfen.

»Sagt Ihnen der Name Conny Labent etwas?«

Björn Steiner lehnte sich auf dem Stuhl zurück und strich sich mit der flachen Hand über die Lippen.

»Aha, daher weht der Wind.«

Er zögerte, seufzte dann und sah zu Boden.

»Wie gesagt, wegen meiner Freundin war ich irgendwann nicht mehr dabei, wenn auf dem Dachboden drüben gefeiert wurde.«

»Also kannten Sie Conny?«

»Nein, das nicht. Aber ich weiß natürlich, dass sie unter ungeklärten Umständen zu Tode gekommen ist. Und auch, dass man sie im Feld an der Polarstation gefunden hat. Ich muss immer daran denken, wenn ich da vorbeifahre. Sie soll ein Fan der Band gewesen sein, aber wie gesagt, sie war aus der Stadt, und ich habe sie nicht persönlich gekannt. Sind Sie dabei, den alten Fall wieder aufzurollen?«

»Darüber darf ich Ihnen nichts sagen.«

»Ach so, natürlich.«

Es entstand eine Pause, in der Steiner am Reißverschluss seines Overalls herumzupfte.

»Eine Frage hätte ich noch«, sagte Olga. »Was können Sie mir über Lars-Peter Lumm erzählen, den Maler, der auf dem Altenteil des Anwesens lebt?«

»Was soll mit dem sein? Der ist ordentlich und zahlt immer pünktlich seine Miete, soweit ich weiß.«

»Weiter gibt es nichts zu sagen?«

»Seine Frau soll sich von ihm getrennt haben, vor einem Jahr schon. Angeblich wohnt sie jetzt in Griechenland oder irgendwo anders, wo es immer warm ist.«

»Und sonst?«

Er zuckte die Schultern. »Nichts weiter. Dass er damals unter Verdacht stand und freigesprochen wurde, wissen Sie ja wohl. Er lebt seitdem ziemlich zurückgezogen.«

Island zog das Foto hervor, auf dem Eva von Mansfeld abgebildet war.

»Haben Sie diese Frau schon einmal gesehen?«

»Nein.«

Er knetete sein Ohrläppchen.

»Aber?«, fragte Island.

»Das Fahrrad auf dem Bild kommt mir bekannt vor. Lassen Sie mich nachdenken. Wo habe ich das denn bloß gesehen? So ein giftgrünes Teil ...«

»Versuchen Sie, sich zu erinnern! Es könnte wichtig sein.«

»Hm.«

»Auf Ihren Feldern, irgendwo in der Nähe des unbeschrankten Bahnübergangs?«

»Nein, ich glaube, irgendwo in Plön ...«

»Am Marktplatz?«

»Nein, nein. Moment, am Wochenende war ich mit meiner Frau spazieren. Am See. Da lag ein Rad im Wasser. Aber das wird doch nicht ausgerechnet dieses Rad gewesen sein.«

»Wo genau war das?«

»An der Seepromenade. Ganz in der Nähe des Seeprinzen, wo man so schön draußen auf der Terrasse essen kann. Kennen Sie das Lokal?«

»Nein.«

»Jedenfalls lag da ein grünes Rad im Wasser. Ich habe noch überlegt, ob es sich lohnt, es herauszuholen und wieder fit zu machen. Es sah noch gut aus. Aber meine Frau meinte: ›Lass mal gut sein, Björn. Jetzt ist Wochenende, wir sind ausgehfein und machen uns jetzt nicht das Auto schmutzig, nur weil du wieder was sammeln willst, was wir nicht brauchen.‹ Da hat sie ja recht. Ich habe auch gar keine Zeit für so was.«

Olga Island nickte und machte sich Notizen.

»Ist die Stelle, wo das Rad lag, in der Nähe vom Plöner Bahnhof?«

»Ich würde sagen, sie ist nur einen Steinwurf davon entfernt, in Richtung Ascheberg.«

26

Um halb drei war Olga Island wieder in Kiel. Sie holte Smilla bei Frau Kilinski ab, kaufte im Supermarkt am Blücherplatz Obst und Milch und entschied sich, weil das Wetter immer noch brillant war, mit dem Kinderwagen einen Spaziergang durch die Forstbaumschule zu unternehmen.

In den Rabatten am Niemannsweg blühten die Pfingstrosen, und die beiden Spielplätze im Park waren gut besucht. Als sie am Ausflugslokal Forstbaumschule vorbeikam und die Tische im Biergarten bevölkert sah, spürte sie, wie hungrig sie war. Sie stellte sich an einem der beiden Freilufttresen an und bestellte Pommes rot-weiß und eine Cola. Smilla war an solchen Dingen noch nicht interessiert und flirtete stattdessen mit einem grauhaarigen Dackel, dessen Herrchen für einen Kaffee anstand. Olga fand einen Tisch im Schatten, und während sie aß, spielte Smilla mit ihrer bunten Plastikrassel und amüsierte damit ein Damengrüppchen am Nachbartisch.

Ein paar Tische weiter saß ein Paar mit einem Baby unter einem der aufgespannten Sonnenschirme. Olga glaubte sich zu erinnern, Mutter und Kind auf der Geburtsstation im Städtischen Krankenhaus gesehen zu haben. Doch dort war jede frisch gebackene Wöchnerin mit dem eigenen Körper und dem eigenen Neugeborenen ausreichend beschäftigt gewesen. Es hatte sich also keine Gelegenheit ergeben, Freundschaften oder Kontakte zu knüpfen. Um Stillgruppen, Rückbildungsgymnastik, Babyschwimmen und andere

Veranstaltungen für Säuglinge und deren Eltern hatte Olga bisher einen großen Bogen gemacht. Sie hatte kein großes Bedürfnis nach einem Austausch über Babyblähungen, wunde Brustwarzen oder Breirezepte. Sie tat alles Notwendige für ihr Kind, aber sie wollte nicht noch mehr tun. Ihre Mutter hatte das genauso gehandhabt. Olga hatte die beste Mutter der Welt gehabt. Sie hätte nur nicht einfach nach Südamerika fahren und dort verschwinden sollen. Was Smilla betraf, würde es sich schon noch irgendwann ergeben, andere Kinder und deren Eltern kennenzulernen. Doch das musste nicht übers Knie gebrochen werden, indem man einen Baby-Yoga-Kurs besuchte oder Schlimmeres.

Wieder zu Hause angekommen, ließ sie Smilla im Flur herumkrabbeln, während sie das Bad putzte. Auch die Küche war mal wieder dran, aber das Wetter war einfach zu schön. Wenn sie wieder mehr Geld verdiente, würde sie sich eine Putzfrau nehmen. Nun goss sie sich ein Glas Wasser ein und setzte sich mit Smilla auf den schattigen Balkon. Später rief sie Henna Franzen an und bat sie, ihr die aktuellen Adressen der Kiel Town Boyz herauszusuchen.

»War es schön auf dem Bauernhof?«, wollte Henna wissen.

»Das erzähle ich dir bei Gelegenheit«, antwortete Olga.

»Und sonst?«

»Ich hätte eine Bitte. Könntest du dafür sorgen, dass von den Kollegen in Plön jemand einen gewissen Björn Steiner aus Wahlstorf abholt? Er soll ihnen zeigen, wo im Plöner See das grüne Rad liegt, das er gesehen haben will. Wenn es dort noch ist, sollte es geborgen werden. Wir müssen unbedingt feststellen, ob es Eva von Mansfeld gehört hat.«

»Ist das etwas für die Spurensicherung?«

»Das ist vielleicht nicht gleich nötig. Das Rad lag wohl auch schon ein paar Tage im Wasser. Lass uns erst mal sehen, was wir finden.«

Während Smilla sich wieder einmal ganz konzentriert mit dem Babytrainer beschäftigte, gingen Olga jede Menge Gedanken durch den Kopf. War Conny Labent damals vor ihrem Tod etwa mit den Musikern auf dem Hof »Schöneweide« gewesen? Olga konnte sich nicht daran erinnern, in den Akten etwas darüber gelesen zu haben, dass der Hof bei den Untersuchungen besonders unter die Lupe genommen worden war.

Man hatte Max Erking und seine Großeltern ausführlich befragt, und die beiden alten Leute hatten ihrem Enkel und den beiden Freunden, die ebenfalls in der Band gespielt hatten, glaubwürdige Alibis gegeben. Doch man hatte offenbar der Tatsache keine Aufmerksamkeit geschenkt, dass der Fundort der Leiche und das Anwesen am Kronsee, wo die Band das fragliche Wochenende verbracht hatte, nicht sehr weit voneinander entfernt lagen.

Was, wenn Conny Labent doch mit den anderen gefeiert hatte? Was, wenn sie in der Nacht nach dem Auftritt in der Bergstraße zusammen mit ihnen aufs Land gefahren war? Warum war man damals dieser Möglichkeit nicht viel ausführlicher nachgegangen? Oder hatte sie das in den Unterlagen bisher einfach übersehen? Könnte man diese Frage denn jetzt noch klären? Würde es etwas bringen, wenn man den Dachboden des verlassenen Hofes mit dem ganz großen Aufgebot untersuchen würde? Musste das vielleicht sogar sein, oder ginge das viel zu weit?

So schön der Frühlingsabend auch war, als Smilla im

Kinderbett lag und schlief, setzte sich Olga an den Schreibtisch und las sich weiter durch die Akte Cornelia Labent.

Am nächsten Vormittag um kurz nach elf stand sie vor der Haustür eines Doppelhauses in Kiel-Dietrichsdorf. Es war eine Straße mit den für das Kieler Ostufer so typischen Werftarbeiterhäusern. In den akkurat gestutzten, halbhohen Hecken der Vorgärten tschilpten Spatzen. Weiter die Straße hinunter in Richtung Förde blies der Schornstein des Gemeinschaftskraftwerks Ost eine weiße Wolke in den blassgrauen Himmel. Es war noch immer ungewöhnlich warm und trocken für die Jahreszeit. Olga zog sich die Jacke aus und band sie um die Taille.

In dieser kleinen, gelb gestrichenen Doppelhaushälfte also sollte der legendäre Sänger einer legendären Punkband leben, Pitty, mit bürgerlichem Namen Heiner Storjahn. Bevor sie hergefahren war, hatte Olga die Nummer angerufen, die Henna ihr herausgesucht hatte, um sicherzustellen, dass sie den Herrn auch zu Hause antreffen würde.

»Pitty hat Nachtdienst und schläft bis elf«, hatte eine müde klingende Frau am Telefon gesagt, die sich ebenfalls mit »Storjahn« gemeldet hatte.

Olga Island klingelte drei Mal, bis Pitty an die Tür kam. Er trug einen mintgrünen Bademantel aus Teddystoff, der über seinen kräftigen Schultern spannte, und an den Füßen Badelatschen. Er war kahlköpfig und unrasiert und sah sie verschlafen an. Ein etwas verknittert aussehender, ansonsten aber recht gut erhaltener Endvierziger.

»Olga Island, Kripo Kiel.«

Sein Blick blieb kühl. Erst als sie erwähnte, dass sie von

ihm gern etwas über die Kiel Town Boyz gehört hätte, blitzte etwas in seinen Augen auf.

»Schönen Frauen gebe ich gerne Auskunft, egal, wann sie bei mir klingeln«, startete er eine Charmeoffensive. »Kommen Sie doch rein, wollen Sie auch einen Kaffee?«

»Nein danke.«

»Mir müssen Sie aber einen erlauben«, sagte er und bog in die Küche ab.

Aha, dachte Olga Island, Typ Schwerenöter. Noch so ein Künstler aus der Region, verpennt, entspannt und braun gebrannt. Kein Vergleich mit den Künstlern in Berlin, die nicht selten mager und blass daherkamen, aber stets wie bei einer Gruppenkostümierung die neueste Nerd-Brille trugen.

»Gehen wir doch rüber in die gute Stube«, schlug Pitty vor, als er mit einem Thermobecher voll Kaffee in der Hand wieder auftauchte.

Die verwinkelte Doppelhaushälfte stammte aus den Sechzigerjahren. Vom Wohnzimmer aus blickte man auf die überdachte Terrasse und das anschließende handtuchgroße Stück Rasen. Dort stand ein kleines Gewächshaus, in dem Tomatenpflanzen schwitzten.

Pitty setzte sich mitten auf das pastellfarbene Sofa, Olga nahm gegenüber auf einem breiten Fernsehsessel Platz. Es war eine eher altmodisch eingerichtete »gute Stube«, ganz so als hätten hier früher Pittys Eltern gewohnt und alles einschließlich Schrankwand und Bücherregale einfach bei ihrem Auszug zurückgelassen. Bis auf zwei Plakate über dem Esstisch – das eine mit einer neongrünen Fratze von The Grinning Sinner und das andere mit der Beschriftung »Häng hier nicht rum. Die Regierung« – mutete alles durch und durch bieder an.

»Sie arbeiten nachts?«, eröffnete Olga das Gespräch.

»So ist das eben in der Sicherheitsbranche.«

»Was bewachen Sie denn?«

»Ein paar Objekte im Ostuferhafen. Wenigstens habe ich es nicht weit und kann mit dem Rad zur Arbeit fahren.«

»Und dann haben Sie auch noch Ihre Band …«

»Was dagegen?«

»Nein, wieso? Nur ein paar Fragen.«

Der Mann legte die kräftigen Arme auf der Rückenlehne ab, aber Olga konnte doch sehen, wie angespannt er in Wahrheit war. Schon nach kurzer Zeit richtete er sich wieder auf und beugte sich vor.

Zur Vorbereitung auf das Gespräch hatte Olga Island im Online-Archiv der Kieler Tageszeitung nachgesehen und tatsächlich zwei Presseartikel über aktuelle Konzerte der Kiel Town Boyz gefunden. Der Schreiber des ersten Artikels hatte sich vor Begeisterung fast überschlagen. Euphorisiert und glücklich sei er nach dem Konzert im Lutterbeker nach Hause gegangen. »Nach fünfundzwanzig Jahren getrennte Wege sind sie wie damals, nur besser drauf«, hatte er geschrieben. Der andere Artikel handelte von einem Auftritt im Roxy in Flensburg: »Zwar sind es alte Recken, die da so tun, als wäre ein verstrichenes Vierteljahrhundert ein Witz, aber der Lärm hört sich nicht schlecht an.« Keiner der beiden Rezensenten hatte erwähnt, warum sich die Band vor Jahren aufgelöst und erst jetzt wieder zusammengefunden hatte.

»Los, stellen Sie Ihre Fragen«, sagte Pitty auffordernd.

»Es läuft gut mit der Band, wie man liest?«

»Wir sind zufrieden.«

»Sie treten erst seit diesem Jahr wieder zusammen auf, und das gleich ganz erfolgreich.«

Pitty nickte. Seine Augen waren klein geworden unter den verquollenen Lidern. Er versuchte, es sich nicht anmerken zu lassen, aber Olga spürte, dass er seine ungebetene Besucherin am liebsten schnell wieder losgeworden wäre.

»Warum sind Sie damals auseinandergegangen?«

»Sind Sie hier, um mich das zu fragen?«, fragte er, zunehmend missvergnügt.

Sie nickte.

»Na schön«, sagte er nach einem kurzen Schweigen. »Ich sage Ihnen gleich, dass ich darüber nicht mit Ihnen reden werde.«

Sein mintgrüner Bademantel öffnete sich über der Brust. Olga konnte seine Brustbehaarung sehen und die Muskeln unter seiner nicht mehr ganz so straffen Männerhaut. Die Tattoos der Meerjungfrauen auf den halb freiliegenden Unterarmen, wilde blaue und schwarze Linien und Fischschuppenmuster, waren auch nicht erst gestern gestochen worden, sondern verblassten schon ein wenig. Trotzdem ging von dem Mann eine Energie aus, die sie überraschte.

»Und warum möchten Sie nicht reden?«, wollte sie wissen.

»Da hat ja wohl keiner mehr Bock drauf«, platzte er heraus. »Sie haben Ihre Akten doch bestimmt gelesen, Madame. Das muss man jetzt einfach mal abhaken.«

»Glauben Sie, dass die Angehörigen von Conny das jemals abhaken können? Gerade wenn sie nicht wissen, was damals geschah?«

Er griff nach der Zigarettenschachtel, die auf dem Tisch lag, zog eine Zigarette daraus hervor und zündete sie mit einem Feuerzeug an, das er aus der Tasche seines Bademantels hervorkramte. Island registrierte, dass er Camel rauchte, eine Zigarettenmarke, die ihr schon ewig nicht mehr untergekommen war.

»Natürlich tun mir Connys Angehörige leid«, sagte Pitty. »Aber in Ihren ganzen schönen Unterlagen und Protokollen steht doch sicher haarklein, dass wir alle von der Band nichts mit dem Ableben der verehrten Conny zu tun gehabt haben. Eine schreckliche Sache war das, aber wir waren es nicht. Es ist nicht unsere Schuld, dass es damals nicht gelungen ist, ihren dämlichen Lover Lars-Peter Lumm in den Knast zu bringen. Das hat aber leider die Polizei vergeigt.«

In einem Punkt hat er recht, dachte Island. Mit ihren Aussagen hatten alle drei Kiel Town Boyz dazu beigetragen, ihren Freund und Bekannten Lars-Peter Lumm gehörig reinzureiten.

»Man hat ihm nichts nachweisen können«, sagte sie.

»Genau das war das Problem – man konnte oder wollte nicht.«

»Wie meinen Sie das?«

Er zuckte die Schultern und schwieg.

»Sie wollen an dem Wochenende, als Conny starb, alle zusammen auf dem Bauernhof von Max' Großeltern gewesen sein, oder?«, fuhr Olga fort.

»Das waren wir auch. Alle, bis auf Conny.«

»Können Sie sich denn noch daran erinnern, wann Sie sie das letzte Mal gesehen haben?«

»Nein.«

»Wie oft war sie denn früher auf dem Dachboden von ›Schöneweide‹ mit dabei?«

»Nie, soweit ich weiß. Das ›Dach‹ war schließlich unser persönlicher Rückzugsort. Wir sind da hin, wenn wir unsere Ruhe haben wollten. Keine Weiber, kein Stress. Wir waren da, um Musik zu machen, neue Songs zu schreiben …«

»Ich habe etwas über wilde Partys dort gehört.«

»Die gab es auch, aber selten.«

»Hat Conny nicht auch in Ihrer Band mitgesungen? Wieso soll sie dann nicht mit Ihnen geprobt haben?«

»Conny war immer auf den Konzerten dabei. So ein bisschen wie eine Klette. Man wurde sie einfach nicht mehr los. Das letzte Mal hatte sie sich im Subway in der Bergstraße auf die Bühne geschummelt. Sie hat so lange gebettelt, bis wir sie gelassen haben. *Ein* Lied haben wir zusammen gesungen. Anschließend hat sie wieder vor der Bühne rumgepost, durchgedreht wie immer. Sie sah gut aus, deshalb haben wir uns nicht beschwert oder so was. Aber das alles ist so lange her, dass meine Gehirnzellen, in denen das abgespeichert war, schon alle tot sind.«

»Wie hieß das Lied, das Sie damals im Sub gesungen haben?«

»›Love is a Battlefield‹, aber eine Punkversion, frei nach Pat Benatar.«

»Und, war die Liebe ein Schlachtfeld?«

»Für mich nicht«, sagte Pitty und grinste.

»Warum lachen Sie?«, fragte Olga.

»Nur so. War's das jetzt?«, fragte er schroff.

»Noch eine Frage zur letzten Woche. Da sind Sie doch in Ascheberg aufgetreten …«

Er warf ihr einen feindseligen Blick zu.

»War das ein schöner Abend?«

»Ja, sicher.«

»Können Sie sich in dem Zusammenhang an diese Frau erinnern?« Das Foto von Eva von Mansfeld war schon ein wenig abgegriffen, als sie es auf den Couchtisch legte. »Sie soll auch in der Linde gewesen sein.«

»Nein, nie gesehen.«

»Schade.«

»Was ist mit ihr?«

»Sie ist verschwunden.«

»Ach«, sagte Pitty und starrte auf das Foto. Er klang alles andere als vergnügt, als er hinzufügte: »Fragen Sie doch Lumm, die alte Malersocke. Er war auch da an dem Abend in der Linde, obwohl ihn bestimmt keiner eingeladen hatte. Er hat sich auch die ganze Zeit hinter einem der Pfeiler versteckt und sich mit einer Frau unterhalten. Das könnte die gewesen sein. Klar, wenn ich mir das Bild länger ansehe, bin ich mir sogar sicher, dass sie es war. Aber sagen Sie ihm nicht, dass ich Ihnen das erzählt habe. Der Kerl bringt mich sonst um.«

27

Das zweite Bandmitglied hieß Sven Hollmann und wohnte in Barsbek. Er war, wie sie Henna Franzens Liste entnehmen konnte, Lehrer an einer Schule in Heikendorf. Weil es erst halb eins war und er sehr wahrscheinlich noch arbeitete, stellte Olga den Wagen auf dem Schulparkplatz ab und suchte das Sekretariat. Sie wurde ins Lehrerzimmer weitergeschickt, wo Hollmann an einem Tisch saß und Zeitung las.

Er erhob sich und gab ihr die Hand.

»Lassen Sie uns rausgehen«, bat er, als er verstanden hatte, worum es ging.

»Haben Sie noch gar kein Wochenende?«, fragte Olga Island, als sie auf dem Schulhof standen.

»Ich muss noch eine Stunde Sport unterrichten«, antwortete er. »Und ich sage Ihnen gleich, dass Sie von mir nicht viel hören werden.« Er hatte rote Flecken auf der Stirn, die eben noch nicht da gewesen waren. »Ich rede nicht gern von den alten Zeiten und schon gar nicht an meinem Arbeitsplatz. Das können Sie sich bestimmt vorstellen.«

»Keine Angst, ich möchte Ihnen nur ein paar Fragen stellen.«

Die roten Flecken wurden deutlicher.

»Wie wäre es, wenn wir uns um halb drei Uhr bei mir zu Hause treffen würden?«, schlug er vor. »Ich muss auf meine Tochter warten, die von einem Ausflug mit ihrem Hort zurückkommt.«

Er sagte das so verzweifelt und eindringlich, dass Island zustimmte und Frau Kilinski anrief, um ihr mitzuteilen, dass sie Smilla erst später abholen könne. Frau Kilinski, die schon in den Startlöchern für ihre Reise zur Hochzeit nach Hamburg stand, war nicht gerade begeistert, stimmte aber schließlich zu.

Um die Zeit bis zum Gespräch mit Sven Hollmann zu überbrücken, fuhr Olga hinunter an den Heikendorfer Hafen. Dort spazierte sie auf der Promenade entlang und sah sich bei schönstem Sonnenschein die Yachten und Fischerboote an, die in den Hafenbecken lagen. In einem Restaurant hinter der Touristeninformation aß sie einen Salat und trank hinterher einen Milchkaffee. Anschließend schlenderte sie weiter am Wasser entlang bis zum U-Boot-Ehrenmal und wieder zurück. Dann setzte sie sich auf eine Bank mit Blick über die Heikendorfer Bucht. Die Sonne spiegelte sich im Wasser der Förde, und Olga schloss die Augen. Für einen goldenen Moment saß sie einfach da, hörte den Wellen zu, die auf den schmalen Strand schwappten, und lauschte dem Kreischen der Möwen, die die heimkehrenden Fischkutter umkreisten.

Wie lange war es her, dass sie etwas so Verwegenes gemacht hatte – einfach so auf einer Bank am Hafen zu sitzen und *nichts* zu tun? Auch wenn sie Smilla vermisste und irgendwo in ihr ein schlechtes Gewissen pochte, weil es ihr selbst gut ging und sich gerade eine andere, leicht gestresste Person um ihr Kind kümmerte, so war es doch herrlich, schlicht und ergreifend Löcher in die Luft zu gucken.

Von der Sonne durchglüht und mit dem Gefühl, fast ein

wenig ausgeruht zu sein, fuhr sie um kurz nach zwei über die Bundesstraße hinaus nach Barsbek. Der von alten Linden umstandene Dorfanger lag still in der Mittagshitze. Die berühmte Krokusblüte, die im ausgehenden Winter den Dorfplatz mit ihrem Farbenspiel verzauberte, war längst vergangen, das Gras auf der Wiese unter den Bäumen stand kniehoch.

Sie parkte den Wagen neben einem Müllhäuschen an der Straße. Der kleine Unterstand aus Beton, der die Mülltonnen der benachbarten Häuser beherbergte, war über und über mit Plakaten beklebt.

Eines davon sprang ihr sofort ins Auge:

Piratfestival am See. Punk – Ska – Metal. Mit den Ska-Nickels, den Crying Babies, Bone-Crunch und den Kiel Town Boyz. Am 9. Juni (Pfingstmontag) auf dem alten Fußballplatz in Bosau. Beginn: 12 Uhr mittags. Feuershow und Jonglieren inklusive. Eintritt gegen Spende.

Sie zog ihr Handy heraus und machte ein Foto. Wenn sie sich nicht irrte, war Bosau doch der Ort, an dem Thea und Rudolf über Pfingsten campen wollten. Sollte sie am Pfingstmontag zufällig bei ihnen sein, wäre das doch *die* Chance, die Kiel Town Boyz bei einem Auftritt einmal persönlich in Augenschein zu nehmen.

Als sie auf das Haus zuging, in dem Sven Hollmann mit seiner Familie wohnte, sah sie sofort, dass es hier vor Kurzem gebrannt hatte. Der teilweise zerstörte Carport war verrußt, es roch nach Rauch und verkohltem Holz. Ölschlieren und Löschschaumreste auf dem Boden des Unterstands ließen erkennen, dass offenbar ein Auto den Flammen zum Opfer gefallen war. Immerhin schien das angrenzende Haus unbeschädigt geblieben zu sein. Olga erinnerte sich plötzlich an die Meldung eines Garagenbrands, die sie im Radio gehört hatte.

In diesem Moment kam ein Auto die Straße herauf und hielt vor dem Haus. Sven Hollmann stieg aus und lief auf den Hauseingang zu. Er trug eine Lederaktentasche unter dem Arm, und am Handgelenk hingen zwei vollbepackte Stoffbeutel, in denen sich wohl Schulhefte befanden. »Was ist hier passiert?«, wollte Olga wissen und deutete auf die Brandstelle.

»Angeblich war es Brandstiftung«, antwortete Hollmann schulterzuckend.

»War es denn Brandstiftung?«

»Wird noch untersucht.«

»Wer könnte etwas gegen Sie haben?«

»Niemand«, beeilte Hollmann sich zu sagen. »Das ist alles überhaupt noch nicht raus, und so schlimm ist es ja auch nicht.«

Island wies auf den Boden des Carports.

»Aber Ihr Auto?«

»Leider Totalschaden«, sagte Hollmann. »Ich habe erst mal einen Leihwagen bekommen.«

Oha, dachte Island. Jemand hat Hollmanns Wagen angezündet und dabei in Kauf genommen, dass das Wohnhaus gleich mit abbrennt. Und der Mann will gar nicht wahrhaben, was da passiert ist.

»Wo können wir uns denn in Ruhe unterhalten?«, fragte sie, weil Hollmann überhaupt keine Anstalten machte, sie hereinzubitten.

Schnell führte er sie durchs Haus, in dem es immer noch leicht rußig roch, auf die nach hinten gelegene Terrasse.

»Ich hol uns was zum Trinken«, sagte er und stellte kurz darauf zwei Gläser und eine Flasche Mineralwasser auf den weißen Plastiktisch, auf dem ein paar Playmobilfiguren herumlagen. Eine bunte Markise spendete ein wenig Schatten, aber Island musste wegen der starken Helligkeit dennoch blinzeln.

Sven Hollmann trug nun eine verspiegelte Sonnenbrille, die zwar Haus und Garten wiedergab, den Ausdruck seiner Augen aber völlig verbarg.

»Herr Hollmann, ich möchte von Ihnen gern etwas wissen über die Band, in der Sie spielen«, begann sie.

»Ja, klar«, sagte er fahrig.

»Würde es Ihnen etwas ausmachen, dabei die Sonnenbrille kurz abzunehmen?«

»Ach so, ein Verhör?«

»Unser Gespräch dient erst mal nur meiner Information.«

Er lachte nervös, nahm die Brille ab und legte sie auf den Tisch. Hektisch griff er nach seinem Glas und trank es leer. Im Licht der Nachmittagssonne sah er übernächtigt aus.

»Seit wann treten Sie wieder zusammen auf?«

Hollmann schenkte sich Wasser nach.

»Wir haben uns diesen Winter zufällig wiedergetroffen und spontan entschieden, noch mal ein bisschen Mucke zu machen auf unsere alten Tage. Seit Ostern proben wir regelmäßig. Aber es ist alles just for fun.«

»Letzte Woche hatten Sie ein Konzert im Gasthof Zur Linde in Ascheberg.«

»Ja, am Abend vor Himmelfahrt.«

»Ist Ihnen da vielleicht diese Frau aufgefallen?«

Sie hielt ihm das Foto hin, auf dem Eva von Mansfeld

abgebildet war. Er nahm es nicht in die Hand, sondern musterte es nur, zeigte aber keine Anzeichen des Erkennens.

»Nein«, sagte er und schüttelte den Kopf. »Aber ich kann mich auch sicher nicht an alle erinnern, die dort waren.«

»Ihr Bandkollege Pitty meinte, dass Lars-Peter Lumm sich während des Konzerts mit dieser Frau unterhalten haben könnte.«

Hollmann griff nach einer der Playmobilfiguren und fingerte daran herum.

»Wenn Pitty das sagt … Ich habe mich ganz auf die Musik konzentriert.«

Er verdrehte Kopf und Gliedmaßen der Figur, bis ihm selbst aufzufallen schien, was er da tat. Dann stellte er sie rasch zurück auf den Tisch.

»Gut«, sagte Island. »Wenn Sie mir sonst nichts weiter sagen können oder wollen, dann möchte ich doch gern noch etwas zu *dieser* Frau wissen.«

Island zog eine alte Aufnahme von Cornelia Labent hervor. Laut Beschriftung auf der Rückseite war sie darauf neunzehn Jahre alt. Eine relativ erwachsen wirkende Neunzehnjährige in enger Lederhose und schwarzer Rüschenbluse. Die dunklen Haare über der Stirn waren wild und auffällig toupiert. Aus stark geschminkten Augen blickte sie lasziv am Fotografen vorbei.

»Was können Sie mir über sie sagen?«

Für einen Moment verzog sich Hollmanns Gesicht schmerzlich. Er schnappte nach Luft.

»Über Conny? Nichts.«

»*Ich* würde aber gern mehr über sie wissen.«

Zu Olgas Verwunderung legte er die Handflächen aneinander und atmete in den Spalt zwischen Daumen und Zeigefinger.

»Nein, bitte nicht«, sagte er stockend.

»Hören Sie, Herr Hollmann. Diese Frau, die Sie sehr gut kannten, ist vor Jahren unter ungeklärten Umständen zu Tode gekommen. Diese andere Frau, die Sie angeblich gar nicht kennen, wird seit dem Sonntag nach Himmelfahrt vermisst. Es könnte da einen Zusammenhang geben. Können Sie mir nicht irgendwie helfen?«

Fliegen summten unter der Markise und drehten endlose Kreise.

»Nach Connys Tod haben wir die Band aufgelöst«, sagte Hollmann schließlich. »Conny war ein toller Mensch, eine wunderbare Frau, und es war gut, sie gekannt zu haben.«

Olga Island hob eine Augenbraue. Es war interessant, wie berührt Hollmann über sie sprach. Aber was hatte er wirklich von ihr gehalten?

»Was ist Ihrer Meinung nach mit ihr passiert?«

»Keine Ahnung. Ich werde mir ewig Vorwürfe machen, dass ich an dem Abend in der Bergstraße nicht genug auf sie geachtet habe. Es war voll in dem Laden, in dem wir gespielt haben. Wir hatten gerade unser erstes Album raus. Es ist auf Kassette erschienen, in einer Auflage von immerhin fünfhundert Stück. Da haben wir es natürlich knallen lassen. Conny war irgendwie schräg drauf an dem Abend, warum, weiß ich bis heute nicht. Aber das war nichts Besonderes bei Conny, das kam immer mal vor, jeder wusste, wie komisch sie sich benehmen konnte, besonders wenn sie getrunken hatte. Das letzte Bild, was ich von ihr vor Augen habe, ist, dass sie in diesen Spielsalon im untersten Geschoss gegangen ist, neben dem Subway. Danach habe ich sie nicht mehr gesehen.«

»Sie hatten das damals auch so zu Protokoll gegeben?«

»Ich glaube schon.«

»Wie sah es mit dem Drogenkonsum von Conny Labent aus? Was hat sie genommen?«

»Nichts. Nur Alkohol hat sie getrunken, das gehörte irgendwie dazu.«

»Und Conny hat viel getrunken?«

»An manchen Tagen hat sie gesoffen wie ein Loch, das stimmt. Wenn sie voll war, hat sie sich übergeben und weitergetrunken. Aber andere Sachen hat sie eigentlich nicht angerührt.«

»Verklären Sie das vielleicht im Abstand der Jahre?«

»Warum sollte ich?«

»Haben Sie sich damals von Conny angezogen gefühlt?«

Sven Hollmann blickte über seinen Garten. Weiter hinten war ein kleiner künstlicher Teich angelegt, mit einem leise murmelnden Wasserfall, in dem ab und zu Frösche quakten.

»Sie war eine Schönheit. Wir nannten sie auch Conny Labelle. Jeder, der sie sah, war von ihr angetan. Aber das legte sich, wenn man sie näher kennenlernte.«

»Warum?«

»Es ist nicht alles Gold, was glänzt.«

»Wie meinen Sie das?«

»Ich habe irgendwann festgestellt, dass Sex nicht alles ist.«

»Sie haben also ein sexuelles Verhältnis mit ihr gehabt? Wann war das?«

Hollmann wand sich. »Sie hat mal eine Nacht mit mir verbracht. Das war aber lange, bevor sie mit Lumm überhaupt zusammengekommen ist.«

»Hatten die anderen aus der Band auch Sex mit ihr?«

»Ich würde es nicht ausschließen.«

»Haben Sie mal mit den anderen darüber gesprochen?«

»Nein, nie.«

»Wusste das denn jeder von jedem?«

Er zuckte die Achseln.

»Ja, wahrscheinlich schon.«

»Gab es vielleicht einen, der darunter gelitten hat?«

»Sie meinen, ob es einen gab, der Conny wirklich geliebt hat, oder so?«

»Ja.«

»Am ehesten wohl Lumm, der damals noch studierte, der war wirklich verrückt nach ihr. Manisch war das, würde ich heute sagen. Er war wie besessen, wenn es um Conny ging. Das war aber eine explosive Mischung, weil Conny ihren eigenen Kopf hatte. Sie haben sich dann ja auch getrennt.«

»Was war mit Pitty und Max?«

»Pitty war damals ein absoluter Chaot, besonders was Frauen anging. Und Max hatte seit seiner Schulzeit eine feste Freundin, die er später auch geheiratet hat.«

»Was hat die Freundin denn von seinem sexuellen Umgang mit Conny gehalten?«

»Sie hat vermutlich nie davon erfahren.«

»Gibt es sonst jemanden, an den Sie sich erinnern und mit dem Conny zusammen gewesen sein könnte?«

»Na, der Typ, bei dem sie untergekrochen war, als sie bei Lumm rausgeflogen ist.«

»Wie hieß der?«

»Muss ich nachdenken. Ich weiß noch, dass er in einer WG in der Holtenauer gewohnt hat, in einem Haus, das dann bald abgerissen wurde. Neben dem Frisiersalon.« Er machte eine kurze Pause. »Patrick hat der geheißen«, fiel ihm dann ein.

»Was wissen Sie über diesen Patrick?«

»Dass sein Alter bei der Polizei war.« Hollmann lachte. »Damit hat er damals jedenfalls immer angegeben. Patrick war ein ätzender Typ. Dünn, pickliges Akneface, aber unter der abstoßenden Fassade ein Riesenego.«

»Wissen Sie, was aus ihm geworden ist?«

»Nein, nie wieder gesehen, wahrscheinlich ist er aus Kiel weggegangen.«

»Um noch mal auf Conny zu sprechen zu kommen, halten Sie es nicht doch für möglich, dass sie Drogen genommen hat?«

»Dazu kann ich echt nichts weiter sagen.«

»Es geht mir nicht um Ihre eigenen Jugendsünden, sondern darum, was Conny eingenommen hat. In ihrer Leiche konnten nämlich Spuren von LSD nachgewiesen werden. Sollte sie das Zeug lange vor ihrem Tod eingenommen haben, dann kann es auch eine erhebliche Menge gewesen sein, das lässt sich anhand der Analyseergebnisse nicht sagen. Ich vermute, dass es für Conny eine Art Überdosis gewesen sein könnte. Manche Menschen geraten nach einem LSD-Trip in eine Psychose, und da kann es passieren, dass man suizidale Absichten nicht mehr kontrollieren kann. Woher könnte sie das Zeug gehabt haben?«

Sven Hollmann starrte Olga an und schluckte. Er schüttelte langsam den Kopf. Sie sah, dass er zu schwitzen angefangen hatte.

»Das weiß ich nicht. Ich hab wirklich keine Ahnung!«

»Genau das kann ich nicht glauben. Conny war immer mit der Band unterwegs, sie hat kein Konzert ausgelassen. Sie war mehr als nur ein lästiger Fan der Band. Sie hatte sexuelle Kontakte mit allen von Ihnen. Sie war also oft in Ihrer Nähe. Sie hat mit Ihnen gefeiert, die Nächte mit Ihnen verbracht. Da weiß man doch einiges mehr voneinander, oder?«

»Hören Sie, wir waren jung, ich werde jetzt nicht im Nachhinein eine Beichte ablegen.«

»Also?«

Er seufzte. »Pitty hatte immer was zum Kiffen dabei. Woher er das Zeug hatte, weiß ich nicht. Wir anderen haben uns an den Alkohol gehalten.«

»Aber wer könnte LSD besorgt haben?«

»Ich habe keine Ahnung, wirklich nicht. Von LSD weiß ich nichts.«

»Keiner will dabei gewesen sein, stimmt's? Also ist es am wahrscheinlichsten, dass es Pitty war?«

Sven Hollmann sah jetzt ehrlich verzweifelt aus. Sein Hemd unter der dünnen Wildlederjacke hatte feuchte Flecken am Kragen und unter den Achseln.

»Nein«, sagte er heiser. »Der hat schon ewig mit allen Drogen aufgehört. Inzwischen trinkt der nur noch alkoholfreies Bier. Und hat über zwanzig Jahre nicht geraucht, bevor er vor Kurzem wieder angefangen hat. Der hat sich nie als Dealer betätigt und hat Conny bestimmt nicht so einen Scheiß untergejubelt. Dafür lege ich meine Hand ins Feuer.«

Ein kleines Mädchen lugte um die Hausecke. Sie war etwa sechs Jahre alt, blond und mit Ausnahme einer engen blauen Jeans ganz in Pink gekleidet.

»Hallo, Papa«, sagte sie.

»Hallo, Marly.« Sven Hollmann zog sie zu sich heran, was sie ohne Proteste geschehen ließ, und gab ihr einen Kuss.

»Und Ihre Frau?«, fragte Olga. »Was hat sie von Conny gehalten?«

»Die kannte sie doch gar nicht. Ich habe Sonja erst viele Jahre später kennengelernt.«

»Aber die ganze Geschichte von damals haben Sie wohl irgendwann erzählt?«

»Nein. Ich wollte unsere Beziehung nicht mit diesen alten Sachen belasten.«

28

Es war schon halb vier, als Olga Island sich von Sven Hollmann verabschiedete. Es war höchste Zeit, nach Kiel zurückzukehren, um Smilla bei Frau Kilinski abzuholen.

Als sie am plakatbeklebten Müllhäuschen vorbeikam, hielt ganz in der Nähe ein brauner Cheyenne mit Kieler Kennzeichen. Ein breitschultriger Mann stieg aus, der ihr vage bekannt vorkam. Ihr fiel ein, dass sie ihn auf Fotos im Zeitungsarchiv gesehen hatte. Dann erkannte sie ihn.

»Max Erking?«

»Ja, wieso?«

»*Sie* waren das mit der Katze«, sagte sie, ohne sich vorzustellen.

»Was ist los?«

»Sie haben gestern eine tote Katze auf dem Hof Ihrer Großeltern verscharrt.«

»Und wenn schon?«, fragte der Mann belustigt. »Was geht Sie das an? Wer sind Sie überhaupt?«

»Island, Kripo Kiel.«

Er nickte langsam.

»Haben *Sie* das Tier so zugerichtet? So was Übles habe ich lange nicht gesehen. Sind Sie pervers oder so was?«

Er zuckte die Schultern.

»Ich weiß nicht, wer das getan hat«, sagte er.

»Auf dem Cover des ersten Albums Ihrer Punkband war auch eine Katze abgebildet. Hat das etwas miteinander zu tun?«

»Ganz sicher nicht. Wie kommen Sie auf so einen Schwachsinn?«

Zwei alte Leute mit Rollatoren bewegten sich auf dem Bürgersteig entlang. Das Gehen bereitete ihnen Mühe, und entsprechend langsam waren sie unterwegs. Aber man sah ihnen an, dass sie neugierig beobachteten, wer es da wagte, sich mitten auf ihrem altvertrauten Spazierweg breitzumachen.

»Moin«, grüßten sie und erwarteten eine Erwiderung.

»Moin«, antwortete Max Erking, und man sah, dass es ihm unangenehm war, mitten im Dorf auf der Straße herumzustehen.

»Hätten Sie etwas dagegen, wenn wir uns in meinen Wagen setzen, um weiterzureden?«, fragte er.

»Nein«, sagte Olga. »Aber ich habe nur wenig Zeit.«

Sie setzten sich in den Wagen, in dem es penetrant nach dem Luftreinigungsbäumchen roch, das am Rückspiegel hing. Island bekam schon wieder leichte Atembeklemmungen von der künstlichen Beduftung.

»Das mit der Katze stimmt«, sagte Max Erking leise, obwohl die Fenster im Wagen geschlossen waren und es nun gar keinen Grund mehr gab zu flüstern. »Ich weiß nicht, wer das Vieh so zugerichtet hat. Der Kater war der verhätschelte Liebling meiner Frau. Als ich am Mittwoch von einer Geschäftsreise nach Hause kam, hatte jemand das Tier an unsere Haustür genagelt. Ich war echt schockiert. Ich habe das tote Tier erst in der Mülltonne versteckt, aber am Morgen hatte jemand den Kadaver wieder aus der Tonne geholt und mir vor die Haustür gelegt. Ich wollte auf keinen Fall, dass meine Frau ihren Nick so sieht. An dem Tag wollte ich sowieso auf dem Hof draußen mal nach dem Rechten schauen, da hab ich die tote Katze einfach mitgenommen. Dort neben den Ställen habe ich früher immer meine Meerschweinchen verbuddelt.«

»Haben Sie sich denn nicht gefragt, wer Ihrem Nick das angetan hat? Und vor allem, warum?«

»Nein. Ich bitte Sie, eine Katze ... Das war irgendein perverser Idiot. Die Leute werden doch immer verrückter heutzutage.«

»Herr Erking, haben Sie Feinde?«

War da ein nervöses Zucken unter seinem rechten Lidrand? Schnell wandte er das Gesicht zur anderen Seite und beschäftigte sich mit dem Ausrichten des Seitenspiegels.

»Nein, ich habe keine Feinde, natürlich nicht.«

»Gibt es sonst jemanden in Ihrer Familie, dem man übel mitspielen möchte, zum Beispiel Ihrer Frau?«

»Auch nicht.«

»Sagt Ihnen der Name Cornelia Labent etwas? Auch genannt Conny Labelle?«

»Puh«, sagte er. »Da kommen Sie aber mit einer bösen Sache, die zum Glück lange her ist.«

»Wie ich annehme, sind Sie gerade auf dem Weg zu Ihrem Freund Sven Hollmann«, sagte Island. »Dem wurde kürzlich im Carport der Wagen angezündet. Was sagen Sie dazu?«

»Schlimm, aber es gibt sicher keinen Zusammenhang mit unserer Katze.«

»Wenn Sie meinen. Was ist denn dem guten Pitty Storjahn in der letzten Zeit Böses widerfahren?«

Max Erking zuckte die Schultern.

»Ihm wurde wohl ein Reifen zerstochen nach dem Konzert im Lutterbeker. Er ist im Graben gelandet, aber es ist ihm nichts passiert.«

»Ach! Und da zucken Sie die Schultern? Als würden Sie an einen Zufall glauben?«, provozierte Olga Island ihren Gesprächspartner und wartete darauf, dass Erking weitere Erklärungen abgeben würde, aber da kam nichts.

»Ich fasse mal zusammen«, fuhr sie fort. »In der letzten Zeit ist Ihnen dreien, gelinde gesagt, übel mitgespielt worden. Sie alle spielen in derselben Band, den Kiel Town Boyz, die erst seit Kurzem wieder zusammen auftritt. Liegt vielleicht ein Fluch auf dem Projekt?«

»Natürlich nicht«, sagte Erking entschieden. »Das ist Blödsinn.«

»Was ist damals mit Conny passiert?«

Er schüttelte den Kopf.

»Ich weiß es nicht«, sagte er, aber ihr entging nicht, dass seine Wangen ein wenig erröteten.

»Dann sage *ich* Ihnen dazu mal etwas, nur so in die Luft gesprochen natürlich«, sagte sie. »Sie dürfen sich gern dazu äußern. In der Nacht, als Conny zu Tode kam, vor fünfundzwanzig Jahren, hatten Sie gerade das Erscheinen von ›Restrisiko‹ gefeiert. Auch wenn es sich bei Ihrem ersten richtigen Album nur um eine vervielfältigte Kassette handelte, waren Sie gut drauf, denn Sie waren auf dem besten Weg, über die Grenzen von Kiel hinaus bekannt zu werden.«

»Na und?«, stieß er unwillig hervor.

Er beugte sich über das Lenkrad, wie um sich abzustützen.

»Aber dann hat sich die Band plötzlich und ganz unerwartet aufgelöst. Warum?«

»Unsere Zeit war vorbei.«

»Das nehme ich Ihnen nicht ab.«

»Wir hatten eine super Zeit zusammen, zunächst als Schülerband, dann als Kiel Town Boyz. Es war cool. Erste Sahne.« Er sprach fast mechanisch, als hätte er das schon oft gesagt, es klang wie ein Mantra. »Aber auch die allerschönste Zeit ist mal vorüber. Wir waren Schüler, Azubis, Zivildienstleistende, Studenten, dann kam der Ernst des Lebens, und uns fehlten die Zeit und das Geld. Ja, manche von uns mussten sich tatsächlich irgendwann mit dem Geldverdienen beschäftigen. Aber all das war nicht der Punkt.«

»Was denn?«

Er fuhr mit den Daumen über den Lederbezug des Lenkrads.

»Wir hatten uns musikalisch auseinanderentwickelt. Jeder wollte etwas anderes. Da war es besser, einen Schlussstrich zu ziehen.«

»Mit dem Tod von Conny Labent hatte die Auflösung Ihrer Band also nichts zu tun?«

Er warf ihr einen kurzen, scharfen Blick zu. Dann versuchte er ein Lächeln, das merkwürdig steif geriet. »Die Zeiten hatten sich geändert. Die Achtzigerjahre waren vorbei. Wir wollten etwas von der Welt verändern und natürlich auch reich und berühmt werden. Und dann haben wir gemerkt, dass das nicht klappt. Basta.«

»Das ist eine etwas unglaubwürdige Geschichte, die Sie mir da auftischen. Aber gut, wenn Sie meinen.« Olga spürte, dass im Moment nichts anderes aus ihm herauszuholen war. »Noch eine Frage: Sagen Ihnen die Namen Eva oder David von Mansfeld etwas?«

»Nie gehört.«

»Und ein Patrick soundso, mit dem Conny in den letzten Wochen ihres Lebens zusammengewohnt haben soll?«

Er schien zu überlegen, dann nickte er.

»Da gab es irgendeinen entfernten Bekannten von Conny, der wohl so hieß. Ein unangenehmer Typ war das. Aber ich kann mich nicht mehr richtig an ihn erinnern.«

29

An diesem Abend war Smilla schon um sieben gefüttert und gebadet. Für ihre Verhältnisse und nach den vielen Stunden bei der Tagesmutter war sie aber immer noch recht munter. Deshalb beschloss Olga Island, noch einen kleinen Abendspaziergang mit ihr zu unternehmen. Sie setzte sie in den Kinderwagen und marschierte einfach drauflos.

Während sie den Blücherplatz umrundete, dachte sie darüber nach, wie es wohl werden würde, wenn sich das Kind nicht mehr so praktisch und bequem durch die Gegend schieben ließe wie jetzt. Dann wäre es erst mal vorbei mit langen Wanderungen und Spaziergängen, denn Smilla würde selbst laufen wollen: in winzigen Trippelschritten zum nächsten Spielplatz und zurück.

Noch konnte Olga ganz frei den Weg wählen und so schnell gehen, wie ihr der Sinn stand, und so landeten Mutter und Kind nach kurzer Zeit in der Grünanlage des Wasserturms am Ravensberg. Olga blickte über den Westring, der jetzt am Abend nicht mehr so stark befahren war wie tagsüber. Drüben auf der anderen Seite lag der Nordfriedhof, auf dem Conny Labent begraben lag.

Olga sah nach Smilla, die beinahe eingeschlafen war – wie immer, wenn der Kinderwagen schön ruckelte. Wenn ich nun schon mal hier bin, dachte sie, kann ich doch schnell mal einen kurzen Abstecher machen und versuchen, das Grab zu finden. Sie hoffte, dass sie die Grabnummer richtig im Kopf hatte und dass die Begräbnisstätte noch nicht aufgegeben worden war.

So weit ist es mit dir also schon gekommen, dass du freitagabends auf dem Friedhof spazieren gehst, dachte sie, als sie das Tor passierte. Nur ein paar ältere Leute waren dort unterwegs, ansonsten gehörte die friedliche Grünanlage mit den breiten, alleeartigen Wegen den Vögeln, die diesen Frühsommerabend mit ihren Gesängen feierten.

Trotz all der aufblühenden Natur verbreiteten die Kreuze und Grabsteine auf den Kriegsgräberfeldern eine beklemmende Stimmung. Bei allem Blühen und Tirilieren gemahnten sie an das brutale, sinnlose Morden und Sterben in den beiden Weltkriegen.

Olga bog vom Hauptweg ab und hielt Ausschau nach dem Gräberfeld, auf dem Conny begraben sein sollte. Sie musste nicht lange suchen, denn die Grabstätte befand sich am Anfang einer Reihe von älteren Gräbern, die teilweise schon aufgegeben worden waren. Es handelte sich um ein Familiengrab, das dicht mit Efeu bewachsen war. Ein paar schlichte, sorgsam frei geschnittene Schieferplatten führten zu einem polierten Stein aus schwarzem Marmor, der von roten Geranien umsäumt war.

Auf dem Grabstein standen drei Namen untereinander: Carl Labent, Cornelia Labent und Waltraud Labent. Auf einer der Schieferplatten lag eine weitere kleine, in Kissenform geschliffene Marmorplatte. »In ewiger Erinnerung«, war darauf in Goldlettern eingemeißelt. In einer grünen Friedhofsvase steckte ein Strauß frischer weißer Rosen. Der Weg vor dem Grab war kreuzweise geharkt. Dies war kein vernachlässigtes Grab von Menschen, an die niemand mehr dachte. Obwohl die Eltern von Cornelia offenbar beide tot waren, gab es jemanden, der sich kümmerte.

Jemand hegte und pflegte das Andenken an die Verstorbenen liebevoll.

Dem Grab gegenüber befand sich eine niedrige Hecke. Davor stand eine einfache Sitzbank, die aus zwei Holzstämmen und einem schmalen Brett zusammengezimmert war. Die Friedhofsverwaltung hatte hier offenbar eine kleine Ausnahme zugelassen und eine private Sitzgelegenheit erlaubt.

Weil Smilla immer noch schlief, nahm Olga für eine Weile auf der Bank Platz. Ein Zitronenfalter flatterte über die Nachbargräber, die Abendluft war gesättigt mit dem Duft von Buchsbäumchen.

Da klingelte ihr Handy.

»Hello again!«

Täuschte sie sich, oder klang seine Stimme anders als am Vortag?

»Jan, was willst du?«

»Ich hab nachgedacht.«

Lallte er etwa?

»Schön. Und was ist dabei herausgekommen?«

»Ich will wissen, was mit Smilla ist!«

Er war angetrunken, eindeutig.

»Was soll mit ihr sein?«

»Bin ich ihr Vater?«

Olga hielt den Atem an. Sie hatte diese Frage erwartet und befürchtet, aber jetzt war sie nicht darauf vorbereitet.

»Was spielt das denn für eine Rolle?«, fragte sie mit einer harten Stimme, die sie selbst gar nicht kannte.

»Kannst du das nicht verstehen?«, schrie er in den Hörer. »Was bist du herzlos! Das ist doch nicht egal, ob man ein Kind hat oder nicht.« Er begann zu schluchzen.

»Hör mal, Jan, wo bist du überhaupt? Ich meine, du bist doch betrunken, oder?«

»Olga, ja, ich hab was intus, aber ich kann sonst nicht mit dir reden. Ich, ich …«

»Wo steckst du denn, verdammt noch mal?«

»In Tessaoua.«

»Wo soll das sein?«

»In Niger, Westafrika.«

Olga spürte plötzlich, wie ein Lachen in ihrem Hals aufstieg. Es war ein irres Lachen, das sie jetzt aber nicht herauslassen durfte. Sie schluckte.

»Toll, und was machst du da?«

Sie wollte mit ihm nicht über Smilla reden, nicht hier, nicht jetzt und nicht so.

»Ich habe hier einen Job übernommen«, sagte er, und sie merkte, wie ihr seine Stimme trotz allem unter die Haut ging. Da war eine ganz besondere Frequenz in den Tönen, die er beim Sprechen erzeugte, die irgendetwas in ihr zum Schwingen brachte und eine Sehnsucht auslöste, gegen die sie sich nicht wehren konnte.

»Wir bauen eine Schule für taubstumme Kinder. Du kannst dir nicht vorstellen, wie es manchen Kindern hier geht …«

»Dann bleibst du also in Afrika?«

Bis zum Sankt Nimmerleinstag sollst du da bleiben, dachte sie, bleib weg, bis du alt und grau bist.

»Nein, wenn die Schule hier fertig ist, komme ich zurück, und dann möchte ich, dass wir …«

Die Verbindung wurde schlechter, oder in Tessaoua fuhr gerade ein großes, lautes Fahrzeug an Jan Dutzen vorbei. Irgendetwas zischte und fauchte am anderen Ende der Leitung wie ein wütender Drache. Oder war es das Blut, das in ihren Adern rauschte? Das Nächste, was Olga hörte, war wieder sein heiseres Lachen. Jan Dutzen war wirklich ziemlich vollgetankt.

»Immer nur als Tourist herumzureisen ist nichts für mich. Zum ersten Mal in meinem Leben habe ich jetzt das Gefühl, das Richtige zu tun. Wir sammeln Geld und bauen diese Schule. Weißt du, das Geld aus Europa wird in Afrika unbedingt gebraucht.«

Island blickte über die Gräber. Zog da nicht von irgendwoher Grillgeruch durch die Bäume? Irgendwo da draußen hinter den gestutzten dunklen Hecken und breiten traurigen Alleen gab es offenbar einen Garten, in dem jemand einen Grill angezündet hatte. Sie stellte sich vor, wie Menschen zusammensaßen, mit Essen und Getränken, um einen netten Abend zu verbringen und gemeinsam ins lange Pfingstwochenende zu starten. Vielleicht waren es Freunde, vielleicht eine Familie. Und sie, Olga Island, die glorreiche Kommissarin, die sich so tapfer durchs Leben schlug, hockte an einem solchen Abend auf dem Friedhof und telefonierte mit einem Betrunkenen.

»Du hast nie gefragt, ob das Kind von dir ist«, sagte sie leise.

»Stimmt.« Wieder erreichte seine Stimme ihr Herz. »Ich bin ein Feigling«, fuhr er fort. »Und du bist immer so … so cool. Und stark. Du hast immer alles im Griff … Und außerdem war da ständig dieser Typ aus Berlin, dieser Lorenz … Und es sah nicht so aus, als ob ihr euch trennen würdet … Ich … und … und du …«

Olga sehnte sich jetzt nach einem Schnaps, ein doppelter wäre angemessen.

»Lorenz hat sich schon lange aus meinem Leben verabschiedet«, sagte sie.

»Echt?« Die Stimme am anderen Ende der Leitung klang wie ausgewechselt.

Sie zog mit dem Schuh eine Spur durch den Sand unter der Bank.

»Mensch, Jan, verdammt noch mal, das ist alles schon so lange her. Und du bist auch schon ewig weg. Außerdem kennst du mich überhaupt nicht richtig. Wir haben zusammengearbeitet, okay. Aber mehr doch auch nicht. Du weißt nicht mal, warum ich überhaupt in Kiel gelandet bin. Du hast keine Ahnung, was ich früher war und was ich getan habe.«

»Nein«, schrie er. »Aber das ist mir auch alles egal. Ich will nur ... zusammen mit dir ... Also ich möchte ...«

Wieder rauschte es laut in ihrem Handy. Es klang wie eine schwere Maschine, und dazu kam das Brummen eines Flugzeugmotors, der sich langsam entfernte. Wenn sie es nicht besser wüsste, hätte sie gedacht, Jan Dutzen befände sich auf einem Flugplatz und im Hintergrund machte jemand eine Lautsprecherdurchsage, auf Deutsch. Aber das war wohl nur eine Art Wunschtraum. Und nein, sie sollte sich das natürlich besser nicht wünschen.

Das Rauschen und Fauchen im Hörer fing an zu nerven.

»Komm, wir können das jetzt nicht am Telefon besprechen«, sagte sie so entschlossen wie möglich. »Es passt gerade nicht. Ich sitze auf dem Friedhof, und du bist betrunken. Wenn du zurück bist, reden wir in Ruhe, in Ordnung?«

»Ich kann jetzt nicht nach Kiel kommen. Das Projekt läuft gerade erst richtig an, da muss ich dabei sein.«

Er sagte etwas, das sie wegen der Nebengeräusche nicht verstehen konnte. Sie wunderte sich, dass sie so ruhig blieb.

»Es wird immer etwas geben, bei dem du dabei sein musst.«

»Ja«, jammerte er. »Und nein ... ganz sicher ... ich verspreche dir ...«

»Dutzen, lass mal, echt. Wenn deine Schule fertig ist, sehen wir uns, okay? Und hör auf zu saufen, das bringt nichts. Krieg dich einfach wieder ein. Tschüs.«

Sie beendete das Gespräch und wurde sofort wieder angewählt. Wütend schaltete sie das Handy aus. Schluss jetzt, Feierabend. Sie wollte ihre Ruhe haben. Es brachte doch nichts, sich mit einem Betrunkenen zu unterhalten, der in Selbstmitleid zerfloss und sich am nächsten Tag an nichts mehr erinnern würde. Vor allem, wenn er sowieso bis auf Weiteres in Westafrika weilte.

Sie stand auf und schob den Kinderwagen in Richtung Ausgang. Dabei achtete sie nicht mehr auf den Frühlingsabend und auch nicht auf andere Friedhofsbesucher, denn sie war innerlich völlig aufgewühlt. Cool und stark, hatte Jan gesagt. Der hatte wirklich keine Ahnung von ihr und ihrem Leben, das ihr nicht selten wie ein einziges Chaos erschien, das ihr jederzeit um die Ohren fliegen konnte.

Tief in Gedanken versunken, schob sie die schlafende Smilla vor sich her. Sie hatte Mühe, sich auf den Weg zu konzentrieren, und blieb immer wieder stehen, um nach Luft zu schnappen. In der kleinen Grünanlage am Wasserturm hatte sie plötzlich das Gefühl, dass ihr jemand folgte. Sie drehte sich um, aber bis auf ein älteres Paar, das sich an den Händen hielt und in derselben Richtung wie sie selbst unterwegs war, konnte sie niemanden entdecken. An der nächsten Kreuzung strich ihr ein kleiner, struppiger Hund um die Beine, der offenbar ohne Begleitung herumstreunte. Wieder blickte sie sich um. Die Straßenbäume warfen schon abendliche Schatten, und die Bürgersteige waren zugeparkt wie immer.

Sie fühlte sich beobachtet, doch sie war allein.

30

Am nächsten Morgen bekam Olga einen Anruf von einem Mitarbeiter des Polizeireviers in Plön. Er teilte ihr mit, dass das grüne Fahrrad am Vortag an der von Björn Steiner genannten Stelle aus dem Plöner See geborgen worden sei. Anhand der Rahmennummer habe man schnell und zweifelsfrei feststellen können, dass es sich tatsächlich um das Rad handle, das die in Berlin gemeldete Eva von Mansfeld vor zwei Jahren in der Plöner Innenstadt gekauft hatte. Der Ehemann, David von Mansfeld, sei nach der Bergung des Fahrrads sofort in die dortige Polizeistation gekommen und habe vor Ort selbst noch einmal bestätigt, dass es sich um das Rad seiner Frau handelte. Anschließend habe er das Fundstück in seinem Wagen abtransportiert, weil keine anders lautende Dienstanweisung vorgelegen habe.

Olga ärgerte sich. Über eine Untersuchung von Spuren musste man gar nicht mehr weiter nachdenken. Sie bedankte sich für die Information und wünschte ein schönes Wochenende. Danach versuchte sie ein paar Mal vergeblich, von Mansfeld zu erreichen. Er ging nicht an sein Telefon, und die Mailbox war abgeschaltet.

Dann wählte sie die Nummer der städtischen Friedhofsverwaltung. Eigentlich war ihr klar, dass sie am Samstagvormittag, besonders am Pfingstwochenende, dort niemanden erreichen würde, doch zu ihrem Erstaunen meldete sich eine junge Frauenstimme.

»Was kann ich für Sie tun?«

»Ich hätte eine Frage zu einem Grab auf einem Ihrer Friedhöfe. Aber warum arbeiten Sie heute überhaupt?«

»Ein neuer Service der Stadt Kiel, der sehr gut nachgefragt wird. Viele Menschen haben unter der Woche keine Zeit, sich um administrative Angelegenheiten zu kümmern. Deshalb sind wir auch am Samstag für Sie da. Wie kann ich Ihnen also helfen?«

»Wer pflegt das Grab der Familie Labent, Feld Nummer 15 A, auf dem Nordfriedhof?«

»Einen Moment bitte.«

Island hörte das Klicken einer Computertastatur.

»In diesem Fall die Friedhofsgärtnerei.«

»Im Auftrag von wem?«

»Das ist eine gute Frage. Ich glaube, Herr Labent pflegt das Grab selbst.«

»Ich verstehe nicht ganz?«

»Herr Labent ist auf dem Nordfriedhof als Gärtner beschäftigt. Es fragen tatsächlich ab und zu Leute nach der Gestaltung dieses Grabs, weil es so klassisch, schlicht und würdevoll aussieht.«

Olga horchte auf.

»Hat sich denn in der letzten Zeit mal jemand danach erkundigt?«

»Hm, warten Sie mal. Ich glaube, bei mir hat wirklich mal jemand angerufen, vor ein, zwei Wochen. Daran erinnere ich mich, weil das Gespräch so nett war.«

»Eine Frau oder ein Mann?«

»Eine Frau war das, mit Berliner Akzent, wenn ich mich recht erinnere.«

»Hat sie sonst noch etwas wissen wollen oder gesagt?«

»Ich glaube nicht.«

»Ich würde gern mit Herrn Labent Kontakt aufnehmen«, sagte Island. »Wie kann ich ihn denn erreichen?«

»Über die Gärtnerei. Aber *die* sind erst nach Pfingsten wieder da. Sie könnten dort nur auf den Anrufbeantworter sprechen.«

»Wo Herr Labent wohnt, können Sie mir nicht zufällig sagen?«

»Leider nein. Datenschutz.«

»Wie heißt er denn mit Vornamen?«

»Das darf ich Ihnen leider auch nicht sagen. Wenden Sie sich doch am Dienstag direkt an die Gärtnerei.«

»Danke, ich finde das auch so raus«, antwortete Olga.

»Sind Sie Maik Labent?«

Der Mann, der Olga die Tür des kleinen Reihenhauses in Kiel-Mettenhof öffnete, war seiner Schwester wie aus dem Gesicht geschnitten: dunkel umschattete Augen, dunkle Locken, die mit Gel gestylt vom Kopf abstanden, silberne Ohrstecker, auf jedem Ohr mehrere hintereinander.

Volltreffer, dachte sie.

»Maik Labent, jawohl.«

»Olga Island, Kripo Kiel«, stellte sie sich vor.

»Ja?«

»Würde es Ihnen etwas ausmachen, sich kurz mit mir über Ihre Schwester zu unterhalten?«

»Im Prinzip nicht. Aber ich bin gerade am Packen, weil ich übers Wochenende zu einem Freund fahren will. Er müsste gleich da sein, um mich abzuholen.«

»Es dauert sicher nicht lange«, versprach sie.

Er ließ sie ein, und Olga folgte ihm mit Smilla, die sie

sich im Tragesack vor den Bauch geschnallt hatte, in ein kleines Wohnzimmer. Vor den Fenstern wuchsen Stockrosen, die schon kleine Knospen gebildet hatten. Neben der Wendeltreppe, die in den ersten Stock führte, standen ein Seesack, ein zusammengeklappter Regiestuhl sowie ein Plastikkasten mit Blinkern.

Das Haus, in dem Maik Labent lebte, war kein Reihenhaus im herkömmlichen Sinne, sondern eine Wohnanlage mit verschachtelt über- und nebeneinandergebauten Wohnungen. Wahrscheinlich lebte er allein hier, trotzdem hatte Olga den Eindruck, dass oben an der Treppe vielleicht jemand stand und hörte, was unten gesprochen wurde.

Sie setzten sich an einen quadratischen Esstisch. An der Wand oberhalb des Tisches hingen gerahmte Fotografien. Auf zwei davon meinte sie Conny zu erkennen.

»Sie möchten über meine Schwester reden?« Seine Stimme klang resigniert. »Aber Sie ermitteln doch gerade nicht offiziell, oder?«

»Sie meinen wegen dem Kind?«

Er nickte freundlich.

»Meine Tagesmutter ist auf einer Hochzeit«, erklärte Island. »Ich hoffe, es stört Sie nicht, dass ich meine Tochter dabeihabe.«

Smilla blickte mit großen, runden Augen umher und gab keinen Ton von sich.

»Es hat schon ewig niemand mehr nach Cornelia gefragt«, sagte der Mann und schien durch die sonnenbeschienene Gardine in weite Fernen zu blicken. »Gibt es denn neue Erkenntnisse?«

»Ich bin dabei, die Akten von früher noch einmal durchzusehen.«

»Also nichts Neues?«

»Wir werden sehen«, sagte Olga.

Er nickte.

»Wer ist das auf diesen Fotos?«, fragte sie und deutete auf die Bilderrahmen über dem Tisch.

»Das war mal meine Familie«, sagte Maik Labent.

Eines der Fotos zeigte vier Personen, die am Strand von Schilksee dicht gedrängt in einem Strandkorb hockten und sorglos lachten. Vater, Mutter, ein halbwüchsiges Mädchen im Bikini, Conny, und ein kleiner blonder Junge in Badehose, Maik. Auf einem zweiten Foto waren Mutter und Tochter abgebildet. Auch sie sahen sich sehr ähnlich. Auf dem dritten Bild war der kleine, blonde Junge schon etwas in die Länge geschossen und posierte mit anderen Jungen im selben Alter auf einem Sportplatz. Der Ausdruck in seinem Gesicht war ernst und verschlossen.

»Wie alt waren Sie, als Ihre Schwester starb?«

»Sechs Jahre, ich kam in dem Sommer zur Schule. Meine Mutter hat das nicht verkraftet, sie hatte Schwierigkeiten, das Nötigste auf die Reihe zu bekommen. Ich habe keine guten Erinnerungen an diese Zeit.«

»Als Conny starb, war Ihr Vater schon zwei Jahre tot, oder?«

»Ja, wir mussten ohne ihn klarkommen.«

»Woran ist er gestorben?«

»Er war Busfahrer und kam eines Tages nicht mehr von der Arbeit zurück. Er ist am Steuer zusammengebrochen. Herzinfarkt.«

»Und Ihre Mutter?«

»Die ist vor zwei Jahren an Krebs gestorben.«

Er erzählte das alles mit fester Stimme, nur in seinen

Augen lag eine tiefe Traurigkeit, die Olga nicht unberührt ließ. Sie drückte Smilla dichter an ihre Brust. Es war eine Tragödie. Drei der Personen, die auf den Fotos glücklich und sorglos lachten, waren tot. Nur der kleine Junge lebte noch und war inzwischen ein Mann um die dreißig, der als Stadtgärtner auf dem Friedhof arbeitete. Was wollte sie eigentlich von ihm wissen?

»Haben Sie schon einmal etwas von einer Band namens Kiel Town Boyz gehört?«

»Sagt mir nichts.«

»Das war eine Band, mit der Ihre Schwester öfter zu tun gehabt haben soll. Sie soll ein großer Fan der Band gewesen sein. Können Sie sich erinnern, dass sie die Band mal erwähnt hat? Kleinere Geschwister beobachten doch immer recht aufmerksam, was ihre großen Geschwister so treiben.«

Er schüttelte seine gegelten Locken. »Ich steh nicht auf Punk. Und wie gesagt, ich war sechs Jahre alt, als sie uns verließ. Ich hatte ganz andere Interessen als sie.«

»Wo haben Sie damals gewohnt?«

»Auch schon in Mettenhof, vorne am Bergenring, in einem der Wohnblocks. Wir hatten eine Dreizimmerwohnung im fünften Stock. Als Conny nicht mehr da war, fing meine Mutter das Trinken an. Vielleicht war sie auch vorher schon alkoholabhängig, aber danach hat sie es jedenfalls nicht mehr verbergen können. Mit neun kam ich ins Heim. Ich bin erst vor ein paar Jahren wieder hergezogen, als ich mich von meiner Freundin getrennt hatte.«

»Leben Sie allein?«

»Warum wollen Sie das wissen? Das muss ich Ihnen nicht sagen.«

Olga Island nickte. »Entschuldigung. In meinen Akten steht, dass Ihre Mutter einen Lebensgefährten hatte, Joseph Hagge. Was ist aus ihm geworden?«

»Sie haben sich irgendwann getrennt. Ich habe kaum noch Erinnerungen an ihn und habe ihn später nie wiedergesehen.«

»Können Sie mir sagen, ob es von Conny vielleicht noch persönliche Sachen gibt? Also Andenken, Kuscheltiere, Fotos, irgendetwas, was sie besessen hat ...«

»Alles, was ich an Bildern habe, hängt dort an der Wand. Meine Mutter hatte natürlich auch noch ein paar Sachen aus Connys altem Zimmer. Aber ich musste nach ihrem Tod ihre Wohnung auflösen und habe selbst keinen Platz. Deshalb ist da nichts mehr. Sie kommen zu spät.«

»Hat Ihre Schwester damals ein Tagebuch geführt?«

Er zuckte die Schultern. »Nicht dass ich wüsste.«

»In den Akten steht, dass es ein Tagebuch gegeben hat. Es war bei den Asservaten vermerkt, wurde aber nach Ablauf einer Frist an ihre Familie zurückgegeben.«

Maik Labent strich eine nicht vorhandene Tischdecke glatt. Seine feingliedrigen Hände waren für einen Gärtner erstaunlich gepflegt, die Fingernägel gefeilt und tadellos sauber.

»Keine Ahnung. Bei der Wohnungsauflösung habe ich nicht so darauf geachtet. Und ich habe, ehrlich gesagt, auch kein übermäßiges Interesse an der Vergangenheit. Wenn ich immer daran gedacht hätte, wäre ich nie klargekommen.«

»Sie arbeiten als Friedhofsgärtner?«

»Ja.«

»Das Grab Ihrer Familie ist wirklich liebevoll gestaltet.«

»Sie waren auf dem Friedhof? Warum?«

»Es ist, wie gesagt, meine Aufgabe, den Fall Ihrer Schwester noch einmal durchzugehen.«

»Leider wird auch diesmal nichts herauskommen. Und am Ende wissen wir immer noch nicht, wer meine Schwester auf dem Gewissen hat.«

»Glauben Sie, dass sie getötet wurde?«

»Sehen Sie, genau das meine ich, diese dummen Fragen und das ganze spekulative Gelaber der Leute, das zermürbt einen. Das wollen Sie irgendwann einfach nicht mehr hören.«

Seine blassen Wangen hatten sich gerötet. Sie schien ihn mit ihrer Frage verletzt zu haben. Alte Wunden waren aufgerissen. Unter der scheinbar geglätteten Oberfläche steckten tiefer Frust, Trauer und Verzweiflung. Vielleicht würde er die Ereignisse von damals nie überwinden können. Sie durfte nicht noch weiter bohren.

»Sie sehen Ihrer Schwester sehr ähnlich«, sagte sie beschwichtigend.

»Das sagen alle, die sie kannten. Haben Sie sie etwa auch gekannt?«

Seine Stimmung veränderte sich wieder. Ehrliche, unverstellte Hoffnung lag in seinem Blick.

»Nein, ich habe nur die Akten studiert. Aber da sind auch ein paar Fotos drin.«

Smilla begann unruhig zu werden. Sie streckte die Beine und den Rücken und ließ erste leise Unmutslaute hören.

»Immer schön den Theorien in den Akten folgen, was? Auf die Weise kommt doch nie was Neues raus.«

»Da haben Sie recht, deshalb suche ich ja auch nach neuen Ansatzmöglichkeiten. Wir müssen uns fragen, was damals vielleicht übersehen worden ist. Wissen Sie vielleicht, ob Conny damals eine gute Freundin hatte?«

Maik Labent strich sich ein paar Haare aus der Stirn.

»Keine Ahnung.«

»Hat Ihre Mutter vielleicht mal was dazu gesagt? Oder ist nach dem Tod von Conny mal eine Freundin oder ein Freund zu Besuch gekommen?«

Die Antwort konnte Olga Island nicht mehr so richtig hören, weil Smilla anfing zu schreien.

»Nicht dass ich wüsste, leider«, glaubte sie zu verstehen.

»Sagt Ihnen der Name Eva etwas?«

Er legte den Kopf etwas schief und schien trotz des Geschreis in seinem Wohnzimmer tief in sich hineinzuhorchen.

»Nein«, antwortete er schließlich. »Kenne ich nicht.«

31

Als Olga und Smilla die Wohnung von Maik Labent verließen, war der Samstagvormittag schon fast vorbei. Inzwischen hatte das Kind sich beruhigt, und Olga beschloss, noch ein bisschen shoppen zu gehen. Sie bog auf dem Weg von Mettenhof in die Stadt beim Cittipark ab. Das Einkaufszentrum mit Fernstraßenanschluss hatte den Vorteil, dass man meist einen Parkplatz fand. So auch an diesem Tag, obwohl jede Menge los war.

Sie holte den Kinderwagen aus dem Kofferraum, setzte Smilla hinein und ließ sich per Rollrampe aus dem Parkhaus nach oben transportieren. Trotz des perfekten Pfingstwetters herrschte in der Passage ein ziemlicher Trubel. Wenn Olga das eine oder andere Auge zudrückte, konnte sie sich manchmal der Illusion hingeben, in den Arkaden am Potsdamer Platz unterwegs zu sein. Wenn sie eine nostalgische Berlin-Sehnsucht überfiel, ging sie manchmal hierher und kaufte sich ein Eis.

Heute suchte sie in den Schuhgeschäften nach Sommersandalen, aber kein Paar in ihrer Größe wollte ihr gefallen. Anschließend schaute sie sich nach einer leichten Jacke um, die, passend für den Kieler Sommer, winddicht und regenabweisend sein sollte. Da sie nicht schon wieder eine sportliche Outdoorjacke kaufen wollte, wurde sie diesmal nicht fündig. Stattdessen erstand sie drei neue Bodys für Smilla, weil die alten schon wieder zu eng und zu kurz geworden waren, und dazu ein Fünferpack Sommersöckchen.

Sie verstaute den Einkauf in der Ablage unten im Kinderwagen und setzte sich ins Café auf der Galerie in der obersten Etage. Sie bestellte sich einen Latte macchiato und fütterte Smilla während der Wartezeit mit kaltem Früchtebrei.

Das Café war gut besucht. Die Menschen aßen Torte oder Eis zum Kaffee oder tranken Bier. Smilla thronte im Kinderwagen und untersuchte ein kleines buntes Buch aus Frottee, indem sie es immer wieder in den Mund steckte.

Olga griff zum Handy und wählte noch einmal die Mobilnummer von David von Mansfeld. Anders als bei ihren vergeblichen Versuchen am Morgen war er jetzt sofort am Apparat.

»Was ist?«, fragte er schroff.

»Sie haben das Fahrrad Ihrer Frau identifiziert?«

»Ja, aber ich hätte es auch ohne die Rahmennummer erkannt. Schrecklich, wie es da lag, nicht wahr?«

»Wie ist es in den See hineingekommen?«

»Woher soll ich das wissen? Das ist doch *Ihre* Aufgabe, das herauszufinden.«

»Haben Sie denn inzwischen etwas von Ihrer Frau gehört?«

»Das fragen Sie mich?« Er lachte schrill. »Sie, die Polizei?«

»Ja, ich würde es gern wissen.«

»Nein, meine Frau hat sich nicht bei mir gemeldet. Nein, meinen Kindern geht es gar nicht gut, denn sie vermissen ihre Mutter. Und ja, wir sind wieder in Berlin.«

»Sie sind zurückgekehrt?«, fragte Olga Island überrascht. »Seit wann?«

»Warum sollten wir weiter im Ferienhaus herumsitzen?

Das bringt doch nichts. Deshalb sind wir heute Morgen los.«

»Als Sie nach Hause kamen, hatten Sie da den Eindruck, dass Ihre Frau in der Zwischenzeit vielleicht in Ihrer Berliner Wohnung gewesen ist?«

»Warum sollte sie?«

»Vielleicht, um etwas aus der Wohnung zu holen?«

»Sie unterstellen mir permanent, dass meine Frau abgehauen ist, verstehe ich das richtig?«

»Nein, ich denke in alle Richtungen.«

»Das ist eine Frechheit. Ich war hier übrigens schon bei der Polizei und habe eine Vermisstenanzeige erstattet. Es muss doch endlich mal was passieren. Ich habe auch mit meinem Anwalt gesprochen. Ich werde Sie und all die anderen verklagen.«

Nach diesem wenig aufmunternden Telefonat kaufte Olga unten im großen Supermarkt Grillfleisch, Gemüse und Salat für die anstehenden Pfingsttage ein, die sie bei Thea und Rudolf auf dem Campingplatz in Bosau verbringen wollte. Anschließend fuhr sie mit Smilla zurück nach Hause. Sie verspürte überhaupt keine Lust zu packen, denn das war, seitdem Smilla da war, mit einem ziemlichen Aufwand verbunden. Sie musste an jede Menge Sachen für das Kind denken – Windeln, Schnuller, Rassel, Ersatzhosen, Creme für den Po, den richtigen Löffel, die Wickelunterlage, die Auflage für die Wickelunterlage, Feuchttücher, ausreichend Babybrei, Nuckelflasche und Ersatznuckelflasche … Neuerdings schrieb sie für solche Anlässe lange Listen, die sie dann abarbeitete. Denn was, wenn sie draußen in der Pampa irgendetwas von all den notwendigen Dingen nicht dabeihatte?

Schließlich hatte sie alles im Auto verstaut. Allmählich begann sie, sich auf die zwei Tage am Plöner See zu freuen. Und natürlich auch aufs Wiedersehen mit Thea und Rudolf. Weil Smilla wieder schlief, streckte auch sie sich noch einmal auf dem Sofa aus und machte ebenfalls ein Nickerchen. Später, nachdem sie beide noch etwas gegessen hatten, fuhren sie gemütlich und ohne Zeitdruck los.

Sie erreichten den Campingplatz in Bosau in der hellen Abendsonne. Thea war gar nicht schwer zu finden. Man brauchte nur die Scheibe herunterzulassen und dem laut über den Platz schallenden Gelächter und dem Gesang zu folgen.

Direkt am Strand, vor dem Haus des Segelvereins, hatten sich die Sänger samt Angehörigen eine Wagenburg aus Wohnmobilen, Campingbussen und Wohnwagen errichtet. Man hatte mehrere Tische zu einer Tafel zusammengestellt, auf der benutzte Gläser, leere Kaffeetassen und fast leer gegessene Kuchentabletts standen. An der Stirnseite saß Thea Island in einem gut gepolsterten Campingstuhl mit Blumenmuster und war damit beschäftigt, mit zwei anderen Damen Skat zu spielen. Alle trugen sommerliche Hüte und waren in ausgelassener Stimmung.

»I'm siiinging in the rain«, schmetterte gerade eine größere Gruppe älterer Herren auf dem Badesteg.

Von Regen war zum Glück weit und breit nichts zu sehen. Stattdessen turnten ein paar Kinder an den Geräten auf der Spielwiese herum, und unter den hohen Bäumen am See waren junge Männer am Kicken. Auf dem Campingplatz waren die ersten Grillfeuer entzündet, und der intensive Geruch von räucherndem Fett zog über den Platz.

Es war schön, ein paar Tage frei zu haben und Thea, Rudolf und ihre Freunde bei guter Laune und Gesundheit vorzufinden.

»Hallo, meine Liebe.« Thea erhob sich aus ihrem Stuhl und begrüßte ihre Nichte. Dann nahm sie Smilla voller Stolz auf den Arm und zeigte sie herum. Das Kind fremdelte erst und weinte, begann aber bald zu lächeln.

»So eine Zuckerschnute«, schwärmten die Skatdamen, wandten sich dann aber rasch wieder ihren Karten zu.

»Macht es euch doch erst einmal in unserem Wagen gemütlich«, sagte Thea und zeigte auf den größten der Campingwagen mit dem geräumigsten Vorzelt. »Platz ist in der kleinsten Hütte. Und keine Angst. Rudolf schläft im Vorzelt, weil er so schnarcht. Die Sachen zum Grillen kannst du gern in den Kühlschrank legen. Wir werden so gegen acht Uhr das Feuer anmachen.«

Olga sah sich im Campingwagen um. Thea hatte für sie ein Doppelbett bezogen, auf dem sie sich mit der Kleinen zusammen erst einmal ausstreckte. Im Wagen roch es nach Waldmeister und frischer Wäsche. Sie hatte sofort das Gefühl, bei Tante Thea zu Hause und doch im Urlaub zu sein.

Hier würde sie gut schlafen. Sie verstaute das Grillfleisch im Kühlschrank und stellte zwei Flaschen Weißwein ins Eisfach. Danach drehte sie mit Smilla im Kinderwagen eine Runde. Es war ein angenehm kleiner Campingplatz direkt am See mit einem modernen Waschhaus.

Dahinter lagen ein paar Koppeln, und in der Ferne überragte der weiße Kirchturm der Bosauer Dorfkirche einige strohgedeckte Bauernhäuser. Das Dorf und sein Campingplatz waren über das Pfingstwochenende gut besucht.

Viele Dauercamper aus Hamburg, Frankfurt und Berlin waren eingetroffen und mit Eifer dabei, ihre Parzellen für die Saison herzurichten. Gespräche und Lachen erfüllten die Abendluft.

Als Olga zur Wagenburg zurückkehrte, hatten Thea und die anderen ihr Kartenspiel beendet und steckten in den Vorbereitungen fürs Abendessen. Im Gras neben dem Campingwagen entdeckte Olga zwei Paddelboote.

»Kann ich davon eins ausprobieren?«, fragte sie.

»Natürlich«, sagte Thea. »Dafür haben wir sie mitgebracht. Rudolf und ich paddeln öfter mal auf den Seen in Berlin oder Brandenburg. Das ist herrlich, sage ich dir. Dir tut ein bisschen sportliche Betätigung sicher gut. Du bist ja wirklich ein bisschen blass um die Nase.«

Die Grillparty der Wilmersdorfer Sänger wurde eine laute, feuchtfröhliche Angelegenheit. Während Smilla im Campingwagen längst in ihren tiefen Babyschlaf gefunden hatte, gaben draußen die Sangeslustigen spontan immer mal wieder eine Kostprobe ihrer Kunst zum Besten. Ab und zu kam der Platzwart vorbei und bat um etwas mehr Ruhe. Aber er wurde jedes Mal mit dem einen oder anderen Schnaps bestochen und konnte wenig ausrichten. Erst weit nach Mitternacht lagen alle in ihren Kojen und schnarchten.

Am nächsten Morgen kam es Olga so vor, als wäre sie als Einzige verkatert aufgewacht. Alle anderen waren bereits auf den Beinen und erfüllten die Morgenluft mit ihrem Geplapper und Gegacker. Der Chor würde beim Gottesdienst in der St. Petrikirche einen ersten kurzen Auftritt haben. Das große Konzert, für das sie angereist waren, sollte dann am Nachmittag zusammen mit zwei befreundeten Chören aus Eutin und Malente in derselben Kirche stattfinden.

»Gib mir mal die Kleine mit, und mach einen Tag frei«, sagte Thea und ließ Smilla auf ihrem Schoß auf- und abhüpfen. »Du siehst ganz so aus, als hättest du dringend mal ein bisschen frische Luft nötig. Smilla und ich kommen schon klar. Schließlich habe ich früher auch immer auf dich aufgepasst, als du ein Baby warst. Na, mein kleiner Honigproppen«, sagte sie zu Smilla, »wir werden es uns zusammen richtig nett machen.«

Auf einen Singleausflug war Olga gar nicht vorbereitet, aber Smilla hatte sich tatsächlich schon gut an Thea gewöhnt. Auch Rudolf schien sie zu mögen, wie sie sich überhaupt erstaunlich gern in Gesellschaft befand. Dann weinte sie kaum und schien fasziniert den Stimmen zu lauschen. Es war ihr auch mühelos gelungen, bereits beim Frühstück, das in großer Runde vor den Zelten und Wagen stattfand, mit ihrem strahlenden Gesicht und ihrem bezaubernden »Örö, örö« im Mittelpunkt der Aufmerksamkeit zu stehen.

»Hätte gar nicht gedacht, dass Smilla das so gut mitmacht«, sagte Olga und begann, ein paar Sachen für den Ausflug zusammenzupacken.

»Na klar, bei euch zu Hause ist es ihr doch viel zu langweilig«, meinte Thea. »Sie ist eine plietsche Deern und braucht auch mal Abwechslung im Leben. Nu mach aber, dass du loskommst! Ich nehm sie gleich mit in die Kirche. Das wird ihr bestimmt gefallen. Zisch los, wir kriegen das hin.«

Am Abend zuvor hatte Olga im Waschhaus einen Blick auf die große Segelkarte geworfen, die dort im Gang hing. Darauf war die wasserreiche Landschaft rund um die Kleinstadt Plön abgebildet. Die Gewässer schienen ineinander überzugehen und waren durch kleine Kanäle und den Lauf der Schwentine miteinander verbunden.

Plötzlich wusste sie, wie sie den Pfingstsonntag verbringen würde. Sie packte sich ein paar belegte Brote, einen Apfel und eine Flasche Wasser ein und stopfte trotz des guten Wetters – man wusste ja nie – ihre Regenjacke und einen warmen Pullover in einen wasserfesten Sack, den sie sich von Thea ausleihen durfte. Anschließend trug sie eines der Paddelboote mit dem klingenden Namen »Spreeperle« über den Strand, zwängte die Proviantüte und den Packsack hinter den Sitz und stieg zuletzt selbst ein. Vorsichtig stieß sie sich ab und ließ das Boot langsam in tieferes Wasser gleiten.

Sie tat ein paar unsichere Schläge. Wie lange war es her, dass sie in einem Kajak gesessen hatte? Jahre, Jahrzehnte. Früher in Laboe hatte es im Sommer dazugehört, das alte Boot ihrer Tante aus dem Garten an den Strand zu tragen und die Küste rauf und runter zu fahren. Warum hatte sie dieses sportliche Freizeitvergnügen eigentlich aus den Augen verloren? Im letzten Sommer war sie hochschwanger einmal von einer Urlauberin in einem Kanu mitgenommen worden. Aber selbst zu paddeln war eine andere Sache.

Jetzt, wo sie so leicht und leise dahinglitt, bereute sie es, so lange darauf verzichtet zu haben. Und obwohl ihre letzte eigenständige Bootstour viele Jahre zurücklag, schien ihr Körper sich an die Bewegungsabläufe zu erinnern. Sie wusste, was zu tun war, und hatte bald das Gefühl, das kleine Boot sicher zu führen.

Langsam verließ sie die Bucht mit dem Sandstrand und glitt weiter auf den See hinaus. Sie sichtete eine Gruppe Teichhühner, die sich, als sie näher kam, zerstreute. Die Sonne spiegelte sich auf dem Wasser und wärmte ihren Körper. Je weiter sie hinauskam, desto größer erschien der See. Was für eine glatte, weite Fläche. Und was für eine Helligkeit nach den ganzen Tagen am Schreib- und Wickeltisch.

Bis auf ein paar entfernte Segelboote, die drüben in Richtung Plön unterwegs waren, sah sie niemanden. Sie war ganz allein. In der Seemitte nahm sie Kurs auf das Plöner Schloss. Bald fuhr sie zwischen kleinen, bewaldeten Inseln dahin. Der Wind frischte auf, und ihr begegneten zwei Ruderboote mit Anglern. Sie ließ die Prinzeninsel rechts liegen und folgte dem Lauf der Schwentine in den Kleinen Plöner See hinein. In dem schmalen Kanal unter der Chaussee traf sie auf eine Gruppe von Freizeitpaddlern, die flussabwärts auf dem Weg nach Kiel waren. Obwohl die Muskeln ihrer Oberarme längst schmerzten, schloss sie sich den Paddlern an und fuhr mit ihnen zusammen bis zur Ortschaft Wittmoldt. Dort verabschiedete sie sich von ihnen und legte an einer Wiese an, um eine Pause zu machen. Sie aß ihre Brote, trank etwas Wasser und machte ein paar Gymnastikübungen, denn ihr tat der Hintern weh vom langen Sitzen. Inzwischen war es halb zwölf am Vormittag, und die Sonne hatte ihre Haut schon ordentlich gerötet. Aus dem Packsack kramte sie den Schlapphut heraus, den sie sich von Thea geliehen hatte.

Nach der Pause fuhr Olga weiter die Schwentine entlang und erreichte eine Viertelstunde später den Kronsee. Schon von Weitem sah sie die beschnittenen Korbweiden im Garten des Malers. Im Schilfgürtel befand sich ein etwas morscher Holzsteg, der vermutlich zum Hof »Schöneweide« gehörte, denn hinter hohen Büschen entdeckte sie das graue Dach, mit dem sie bereits näher Bekanntschaft gemacht hatte, als ihr lieb war.

Sie legte an, stieg aus und zog das Boot an Land, sodass es im Schilf verborgen war. Dann kletterte sie durch ein Gestrüpp aus Weidenbüschen, bis sie endlich den grob gemähten Rasen hinter dem Wohnhaus von »Schöneweide« erreichte. Die Rückseite des Hauses lag verlassen in der Sonne.

Der Pfad hinter den Stallungen führte sie zum Garten des Malers. An der rostigen Pforte blieb sie stehen und sah sich lauschend um.

32

Da waren Stimmen, die eindeutig aus Lumms Garten kamen. Sie beugte sich über die Pforte und entdeckte unter den Obstbäumen auf der Wiese hinter dem Haus zwei alte, hölzerne Liegestühle. Auf einem davon saß der Maler, auf dem anderen eine weitere Person. Lumm rauchte, die andere Person war ganz in den Stuhl versunken, nur ein Hut in Camouflagemuster ragte über die Rückenlehne empor.

Olga konnte nicht erkennen, ob es sich dabei um eine Frau oder einen Mann handelte, aber die Stimmen, die sie hörte, klangen tief. Der Maler erzählte etwas. Die Person im Liegestuhl hörte zu und nickte.

Sie zögerte, doch die Gelegenheit war einfach zu verlockend. Sie wollte wissen, ob Eva von Mansfeld hier gewesen war, ob sie nicht doch irgendwelche Spuren hinterlassen hatte. Ob es nicht irgendetwas gab, was sie in ihren Ermittlungen weiterbrachte.

Sollte die Eingangstür wie bei ihrem letzten Besuch offen stehen, dann konnte Olga unbemerkt ins Haus gelangen. In gebückter Haltung lief sie am Zaun entlang und betrat das Grundstück über die Einfahrt. Sie kam am vermüllten Carport vorbei. Der alte VW Passat und der blaugraue Hanomag schienen seit ihrem letzten Besuch nicht bewegt worden zu sein. Ein weiteres Fahrzeug war nicht zu sehen, der Gast im Liegestuhl war offenbar zu Fuß gekommen, oder Lumm hatte ihn mit hergebracht.

Sie lief über den Gartenweg zwischen den Steinfiguren

hindurch bis zum Eingang. Ein Griff an die Klinke, und die Tür war offen. Sie betrat die Diele und atmete mit leichtem Unwillen die muffige, farbgeschwängerte Luft ein. Als Erstes warf sie einen Blick in die kleine Küche, die leicht versifft und unaufgeräumt war. Das Wohnzimmer bot dagegen ein gänzlich anderes Bild. Die Papiere, die beim letzten Mal herumgelegen hatten, waren alle weggeräumt, die Fächer des Zeichenschranks, in dem die Aktzeichnungen gelegen hatten, waren abgeschlossen. Lumm hatte so gründlich aufgeräumt, dass der Raum fast unbewohnt erschien.

Wahrscheinlich hielt er sich die meiste Zeit in seinem Atelier auf. Neben einem Bad mit einer alten Wanne gab es nur den dunklen Gang in den Wintergarten, von wo ihr der Geruch von frischer Ölfarbe entgegenwehte. Im Atelier war alles unverändert. Mit dem Bild, an dem Lumm bei ihrem letzten Besuch gearbeitet hatte, war er offenbar nicht weiter vorangekommen.

Neben der Küche führte eine Treppe in den ersten Stock. Die Stufen knarrten, als sie nach oben stieg. Hier gab es zwei Schlafzimmer. In dem einen befand sich ein aufgeklapptes Schrankbett mit einem zerwühlten Schlafsack und einem knittrigen Schlafanzug. Auf einem Stuhl vor dem Fenster lagen ein kariertes Flanellhemd und eine Trainingshose, neben dem Bett stand ein Paar Männerturnschuhe. Der Gast, der im Garten saß, hatte offenbar bei Lumm übernachtet.

Das andere Zimmer hatte ein französisches Bett, von dem die Bettdecke nachlässig herabhing. Der Raum war erfüllt von einem Geruch, der von vielen im Bett gerauchten Zigaretten herzustammen schien. Das Holzfenster stand sperrangelweit offen und ließ angenehm klare Luft herein. Olga inspizierte den Fußboden, der mit auffällig dicker Auslegware versehen war, die Flusen ließ. Sie entdeckte in einer Nische hinter der Tür mehrere tiefe, rechteckige Abdrücke, wo bis vor Kurzem etwas Schweres gestanden haben musste.

Von der Größe her mochten es vielleicht mit Büchern gefüllte Umzugskartons gewesen sein. Ansonsten fand sie im Zimmer nichts Bemerkenswertes.

Der Maler hatte also Besuch von einem Kumpel, der im Schrankbett im Gästezimmer schlief. Die beiden verbrachten offenbar die Pfingsttage zusammen und verstanden sich anscheinend gut, denn Fetzen der nicht abreißenden Unterhaltung drangen durch das offene Fenster herein. Hatte sie etwa erwartet, Eva von Mansfeld gefesselt und geknebelt im Bett des Malers vorzufinden? Trotzdem hatte sie die ganze Zeit das Gefühl, dass dieses Haus ein Geheimnis barg, etwas, was mit dem Verschwinden der Frau zu tun hatte.

Nachdenklich trat sie noch einmal ans geöffnete Fenster und spähte hinunter in den Garten. Sie ließ ihren Blick über die blühenden Bäume bis zum Kronsee schweifen. Vorne am Ufer steckten ein paar Angelruten im Boden. Es war ein Grundstück für Selbstversorger. Da brauchte Lumm wohl gar nicht viele Bilder zu verkaufen, um über die Runden zu kommen. Er hatte einen Obstgarten und immer frischen Fisch, wenn er wollte.

Plötzlich stand Lumm aus seinem Liegestuhl auf.

»Dann lass uns morgen rüberfahren«, hörte Olga ihn sagen. »Es wird Zeit, den Sack zuzumachen.«

Mit viel zu schnellen Bewegungen wandte er sich dem Haus zu. Olga sprang vom Fenster zurück, aber sie war überzeugt, dass Lumm etwas bemerkt hatte. Die Person im anderen Liegestuhl hatte ebenfalls den Kopf gedreht. Der kurze Blick reichte aus, um Lumms Besucher zu erkennen.

Unten im Garten war es plötzlich sehr still.

Sie musste schleunigst den Rückzug antreten.

Polternd hastete sie die Treppe hinunter und durch die Diele nach draußen. Erst jetzt bemerkte sie neben der Tür Maik Labents Seesack, den sie schon in seiner Wohnung in Mettenhof gesehen hatte. Dann waren der Maler und der Gärtner also Freunde? Hatte die Trauer über den Verlust von Conny sie zusammengeführt, und jetzt verbrachten sie das Pfingstwochenende zusammen?

Eigentlich gab es für Olga Island keinen dringenden Grund, sich heimlich aus dem Staub zu machen. Wäre sie im Haus erwischt worden, hätte sie sagen können, sie habe nach dem Maler gesucht, weil sie mit ihm sprechen wollte, und die Tür wäre zufällig offen gewesen. Aber angesichts ihres angeschlagenen Verhältnisses zu Lumm zog sie es vor, sich unerkannt zurückzuziehen. Deshalb hastete sie zum Carport, um daneben in Deckung zu gehen.

Doch auch die beiden Männer hatten sich beeilt, denn sie erschienen in der Eingangstür, blickten hektisch nach allen Seiten und begannen, den vorderen Teil des Gartens abzusuchen. Olga kroch weiter in die Büsche hinein bis hinter den Hanomag.

»Die ist doch hier irgendwo«, sagte Lumm zornig.

Hatte er sie erkannt? Wenn ja, dann sollte sie sich jetzt zu erkennen geben und die Sache erklären.

Doch in diesem Moment fiel ihr Blick auf den Kleintransporter, und ihr Ermittlerspürsinn zwang sie nachzuschauen, ob sich darin etwas verbarg. Sie rüttelte leise an der Tür, die sich problemlos aufziehen ließ, und schlüpfte in den Wagen. Vorsichtig schloss sie die Tür hinter sich und hielt die Luft an. Die Fenster des urigen Gefährtes waren fast blind vor Schmutz und Alter. Trotzdem konnte sie sehen, wie die beiden Männer erst im Garten und dann in der Auffahrt auf- und abliefen und schließlich sogar den Feldweg überprüften. Zum Glück kamen sie nicht darauf, das Gebüsch abzusuchen, und als sie nichts fanden, rief Maik Labent dem Maler etwas zu, woraufhin die beiden im Haus verschwanden.

Olga atmete auf und sah sich um. Es war einer dieser stabilen, alten Kastenwagen. Der Fahrerraum war von der Ladefläche durch ein Gitter getrennt. Das Gefährt war mindestens fünfzig Jahre alt und, wie es aussah, später einmal zu einer Campingbehausung umgebaut worden. Selbst an Dachfenster hatte man gedacht. Es gab einen Tisch, eine Sitzbank mit vier Plätzen und ein Matratzenlager auf einem Holzpodest. In einem Regal befanden sich Kabel und elektronische Teile. Ein alter, von Staub überzogener Ghettoblaster lag auf dem Boden.

Eine der Matratzen auf dem Podest lag schief. Sie hob die Matratze an und stellte fest, dass sich unter dem Lattenrost ein Stauraum befand. Sie schob die Matratzen zur Seite. Der Lattenrost ließ sich wie der Deckel einer Kiste aufklappen. Darunter kamen einige leicht lädierte Umzugskartons zum Vorschein, die wild durcheinanderlagen. Offenbar hatte jemand die Kartons schnell und achtlos unter das Podest gestopft. An der Staubverteilung konnte man sehen, dass die Kartons dort erst seit Kurzem standen. Wahrscheinlich waren das die Teile, die vorher in Lumms Schlafzimmer auf dem Boden gestanden hatten, denn sie passten von Form und Größe her genau zu den Abdrücken im Teppichboden. Und sie rochen immer noch nach kaltem Rauch.

Olga Island öffnete den ersten Karton. Obenauf lagen vergilbte, wellig getrocknete Zeitschriften. Sie stammten aus den Jahren 1988 und 1989. Neugierig räumte sie das Papier zur Seite. Der Karton war mit Kleidungsstücken gefüllt. Die Blusen, Hosen und mit schwarzem Tüll verzierten Röcke hatten alle die Kleidergröße 36 und 38. Es handelte sich um Frauenbekleidung im Schick der Achtzigerjahre, in Schwarz, Weiß oder Tiefrot. Manche Stücke waren mit Glitzerperlen oder Pailletten verziert, andere schienen mit Bügelfarbe selbst bemalt worden zu sein. Im anderen Karton lagen mehrere Nietengürtel, eine Lederjacke und Seidenunterwäsche. Sie verströmten noch immer ganz schwach den Geruch eines fruchtigen Parfüms.

In einem weiteren Karton waren Schulhefte, die Olgas Verdacht bestätigten: »Cornelia Labent – Klasse 8 c«, stand in runder Mädchenhandschrift darauf. Weiter unten im Karton befanden sich mehrere Plastikordner von verschiedenen Schulfächern, Stifte, Anspitzer, Haarspangen, Schminksachen, ein paar Kassetten und Bücher, darunter Titel wie »Der Tod des Märchenprinzen«, »Das Parfüm« und »Die Nebel von Avalon«.

Dann zwei quadratische Stoffbüchlein: Das eine war ein Poesiealbum mit weichem Kunststoffumschlag und einer abschließbaren Schnalle, die sich aber öffnen ließ. Olga öffnete das Heft und begann zu lesen. »Für Conny. Ich bin klein, mein Herz ist rein, es soll niemand drin wohnen als Du allein. Alles Gute von Deiner Anja.« Es folgten weitere typische Poesiealbumtexte. Viele Kinderhände hatten sich mit abgeschriebenen Versen in krakeliger Schrift, mit Zeichnungen von Blumen, glitzernden Oblaten, knalligen Aufklebern und guten Wünschen verewigt.

Nachdem Olga das Poesiealbum durchgeblättert hatte, öffnete sie das zweite Buch. Der erste Eintrag stammte vom 1. Januar 1986, der letzte vom 4. Mai 1989. Es war das Tagebuch von Conny Labent.

33

Olga nahm den wertvollen Fund an sich, stieg aus dem Hanomag und verließ das Grundstück auf demselben Weg, wie sie gekommen war. Das Boot lag noch immer im Schilf vertäut. Bevor sie auf den See hinausfuhr, verpackte sie das kostbare Beweismittel im wasserdichten Seesack hinten im Boot.

Die Fahrt hinauf nach Plön war viel anstrengender als die Herfahrt, denn die Schwentine strömte ihr jetzt entgegen. Und als Island endlich die Prinzeninsel erreicht hatte, machte ihr Gegenwind zu schaffen, und sie brauchte eine Pause. Mit letzter Kraft erreichte sie die Spitze der Halbinsel, ließ das Boot auf einen kleinen, sandigen Strand auflaufen und watete durch das Wasser an Land. Unter einer ausladenden Erle stand eine Bank direkt am Ufer. Dahinter befand sich ein kleiner, romantischer Holzpavillon. Auf einem handgemalten Schild stand: »Lieblingsplatz der Kaiserin Auguste Viktoria.«

Die Kaiserin hatte offenbar Sinn für Idylle gehabt, denn von hier aus sah man viele kleine Inseln aus dem Wasser ragen. Ein wahrhaft besonderer Ort, an dem man sich um hundert Jahre in der Zeit zurückversetzt fühlen konnte.

Olga zog das Kajak an Land, nahm das Tagebuch aus dem wasserfesten Sack und setzte sich auf die Bank. Hier war sie ungestört. Nur ab und zu kamen Spaziergänger auf dem schmalen Weg entlang, bewunderten die Aussicht und machten ein Foto. Hier konnte sie in Ruhe lesen.

Kiel, den 1. Januar 1986
Liebes Tagebuch. Fängt man so ein Tagebuch an? Mein Vater hat mir dieses Buch zu Weihnachten 1985 geschenkt. Warum ich erst heute reinschreibe? Es war seitdem noch nicht viel los. Am ersten Weihnachtstag war ich mit Henrike im Hinterhof. Der Schuppen war voll wie immer. Wir mußten am Eingang unsere Persos zeigen, und dann haben sie uns um kurz nach zehn rausgeschmissen, weil wir noch minderjährig sind. Total öde. Glauben die etwa, wir gehen nach Hause und setzen uns wieder mit Mama und Papa untern Tannenbaum? Echt nicht. Haben uns dann bei Henny Köller vollaufen lassen. Ihre Mutter war nicht da, nur ihr doofer Bruder Patrick. Der hat nur angegeben, wie cool er ist. Ich hatte zuviel getrunken und hab denen das Badezimmer vollgekotzt. Das kommt dabei raus, wenn sie einen nicht in die Disco lassen. Öde, echt.

Gestern war ich auf der Silvesterparty in der Pumpe, mit Niko, der ist schon achtzehn. War abartig voll, der Laden. Gott und die Welt war da. Ich war wieder ziemlich hacke. Niko ist eigentlich nett, aber nicht richtig mein Typ. Sobald was Besseres vorbeikommt, greif ich zu.

Den Eintragungen entnahm Olga, dass Connys Vater bald darauf gestorben war. Dieser Unglücksfall hatte das bis dahin auch schon nicht sorglose Leben der Familie völlig zerrüttet. Viele Monate lang gab es keine Einträge mehr. Danach hatte Conny damit begonnen, Klagen über das Verhalten ihrer Mutter und über deren neuen Lebensgefährten Joseph Hagge niederzuschreiben. Vieles am alltäglichen Zusammenleben war ihr unerträglich geworden, und sie erzählte von immer neuen unglücklichen Liebesgeschichten. Das Tagebuch war eine Chronik über das Leiden der Jugend – viel Chaos und wenig Halt.

Die Einträge bestätigten, was andere über Conny berichtet hatten. Die junge Frau war viel und ausgiebig im Kieler Nachtleben unterwegs gewesen. Einige der Sauftouren hatten in Hamburg geendet. Ihren achtzehnten Geburtstag hatte sie im Far Out in der Eggerstedtstraße gefeiert. Zu dem Zeitpunkt hatte sie schon einige Männerbekanntschaften hinter sich.

Warum sie die Schule abgebrochen hatte, war aus dem Tagebuch nicht herauszulesen. Sie hatte eine Lehre in einem Friseursalon begonnen, die sie aber auch bald wieder geschmissen hatte. Schließlich hatte sie angefangen, in Kneipen zu jobben. Sie lernte jede Menge Leute kennen, schien beliebt gewesen zu sein, hatte aber lange Zeit keine feste Beziehung.

Offenbar war Conny genervt von den Jobs gewesen, von der Familie, von allen und allem. Dann aber, im Jahr 1988, schlug sie im Tagebuch andere Töne an. Im Herbst hatte sie am Tresen einer Bar Lars-Peter Lumm kennengelernt, einen netten, gut aussehenden Mann, der studierte und fünf Jahre älter als Conny war. Er war jemand, an den sie sich hängen konnte, der sie bei sich aufnahm und ihr etwas Ruhe gab. Leider fiel es ihr offenbar schwer, ihm treu zu sein. Und es dauerte nicht lange, bis er von ihren Affären erfuhr.

27. März 1989
Ich bin total fertig. Lars hat mir ins Gesicht geschlagen. Man kann noch immer den Abdruck seiner Finger sehen,

den blauen Fleck, den sein Ring hinterlassen hat. Bei dem Idioten bleibe ich nicht. Dieser Spinner mit seiner Kunst, ich lach mich tot. Ciao, Schätzchen, das war's mit uns. Schöne Ostern.

23. April 1989
Bin bei Lars ausgezogen. Es ist endgültig vorbei mit diesem Kunstmacker. So ein öder Langweiler. Habe im Hinterhof Patrick Köller wiedergetroffen und kann jetzt bei ihm wohnen. Er lebt in einem Haus, das bald abgerissen werden soll. Aber sehr geil, tolle Räume und echt viel Platz. Da sollen Apartments gebaut werden oder so. Aber erst mal sind wir noch da. Merkwürdige WG allerdings. Bißchen zu spirimäßig drauf. Na, bis auf weiteres geht's. Patrick ist ein Idiot, das ist klar, aber er läßt mich zufrieden, wenn ich es ihm deutlich sage.

27. April 1989
Die Boys von der Band sind auch alle nicht ganz dicht. Ich kenn die seit Jahren, aber sie wollen einfach nicht, daß ich Sängerin bei denen werde. Jetzt wo sie ihre erste Platte rausbringen, drehen die total durch. Dabei ist es nur eine Kassetten-Edition. Diese Egomacker. So was von Snobs sind die geworden, echt ätzend. Einen angrabschen, das können sie alle, und ich soll ihnen die Getränke umsonst geben, wenn sie bei mir an der Theke stehen. Wer bin ich denn? Pitty ist neulich richtig brutal geworden. Wenn ich noch mehr getrunken hätte, dann hätte der mich plattgemacht. Blödmann.

Ich will einfach mit dabei sein, wenn sie unterwegs sind. Ist bloß alles immer so schwachsinnig kompliziert. Sven kann auch nicht aufhören, mich anzumachen. Das bringt Max total auf die Palme. Der ist richtig scharf auf mich. Seine Olle ist so was von eifersüchtig, die killt mich, wenn wir uns im Dunkeln begegnen.

4. Mai 1989
Ich bin total traurig und weiß nicht, wieso. Patrick rückt mir immer wieder auf die Pelle und läßt sich einfach nicht abschütteln. Ständig nervt er mich mit seinen Pillen. Er sagt, die heitern einen total auf. Vielleicht probier ich das mal aus. Anders ist das gar nicht mehr zu ertragen.

Das war der letzte Eintrag. Kurz darauf war Conny tot gewesen.

Olga Island blickte über den See. Die kleinen Inseln lagen schon im Abendlicht. Der frische Wind draußen auf dem Wasser schien abgeflaut zu sein. Sie würde wohl ohne allzu große Anstrengungen über den See zum Campingplatz nach Bosau zurückpaddeln können.

Nachdenklich strich sie sich eine Haarsträhne aus der Stirn. In den Akten hatte kaum etwas über den letzten Mitbewohner von Conny Labent gestanden, diesen Patrick Köller. Er war im Frühjahr 1989 für ein paar Wochen verreist und hatte Conny für die Zeit sein Zimmer in der WG überlassen. Anfang Mai war er zurückgekehrt, und sie hatten sich das Zimmer geteilt. *Er lässt mich zufrieden, wenn ich es ihm deutlich sage.* War das ein normales, freundschaftliches Verhältnis gewesen? Und was war aus Patrick Köller geworden?

Olga griff nach ihrem Handy und wählte die Nummer von Henna Franzen. Ihre Kollegin hatte am Pfingstsonntag Bereitschaftsdienst, eine undankbare Aufgabe bei dem schönen Wetter.

»Na, Henna, wie läuft der Laden?«

»Komm, Olga, verarsch mich nicht, tote Hose natürlich. Zum Glück.«

»Könntest du mir noch mal was raussuchen?«

»Sag mal, wie oft werde ich das noch von dir hören? Es wird Zeit, dass du auch mal wieder hier sitzt und ich *dich* anrufen kann. Ich komm mir ja schon vor wie die Telefonauskunft persönlich.«

»Kommt Zeit, kommt Rufbereitschaft«, konterte Olga lachend.

»Los, frag schon.«

»Ich möchte etwas über einen Patrick Köller wissen. Er müsste jetzt um die fünfzig sein und hat im Frühjahr 1989 in einer WG in der Holtenauer Straße gewohnt. Wenn ich es richtig im Kopf habe, war das in der Hausnummer 49. Ich möchte gerne wissen, wo er heute wohnt und was er macht.«

»Nichts leichter als das«, meinte Henna seufzend. »Ich kümmer mich drum und rufe dich zurück.«

Bevor Olga Island wieder in ihr Boot kletterte und weiterfuhr, streckte sie noch einmal alle Glieder in die Luft. Morgen würde sie einen verdammten Muskelkater in den Oberarmen haben. Außerdem taten ihr vom langen Sitzen Rücken und Hintern weh. Aber was half alles Klagen, sie musste zurückpaddeln und hatte noch eine ganze Strecke vor sich.

Als sie mitten auf dem See war, klingelte das Handy. Sie griff nach dem wasserfesten Sack hinter ihrem Sitz, und obwohl das Boot gefährlich kippelte, gelang es ihr, das Handy sicher herauszufummeln.

Henna Franzen war schnell gewesen.

»Es war ein bisschen kompliziert, kann ich dir schon mal sagen, aber es ist mir gelungen, Patrick Köller ausfindig zu machen«, sagte sie. »Er hat Kiel vor über zwanzig Jahren verlassen, und geheiratet hat er auch. Deshalb war er nicht so leicht ausfindig zu machen. Nun halt dich aber fest.«

»Das wird schwierig, ich bin mitten auf dem Plöner See«, entgegnete Island.

»Heute heißt er Patrick David von Mansfeld.«

»Nein!«

»Doch. Und seine aktuelle Adresse in Berlin hast du wohl schon.«

»Ja.«

»Was hat es denn mit Patrick Köller eigentlich auf sich?«, wollte Henna wissen. »Ich meine, wo ist er dir untergekommen mit seinem alten Namen?«

»Das erzähle ich dir, wenn ich wieder Land unter den Füßen habe. Ich melde mich, ja? Bis dahin erst mal eine gute Schicht.«

»Tschüs, und fall nicht ins Wasser.«

Mit dem Paddel verlangsamte Olga die Fahrt. Sie musste erst darüber nachdenken, was diese Information zu bedeuten hatte. David von Mansfeld alias Patrick Köller und Conny Labent hatten sich gekannt. Wenn man dem Tagebuch Glauben schenken wollte, sogar sehr gut. Die beiden hatten sich vor Connys Tod ein Zimmer in einer WG geteilt. Kurz darauf war Conny tot aufgefunden worden. Gab es etwa Parallelen zum Verschwinden von Köllers Ehefrau Eva von Mansfeld?

Olga zog wieder das Handy hervor und wählte die Nummer David von Mansfelds. Er ging nicht ans Telefon. Also paddelte sie nachdenklich weiter. Ein paar Enten kreuzten ihren Weg. Die Tiere stoben auseinander, als sie abrupt das Boot wendete, um mit kräftigen Schlägen auf das gegenüberliegende Ufer zuzusteuern, wo der Ort Sepel lag. Gegen halb sieben erreichte sie die kleine Ortschaft und legte am Badesteg an, der um diese Zeit verwaist war.

34

Nachdem sie das Kajak unter die schmale Anlegebrücke gezogen hatte, sah sie sich um. Hier und da saßen ein paar Menschen in ihren Gärten und genossen den Abend. Auf einem der privaten Bootsstege waren Kinder damit beschäftigt, Angelruten ins Wasser zu halten und durch aufgeregtes Hüpfen und Schreien die Fische, die sie eigentlich fangen wollten, zu vertreiben.

Olga machte sich zum Ferienhaus der Familie von Mansfeld auf. Dabei musste sie ein paar niedrige Zäune auf den Wiesen unten am See überwinden. Als sie den Rasenhang unterhalb des Hauses erreicht hatte, erklomm sie die Anhöhe auf dem kleinen Fußpfad. Das gelbe Holzhaus oben auf dem Berg wirkte verlassen. Die Abendwolken über dem See spiegelten sich in den großen Wohnzimmerfenstern. Aufmerksam spähte Island über die streifenfrei geputzte neue Glasbrüstung. Alles auf der Terrasse war ordentlich zurückgelassen worden, die Polster der Sitzmöbel waren weggeräumt, der Boden gefegt. Der Strandkorb, in dem sie bei ihrem letzten Besuch zusammen mit Smilla gesessen hatte, war mit einer durchsichtigen Plastikhaube sorgfältig abgedeckt.

Olga ging leise um das Haus herum und sah in die Fenster. Drinnen herrschte Dämmerlicht. Kein Auto parkte an der Straße, und auch der Stellplatz hinter der Weißdornhecke auf dem Grundstück war leer. Helle Blüten lagen wie ein weißer Teppich auf den Waschbetonplatten vor dem Eingang. An der Wand neben einem kleinen Schuppen lehnte ein grünes Fahrrad. Es musste das aus dem See geborgene Rad sein, denn in den Speichen und an der Fahrradkette klebten noch Algenfäden und vergilbte Blätter. Olga blieb stehen und wählte noch einmal David von Mansfelds Handynummer. Er ging immer noch nicht ran.

Einfahrt und Hauseingang waren vom Weg aus nicht einsehbar, die Nachbarhäuser lagen ein ganzes Stück entfernt. Olga ging zum Eingang zurück und suchte nach dem Haustürschlüssel. Sie erinnerte sich daran, dass von Mansfeld erzählt hatte, dass eine Putzfrau aus dem Dorf das Haus nach der Abreise zu reinigen pflegte. Wenn die Frau keinen eigenen Schlüssel besaß, lag es nahe, dass die Familie den Schlüssel bei ihrer Abreise irgendwo auf dem Grundstück für sie versteckt hatte. Olga sah hinter ein paar Blumenkübeln nach und hob die Fußmatte an. Auch der außen an der Tür angebrachte Briefkasten war leer.

Schließlich wurde sie im Zeitungsrohr vorne am Gartentor fündig, wo sie eine kleine, verknotete Plastiktüte entdeckte. Während sie die Haustür aufschloss, ging ihr ein Songtext der Punkband Slime im Kopf herum. »Legal, illegal, scheißegal ...« Ihr war bewusst, dass sie sich schon längst nicht mehr so professionell verhielt, wie es sich für eine Polizeibeamtin gehörte. Vielleicht sollte sie den Beruf wechseln und Privatdetektivin werden. Die Arbeitszeiten ließen sich mit der Betreuung eines Kleinkindes sicher viel besser vereinbaren. Wenn sie Zeit hatte, würde sie einmal in Ruhe darüber nachdenken.

Es war offensichtlich, dass die Putzfrau noch nicht da gewesen war. Der Sand knirschte unter ihren Füßen, als Olga den Flur betrat. Die vollgestopfte Geschirrspülmaschine stand offen, und Berge von benutztem Geschirr stapelten sich auf Küchentisch, Herd und den Arbeitsplatten. Die arme Reinigungskraft würde Stunden damit zubringen müssen, allein die Küche wiederherzurichten.

Olga begann mit ihrer Spurensuche im Hausflur. Sie knipste das Deckenlicht an. Hinter einem Vorhang gab es ein selbst gezimmertes Regal, das mit Staubsauger, Wischeimer, Besen und Sitzpolster für die Gartenmöbel gefüllt war. Ganz unten im Regal stand eine offene Werkzeugkiste. Einige Verpackungsreste deuteten darauf hin, dass im Haus tatsächlich ein Rollo ausgetauscht worden war.

In den vier Schlafzimmern hatte man die Bettdecken zum Lüften zurückgeschlagen, aber noch nicht abgezogen. Olga öffnete einen Schrank nach dem anderen und sah hinein. Aus den wenigen zurückgelassenen Kleidungsstücken konnte sie schließen, dass die Eltern getrennte Schlafzimmer hatten.

In dem Raum, in dem Eva von Mansfeld geschlafen hatte, hing auf einem Bügel ein damenhaftes Sommerkleid, ein Bademantel war über einen Stuhl geworfen, im Schrank lagen gepolsterte Radsporthosen. Weil das Licht vom Flur nicht ausreichte, betätigte sie auch hier den Lichtschalter. Als Erstes zog Olga die Schubladen des Nachtschränkchens auf. Darin waren bis auf Hustenbonbons, Taschentücher und einer Antifaltencreme nur Staubflocken zu finden.

Sie beugte sich hinunter und sah unter das Bett. Dort stand eine Holzschachtel in der Größe einer Zigarrenkiste. Sie war so weit nach hinten geschoben, dass sie die Wand berührte. Olga kniete sich hin und streckte sich, bis sie die Schachtel erreichte. Der Name eines Kieler Möbelhauses stand darauf: Möbel-Hektor. Dieses Geschäft hatte bereits in den frühen Neunzigerjahren geschlossen. Früher, als Olga noch bei Thea gewohnt hatte, war es immer etwas Besonderes gewesen, wenn ihre Tante von Laboe aus nach Kiel fuhr, um ein bestimmtes, ausgewähltes Möbelstück bei Möbel-Hektor zu erwerben. Anfang der Neunzigerjahre hatte es in dem Möbelhaus gebrannt, und danach war das einst so beliebte Geschäft nicht wieder eröffnet worden. Komisch, dass sich ausgerechnet hier, in diesem Ferienhaus, eine kleine Kiste von Möbel-Hektor erhalten hatte.

Olga hangelte das Kästchen unter dem Bett hervor, klappte es auf und sah hinein. Obenauf lag eine Kassette. Kiel Town Boyz, »Restrisiko«. Die Hülle war liebevoll mit feinem Faserstift bemalt und beschriftet. Die Katze auf dem Cover mit der armen, malträtierten Maus lächelte diabolisch. An der Innenseite des Plastikdeckels klebte eine braune Kruste, so als wäre einmal Batterieflüssigkeit darübergelaufen, es könnte aber auch Blut sein, das geronnen und getrocknet war. Die Hülle war leer und lag auf einem Stapel verknickter Papiere, die in einen einzelnen leeren Bogen eingeschlagen waren. Das Erste, was Olga auffiel, waren die Initialen LPL und das kreisrunde Wasserzeichen des Malers. Es war das dicke, schwere Papier, auf dem Lars-Peter Lumm seine Copy-Art für die Touristen herstellte. Das hier waren allerdings keine Zeichnungen von Bauernhäusern oder Schlössern, sondern handschriftliche Notizen. Das Ganze hatte eine altmodische Sepiafarbe, die die Seiten älter aussehen ließ, als sie waren.

Olga Island hielt vor Spannung die Luft an. Sie erkannte die Handschrift aus dem Tagebuch, das sie vorhin gelesen hatte. Jemand hatte auf dem Papier des Malers und offenbar mithilfe von dessen Farbkopierer Teile von Conny Labents Tagebuch kopiert.

Beim Lesen merkte sie schnell, was diese Auszüge so interessant machte, denn es waren genau die Seiten aus dem Buch, die Patrick Köller, den letzten Mitbewohner der Toten, am meisten belasteten.

Olga Island ging ins Wohnzimmer und stellte sich ans Fenster. Nachdenklich blickte sie über die Terrasse auf den See hinunter. Im Abendlicht schimmerten die vielen Inseln in der Bucht geheimnisvoll grün. Gerade legte ein kleines Motorboot unten am Ufer ab und zog seine Bahn hinüber nach Ascheberg.

Über die grauen Holzplanken des Terrassenbodens hüpfte eine Krähe. Sie steckte ihren Schnabel in die breiten Ritzen zwischen den Brettern und pickte darin herum. Eine zweite Krähe kam hinzu und tat es ihr gleich. Dann flatterten die beiden Vögel auf einen der wetterfesten Holzstühle, sprangen dann aber gleich wieder aufgeregt hinunter und gingen mit hackenden Schnäbeln aufeinander los. Eine kleine Invasion von Ameisen krabbelte unter dem Glasgeländer hindurch über die Dielen zum Strandkorb.

Olgas Gedanken drehten sich um Patrick Köller alias David von Mansfeld. Er hatte Conny Labent nicht nur gut gekannt, sondern sie begehrt und immer stärker bedrängt. Trotzdem war sie in ihrer Not nicht bei ihm ausgezogen, hatte ihn aber immer wieder abgewiesen. Er wollte, dass sie von seinen Drogen nahm, und offenbar hatte sie die am Ende genommen. Eine für Conny gefährliche Menge LSD. Wahrscheinlich war sie in eine Psychose geraten und hatte sich in ihrem hilflosen Zustand mit einem Cuttermesser selbst schwere Verletzungen zugefügt. Sie mochte auf der Toilette in einem der Clubs verblutet sein. Aber warum hatte sie jemand nach ihrem Tod in einem weit entfernten Rapsfeld abgelegt?

Eva von Mansfeld musste von den Vorfällen des Jahres 1989 Kenntnis erlangt haben. Wenn sie sich Kopien von den Tagebuchseiten gemacht hatte, dann war sie offenbar doch im Haus des Malers gewesen. Und zwar zu einem Zeitpunkt, als die Kartons mit Connys Sachen noch in Lumms Schlafzimmer gestanden hatten. Vielleicht hatte Frau von Mansfeld eine Nacht bei ihm verbracht, nachdem sie ihn beim Konzert im Landgasthof Zur Linde in Ascheberg kennengelernt hatte. In einem unbeobachteten Moment hatte sie einen der Kartons geöffnet und in dem Tagebuch gelesen. Dabei war sie auf das Verhältnis zwischen Conny und ihrem Mann gestoßen und hatte sich von den Passagen am Spezialkopierer des Malers Kopien gemacht. Konnte es so gewesen sein?

Olga blickte wieder hinaus auf die Terrasse. Die Holzplanken des Bodens um den Strandkorb herum waren neu. Im Gegensatz zu den übrigen, die grau und glatt waren, bestanden die neuen Dielen aus hellerem Holz, das mit Holzfirnis gestrichen worden war. Die beiden Krähen hatten inzwischen Gesellschaft von drei Möwen bekommen. Auch sie waren sehr geschickt darin, mit den Schnäbeln aufeinander einzuhacken, herumzuflattern und sich schreiend auf dem Dach des Strandkorbes niederzulassen. Von da oben beäugten sie die Krähen gierig, die seelenruhig damit fortfuhren, ihre Schnäbel pickend durch die Rillen zwischen den Brettern zu ziehen. Was gibt es dort eigentlich zu holen?, dachte Olga Island.

Sie öffnete die Terrassentür und trat hinaus. Die Vögel stoben erschrocken auseinander. Sie trat an die Stelle heran, an der die Krähen gepickt hatten. Die frisch verlegten Planken waren mit Kreuzschlitzschrauben befestigt, deren Köpfe noch glänzten. An einigen Schrauben war die Nut beschädigt, so als hätte jemand mit einem nicht ganz passenden Schraubenzieher darin herumgestochert.

Olga holte die Werkzeugkiste aus dem Regal im Hausflur. Sie suchte nach einem Kreuzschlitzschraubendreher, aber da keiner dabei war, griff sie sich einen gewöhnlichen und kehrte auf die Terrasse zurück. Die leicht beschädigten Schrauben waren ganz leicht zu lösen. Vorsichtig hob sie das erste Dielenbrett an und zog es zur Seite. Darunter kam graue Plastikfolie zum Vorschein. Sie löste die Schrauben an einer weiteren Diele, unter der ebenfalls graues Plastik lag. Olga atmete scharf aus, als sie den Strandkorb beiseiteschob und ein weiteres Brett löste. In einer Furche sah sie rohes Fleisch. Und dann gab es keinen Zweifel mehr. Unter dem Dielenboden der Terrasse lag, von grauen Plastiksäcken bedeckt, eine bereits angefressene Leiche.

35

Die Kollegen von der Kieler Mordkommission, die wenig später eintrafen, schwärmten im Haus und auf dem Grundstück aus. Gegen zweiundzwanzig Uhr machten sie eine Pause und warteten auf die Mitarbeiter der Spurensicherung, die bald darauf ankamen. Deren Chef Hans-Hagen Hansen war erst vor wenigen Stunden aus dem Urlaub in den österreichischen Alpen zurückgekehrt. Er sah braun gebrannt und verjüngt aus und trug noch seine sportliche Wanderjacke, denn man hatte ihn noch vor seiner Ankunft zu Hause in den Dienst beordert. Nachdem er aus dem dunkelblauen Spusi-Bus gestiegen war, zwängte er seinen langen Körper in seinen weißen Arbeitsoverall.

»Moin, Olga, musste das sein? Was machst du bloß für Sachen an einem so schönen Wochenende wie diesem?«

»Bin nur ein bisschen herumgepaddelt. Wie war das Wandern?«

»Ich wünschte, ich wäre ein paar Tage länger weggeblieben, dann hätte Frau Dr. Kleist sich hier austoben können. Aber die sitzt jetzt gemütlich zu Hause in Hamburg.«

»Man kann es sich nicht aussuchen«, meinte Olga.

»Nein«, sagte Hansen. »Dienst ist Dienst, und Schnaps ist Schnaps. Wie lange liegt die denn schon da?«

»Seit ungefähr einer Woche, sagen die Rechtsmediziner.«

Er nickte. »Das ist unschön. Sind die denn schon fertig?«

»Frau Professor Schröder ist schon wieder los, ja. Wenn du dir die Fundstelle angeguckt hast, können die anderen die Leiche einladen.«

»Stress mich doch nicht gleich wieder ...«

Sie zogen beide eine Grimasse, aber Olga war nicht nach Lachen zumute. Ihr war flau im Magen, und sie hatte Mühe, sich zu konzentrieren. Zu sehr hatte der Zustand der Leiche sie getroffen.

Obwohl es noch nicht dunkel war, hatte man die Terrasse mit grellen Scheinwerfern ausgeleuchtet. Der Körper lag noch immer im Hohlraum unter den Holzbalken, und der Tatortfotograf machte gerade seine Aufnahmen. Auch wenn die Identifizierung noch ausstand, war klar, dass es sich bei der Toten um die Frau handelte, deren Foto Island tagelang mit sich herumgetragen hatte. Eva von Mansfeld war nackt. Wie es aussah, war sie erdrosselt worden, denn um ihren Hals war ein Stück rote Wäscheleine festgezogen und verknotet worden. Das Gesicht war bis unter die Stirn blau angelaufen. Das Opfer hatte sich wohl mit den Händen verzweifelt zu wehren versucht, mehrere Fingernägel waren abgerissen, andere blutunterlaufen.

Olga stellte fest, dass sie noch immer zitterte. Eine innere Unruhe hatte sie ergriffen, die sie nicht abstreifen konnte. Sie hatte Eva von Mansfeld gefunden. Aber sie war grausam getötet und von Krähen zugerichtet worden. Und obwohl Olga das Opfer nicht persönlich gekannt hatte, kam es ihr doch so vor, als ob eine unbekannte, dunkle Hand nach ihrem Herzen griff und es zusammendrückte. Reiß dich jetzt zusammen, schärfte sie sich ein, später kannst du ja mit jemandem darüber sprechen, wie es dir geht.

Falk Taulow stand neben dem Strandkorb und sprach leise mit Henna Franzen. Der dicke Stefan Ohm, der Jan Dutzens Stelle übernommen hatte, beobachtete Olga besorgt, dann kam er zu ihr herüber.

»Lass uns mal nach vorn gehen, wir haben noch Kaffee im Wagen.«

Er führte sie durch Haus und Garten hinaus auf die Straße, wo alles mit den Fahrzeugen von Kripo, Spurensicherung und Rechtsmedizin zugeparkt war. Sie setzten sich in den schon etwas betagten Bus der Mordkommission. Ohm nahm zwei Pappbecher und goss ihnen beiden schwarzen Kaffee ein. Olga nippte stumm daran.

»Kommt als Täter jemand anderer als der Ehemann infrage?«, wollte Stefan Ohm wissen und machte eine unschlüssige Kopfbewegung in Richtung Haus.

»Das ist noch nicht raus«, antwortete Olga nachdenklich.

»Irgendwie sieht es für mich fast so aus, als *sollte* man die Frau finden«, sagte Ohm.

»Besonders originell ist das Versteck wirklich nicht. So nahe am Haus. Aber ich würde es eher so interpretieren, dass der Mann die Frau auch nach ihrem Tod in seiner Nähe haben wollte.«

»Oder will da jemand den Verdacht auf den Ehemann lenken?«, fragte Ohm.

»Das müssen wir herausfinden«, sagte sie und zuckte die Schultern.

»Wo sollen wir den Mann jetzt suchen?«

»Er hat am Telefon gesagt, er sei mit den Kindern nach Berlin zurückgekehrt. Aber seitdem erreiche ich ihn nicht mehr.«

»Dann werden wir veranlassen, dass man ihn dort festnimmt.«

»Natürlich.«

»Wie alt sind die Kinder?«

»Vierzehn, fünfzehn Jahre alt. Das Ehepaar von Mansfeld hat sie adoptiert.«

»Sie sind bei ihm?«

»Das nehme ich an.«

»Also sollten wir vorsichtig vorgehen …«

Sie nickte.

»Was wissen wir noch über den Mann?«, fuhr Ohm fort.

»Unsere Erfassungssysteme wissen offenbar nicht alles«, sagte Olga und wärmte sich die Hände an dem Pappbecher. »Ich habe herausgefunden, dass er früher Patrick David Köller hieß. Er ist in Flensburg geboren und in Kiel aufgewachsen, wo er später Chemie und Physik studiert hat. Seinen Abschluss hat er dann aber in Berlin gemacht. Dort hat er auch geheiratet und den Nachnamen seiner Frau angenommen. Von Mansfeld. Danach hat er das Patrick in seinem Vornamen weggelassen und sich nur noch David genannt. Unter seinem alten Namen Patrick David Köller war er als Zeuge in einem ungeklärten Todesfall vernommen worden, der fünfundzwanzig Jahre zurückliegt und den ich mir kürzlich noch mal angesehen habe.«

»Ich weiß, Henna hat uns davon berichtet. Aber aus welchem Motiv heraus hätte er seine Frau umbringen sollen?«, unterbrach Ohm sie.

»Ich vermute, dass es mit dem Fall von damals zu tun hat. Es gibt Hinweise darauf, dass Eva von Mansfeld von der Rolle ihres Mannes in dem ungeklärten Todesfall erfahren hat.«

Was sie tatsächlich an Beweisen dafür hatte, wollte Olga lieber nicht sagen. Kopien von Tagebuchauszügen unter einem Bett in einem Haus, das sie allein und ohne Durchsuchungsbefehl heimlich betreten hatte. Sie konnte sich auf entsprechende Kommentare der Kollegen gefasst machen.

»Gut, als Erstes sollten wir die Fahndung nach dem Mann rausgeben. Könnte er jemandem gefährlich werden?«, wollte Ohm wissen.

»Es sieht für mich nach einer Beziehungstat aus. Die getötete Frau hat nach meinem Wissensstand vor Kurzem einen alten Bekannten ihres Mannes getroffen. Er heißt Lars-Peter Lumm und wohnt ganz in der Nähe. Womöglich hatten die beiden ein Verhältnis, und der Mann hat davon etwas mitbekommen.«

»Ist das nicht alles ein bisschen vage?«

»Lumm behauptet felsenfest, die Frau nicht zu kennen. Sie sei nie bei ihm gewesen, sagt er. Ich weiß aber sicher, dass er lügt. Es könnte sein, dass ihr Mann sie erdrosselt hat, als sie in der Nacht von Samstag auf Sonntag von einem Besuch bei Lumm nach Hause kam. Oder der Maler hat sie getötet und dann hergebracht. Am plausibelsten erscheint mir die Version, dass David von Mansfeld seine Frau aus Eifersucht getötet und anschließend als vermisst gemeldet hat. Er hat sich bemüht, eine offizielle Suche nach ihr in Gang zu bringen, weil er den Verdacht auf seinen Konkurrenten Lumm lenken will – wie schon einmal vor fünfundzwanzig Jahren, als seine damalige Angebetete Conny Labent zu Tode kam.«

Sie kippte den Rest Kaffee in sich hinein und seufzte erschöpft.

»Du bist mit deiner Theorie nicht zufrieden?«, meinte Ohm.

»Ich bin mir einfach nicht sicher, ob es die ganze Wahrheit ist«, antwortete sie.

36

Gegen zwei Uhr nachts kehrte Olga Island mit einem müden Taxifahrer, den sie in Plön aus dem Bett geklingelt hatte, auf den Campingplatz zurück. Die Wilmersdorfer Sänger mitsamt Anhang schliefen tief und fest, der ganze Platz lag in mitternächtlicher Stille. Olga ging ins Waschhaus, zog sich aus und duschte heiß und lange. Dabei dachte sie darüber nach, wo David von Mansfeld untergetaucht sein könnte, denn in der Wohnung der Familie in Berlin hatte man nur seine halbwüchsigen Kinder angetroffen. Die hatten berichtet, dass ihr Vater kurz nach ihrer Ankunft ein paar Sachen in einen Rucksack gepackt und die Wohnung verlassen habe, ohne zu sagen, wohin er wolle oder wann er wiederkomme.

Olga überlegte, ob er vielleicht doch noch Bekannte in der Gegend hier hatte. Aber der Gedanke war müßig, denn von Mansfeld konnte überall sein. Vielleicht hatte er sich sogar ins Ausland abgesetzt.

Sie griff nach dem Handtuch und trocknete sich ab. Ihre Haut an Gesicht und Armen war sonnenverbrannt und spannte, sobald man sie berührte. Sie war viel zu lange in der Sonne auf dem Wasser gewesen. Erschöpft ging sie über den dunklen Platz und schlüpfte in den Campingwagen von Thea und Rudolf. Das schwache Licht der Nachtbeleuchtung fiel zwischen den Vorhängen herein. Smilla lag in ihrem Babyschlafsack mitten im Doppelbett auf dem Rücken, die kleinen Hände neben den Ohren zu Fäusten geballt. Wie friedlich Kinder aussahen, wenn sie schliefen. Olga schob sie vorsichtig zur Seite, ohne sie aufzuwecken. Sie legte sich auf die warme Stelle auf der Matratze ganz nah an das Kind heran und schnupperte an seinen Haaren. Es roch nach süßer Milch und ein ganz kleines bisschen nach Schweinebraten.

Es war wunderbar, hier beieinanderzuliegen, warm und geborgen, auch wenn die Luft im Wagen stickig war und Thea drüben in der anderen Koje leise an einem unsichtbaren Baum sägte. Rudolf draußen auf seiner Liege im Vorzelt hatte offenbar dem Wein ordentlich zugesprochen und schnarchte laut. Zum Glück dämpfte die Wand des Wohnwagens das Schlimmste ab.

Olga musste an Jan Dutzen denken, der wahrscheinlich gerade in einer westafrikanischen Hütte auf einer Strohmatte schlief. Ob er auch manchmal so dalag wie sie jetzt und nicht aufhören konnte nachzudenken? Was hatte er eigentlich damit gemeint, als er neulich am Telefon sagte: »Ich hatte Sehnsucht nach deiner Stimme«? Hatte er das wirklich ernst gemeint, der alte Zyniker? Oder war es nur ein Anfall von Melancholie gewesen, der dem Alkohol und der Entfernung geschuldet war? Tessaoua, Niger. Das war weit genug entfernt, um gewisse Illusionen aufzubauen und zu pflegen, die keinerlei Bestand hatten, wenn man sich wiedersah. Und wie groß war ihre eigene Sehnsucht? Hatte die etwas mit der Realität zu tun? Konnte sie sich denn seine Nähe überhaupt noch vorstellen? War es nicht eigentlich ganz gut, dass er weg war?

Neben ihr atmete das Kind, das seinem Vater so ähnlich sah. Das Kind, das sie liebte. Wie wäre es wohl, zusammen mit Jan Dutzen auf einem Campingplatz Urlaub zu machen? Sicher das Spießigste, was man sich denken konnte.

Aber vielleicht würde es sich auch gut anfühlen. Sie wären beieinander. Ganz normal. Er würde den Grill aufbauen, wie damals an diesem wolkenlosen Tag am Strand, als sie schwanger war. Er würde sich um sie kümmern. Bei Regenwetter würden sie zusammen im Vorzelt sitzen und Bier oder Rotwein trinken, wie alle anderen auch. Sie würden mit ihrem Kind auf einer Decke am See Picknick machen. Und wenn das Kind schlief, würden sie noch mehr Rotwein trinken, und dann …

War das nicht ein Geräusch, draußen auf dem Weg? Island setzte sich im Bett auf. Obwohl der Campingwagen die Töne dämpfte, die von draußen kamen, hatte es sich angehört wie schnelle Schritte auf dem Kies, wie ein metallisches Klacken, wenn ein Schutzblech an einem Fahrrad locker ist und beim Fahren gegen den Rahmen schlägt. Und dann war da noch ein Klicken gewesen, leise, durchdringend, haarsträubend. Ein Klicken, wie wenn jemand ein Klappmesser aufklappte. Vorsichtig zog sie die Gardine zur Seite und spähte hinaus.

Vorne am Weg parkte ihr Wagen. Er stand dort seit gestern, als sie auf dem Platz angekommen waren. Hinten am Kofferraum bewegte sich ein Schatten. Oder irrte sie sich? Je länger sie hinausstarrte, desto unwahrscheinlicher kam es ihr vor, dass sie tatsächlich eine Bewegung gesehen hatte. Sie knetete nervös ihre Hände. Ihr gestresstes Gehirn musste ihr einen Streich gespielt haben. Da war nichts zu sehen oder zu hören. Reg dich ab, dachte sie. Auf einem Campingplatz gibt es doch die ganze Nacht lang irgendwelche Geräusche. Da wird jemand aufs Klo gegangen sein.

Oder vielleicht hatte sie Jugendliche gehört, die erst

gegen Morgen aus einer der Discos in Plön oder Eutin zurückgekehrt waren. Was sollte jemand denn überhaupt an ihrem Wagen wollen? Es gab nichts zu stehlen. Der alte Mazda hatte nicht mal eine Musikanlage, nur ein uraltes Radio. Waffe und Laptop hatte sie zu Hause gelassen, Funkgerät und Handy hatte sie mit in den Wohnwagen genommen. Sie starrte noch eine Weile ins Dunkel, aber es rührte sich nichts.

Du bist einfach fertig vom Tag in der Sonne, dachte sie. Die frische Luft und die ungewohnte Bewegung, ein Dachschaden vom Sonnenstich und dann noch die Leiche unter der Terrasse. Alles zu viel für einen freien Sonntag, der so sorglos begonnen hatte. Olga streckte sich wieder neben Smilla aus, lauschte noch ein wenig den Atemzügen ihrer Tochter. Sie versuchte, sich Jan Dutzen vorzustellen, wie er im Waschhaus unter der Dusche stand, sich abtrocknete und so unvergleichlich albern lachte.

Und dann schlief sie endlich ein.

37

Am nächsten Morgen um sechs Uhr beschloss Smilla zu Olgas Leidwesen, dass die Nacht zu Ende sei. Sie krabbelte im Bett herum und spielte Forscherin, indem sie Olga an die Nase fasste und schließlich an den Haaren zog. Thea drüben in ihrer Koje wurde davon ebenfalls wach und murmelte: »Dass kleine Kinder einen aber auch nie ausschlafen lassen. Das ist wirklich eine unpraktische Eigenschaft.«

Olga, die Mühe hatte, die bleischweren Lider überhaupt zu öffnen, zog sich die Decke über den Kopf. Das gefiel Smilla gar nicht, und sie schrie laut und wütend wie eine Feuersirene.

»Na, dann tschüs«, hörte Olga Thea sagen. »Ich geh walken.«

Olga hatte die leise Hoffnung gehabt, dass Thea die schreiende Smilla zu sich ins Bett holen würde, um sie zu beruhigen, ja, dass sie vielleicht sogar beide noch einmal einschlafen würden, damit sie selbst noch ein Viertelstündchen weiterduseln konnte. Aber diese Hoffnung konnte sie begraben, denn schon war Thea zur Tür hinaus. Müde und mit einem stechenden Muskelkater in den Armen stand Olga auf, wechselte Smillas Windeln und zog sie an.

Der Morgen war zu hell, die Vögel sangen zu laut, und die aufgedrehten, viel zu gut gelaunten Rentner, die sich draußen zum Walkinggrüppchen zusammentaten, gingen ihr auf die Nerven. Sie setzte Smilla im Vorzelt auf den Boden und machte sich einen Kaffee Marke extrastark.

Derweil war auch Rudolf aufgewacht, hatte seinen Bademantel übergezogen und lief zum See, um eine Runde zu schwimmen. Olga sah mehrere leere Bierkisten und entkorkte Weinflaschen herumstehen, die sich die Chorknaben und ihre Mädel am Abend zuvor einverleibt haben mussten. Ein paar Chormitglieder trällerten schon wieder Shantys, während sie sich daranmachten, den großen, langen Tisch in der Mitte der Wagenburg zu decken. Wie man in dem Alter noch so fit sein konnte, war Olga ein Rätsel.

Als alle vom Frühsport zurückgekehrt waren, frühstückten sie zusammen. Olga setzte sich mit Smilla auf dem Schoß an die Längsseite des Tisches zwischen Thea und Miranda, eine blond gefärbte Frau in den Sechzigern, mit der Olga sich beim Grillen am Samstag schon länger unterhalten hatte.

»Schade, dass du gestern beim großen Konzert in der Kirche nicht dabei warst«, bedauerte Miranda.

»Tut mir auch leid«, antwortete Olga.

»Wie war denn die Paddeltour?«, wollte Thea wissen. »Du warst ja doch sehr lange weg.«

»Etwas anders als geplant.«

»Meine Nichte hat unterwegs bestimmt wieder einen Mörder dingfest gemacht«, sagte Thea an Miranda gewandt.

»Leider nicht ganz«, sagte Olga mehr zu sich selbst, vermied es aber, weitere Erklärungen abzugeben. Sie wollte am liebsten gar nicht daran denken. Das Thema hatte in dieser fröhlichen Runde wirklich nichts verloren.

»War Smilla denn brav beim Konzert?«, erkundigte sie sich.

»Sie hat die ganze Zeit nicht einen Mucks gemacht. Ein sehr musikalisches Mädchen, wirklich.«

»Und reist ihr morgen wieder nach Berlin?«, wollte Olga wissen.

»Nein, die meisten bleiben noch ein paar Tage. Heute ist Ausruhen angesagt, morgen machen wir zusammen eine Fünf-Seen-Rundfahrt und sehen uns das Plöner Schloss an.«

»Hört sich gut an. Ob ich Smilla dann wohl heute Nachmittag noch einmal hierlassen könnte?«, fragte Olga in Theas Richtung.

»Ja, warum nicht?«

»Ich würde gern das Rockfestival oben auf dem Fußballplatz besuchen.«

Thea sah nicht gerade begeistert aus.

»Die *ganze* Zeit wollte ich nun nicht auf sie aufpassen«, sagte sie.

»Ach was«, mischte Miranda sich ein. »Wir behalten sie gerne hier. Ich weiß doch, wie vernarrt du in die Lütte bist, Thea. Die ist aber auch süß, vor allem wenn sie schläft.«

Thea stieß hörbar Luft durch die Nase aus, ohne etwas zu sagen.

»Du kennst doch deine Tante«, raunte Miranda Olga leise zu. »Wir werden das Kind schon schaukeln.«

Nach dem Frühstück stieg Olga Island in ihr Auto, um ungestört zu telefonieren. Die Sonne schien aufs Wagendach, und es wurde sehr warm. Sie konnte von ihrem Platz aus bis zum Badestrand schauen, wo die ersten sonnenhungrigen Besucher bereits ihre Badelaken ausbreiteten.

Zunächst wählte Olga die Nummer von Falk Taulow.

»Moinsen«, meldete er sich.

»Moin, hier ist Olga. Habt ihr noch was gefunden?«

»Kaum was.«

Sie hörte ein unterdrücktes Gähnen.

»Der Verdächtige ist weiter flüchtig. Sein Handy hat er zu Hause auf dem Sofa liegen lassen, damit kommen wir auch nicht weiter.«

»Konnte man feststellen, ob er einen Anlaufpunkt außerhalb von Berlin hat?«, fragte sie. »Er hat ja mal in Kiel gelebt und studiert und dort vielleicht noch Kontakte.«

»Bisher ist nur bekannt, dass seine Eltern nicht mehr leben«, sagte Taulow. »Und dass er eine Schwester hat, die in Gettorf wohnt.«

»Dann schick jemanden hin und frag sie.«

»Olga, das K 11 ist doch schon unterwegs.«

»Und was ist mit den Kindern?«

»Darum haben sich die Berliner gekümmert, irgendeine Einrichtung, Kindernotdienst oder so.«

»Und die Obduktion?«

»Schröder und Engel haben sich die Nacht um die Ohren geschlagen, wie es sich gehört. Ruf die Schröder selbst an, wenn du eine konkrete Frage hast, die sich nicht aufschieben lässt. Sie schreibt wohl gerade den Bericht. Mir liegt noch nichts vor.«

»Sonst etwas Besonderes?«

»Nur eine Twitter-Nachricht, die jemand an die Online-Wache geschickt hat. Ich halte sie eher für einen Scherz. Obwohl der Absender zwölftausend Follower hat.«

»Erzähl!«

»Angeblich stammt die Nachricht vom Mann mit der Wolfsmaske.«

»So? Was twittert der denn?«

»›Die Wölfe werden heulen, und ihr werdet endlich verstehen. Der Mann mit der Wolfsmaske.‹«

»Kryptisch«, meinte Island.

»Ja, ich erzähl dir das auch nur, weil Franzen meinte, dass du dich für den Kerl schon mal interessiert hast.«

»Der Ehemann hatte anfangs massiv versucht, das Verschwinden seiner Frau mit dem Wolfsmaskenmann in Verbindung zu bringen.«

»Okay, wenn ich noch was zu dem Thema reinkriege, lass ich es dich wissen.«

»Danke.«

»Einen schönen Tag noch, Olga.«

»Gleichfalls. Ich geh heute noch auf das Punkkonzert.«

»Wegen dem Altfall von damals? Na, wenn es hilft …«

»Ich werde den Verdacht nicht los, dass das Alte mit dem Neuen zusammenhängt.«

»Komm bitte nach dem Wochenende in unsere Besprechung und erzähl Genaueres. Ich bin gespannt. Und wenn du meinst, dass es uns weiterbringt, und wenn du nichts anderes zu tun hast, geh auf das Konzert. Wir machen die Routine.«

»Schaden kann's wohl nicht.«

»Doch«, sagte Taulow trocken. »Punk schadet den Ohren.«

Ein paar Jugendliche schleppten ein aufgeblasenes Schlauchboot vom See herauf zum Campingplatz. Als sie auf Islands Höhe waren, kratzte das Paddel kurz an ihrer Autotür entlang. Die jungen Männer sahen sie erschrocken an, aber Olga winkte ab. Bei ihrer alten Kiste fiel ein weiterer Kratzer nun wirklich nicht auf.

Der Anruf bei Frau Dr. Dr. Charlotte Schröder war bestimmt nicht das, was man sich an einem schönen Pfingsttag wünschte.

»Sie haben die Leiche ja gefunden, Frau Island«, sagte die Rechtsmedizinerin, »und wissen, dass sie übel zugerichtet war.«

»Was ist denn genau passiert?«

»Die Frau ist erdrosselt worden. Der Todeskampf muss ein paar Minuten gedauert haben. Offenbar wurde die Wäscheleine immer wieder gelockert, oder die Frau konnte sich zwischendurch befreien und noch mal durchatmen. Der Täter ist sehr brutal vorgegangen, wie von Sinnen. Die Hämatome zeigen, dass er sein Opfer erst zusammengeschlagen hat. Die Frau hatte sich offenbar durch Kratzen und Beißen gewehrt und die Arme über den Kopf gehalten. Wir haben Hautreste zwischen ihren Zähnen und unter den Fingernägeln sichergestellt. Wir kennen das bei Abwehrverhalten, nicht nur bei häuslicher Gewalt. Außerdem zeigen jede Menge Hand- und Fingerabdrücke auf der Haut, dass sie mehrfach sehr brutal an den Armen festgehalten wurde. Den genauen Ablauf rekonstruieren wir noch. Gern dann mit Ihnen vor Ort.«

Olga blickte hinüber zum Badestrand, an dem immer mehr Familien ihre Decken ausbreiteten und Eltern mit ihren Kindern zum Planschen ins Wasser gingen. Häusliche Gewalt, immer wieder, dachte sie. Die Familie, ein Hort der Liebe und der Lügen.

»Wann ist dieser Gewaltexzess geschehen?«, fragte sie.

»Nach den jetzigen Erkenntnissen ist der Tod vor sechs bis neun Tagen eingetreten«, antwortete Charlotte Schröder.

»Dann käme als Tatzeitpunkt also Sonntag vor einer Woche infrage?«

»Ja.«

»Wo ist die Frau getötet worden?«

»Es gibt Hautschürfungen mit jeder Menge Holzsplitter. Vermutlich wurde sie über den Boden der Terrasse geschleift. Die dabei stattgefundenen Einblutungen in die Haut weisen darauf hin, dass sie da noch gelebt hat. Die Holzsplitter sind im Labor, und Hans-Hagen hat ja auch seine Proben genommen. Das gleichen wir noch ab, wie immer. Bei Übereinstimmungen ergibt sich daraus schon ein konkretes Bild. Ob das dann zur Tat passt, müsst ihr herausfinden.«

»Danke für die Auskünfte.«

»Ach, und noch etwas, was vielleicht wichtig sein könnte.«

»Was?«

»Sie hatte wohl etwas mit der rechten Hand umklammert, was der Täter ihr entrissen hat.«

»Waren deshalb die Fingernägel so in Mitleidenschaft gezogen?«

»Kann sein. Jedenfalls ist es ein Stück Tape.«

»Tape, was meinen Sie damit?«

»Es ist ein Stück Tonspur von einer alten Kassette, diese Dinger, mit denen man früher Musik gehört hat.«

»Das ist nun aber mal eine interessante Information«, sagte Olga.

Als sie aus dem Wagen stieg, schwankte der Boden unter ihren Füßen. Sie blickte zum Strand hinüber, sah aber vor ihrem inneren Auge immer nur David von Mansfeld, wie er seine Frau zusammenschlug, sie an den Armen packte und an den Haaren über die Terrasse schleifte. Er trat und prügelte sie in den Strandkorb hinein, strangulierte sie mit der Wäscheleine. Er ließ sie zappeln, lockerte die Leine und zog wieder zu, bis sie nicht mehr zuckte. Dann ging er ins Haus, holte Werkzeug und schraubte säuberlich die Holzplanken der Terrasse ab. Er konnte sich Zeit lassen, denn die Kinder übernachteten bei Freunden.

Aber was hatte den Mann so ausflippen lassen? War er eifersüchtig, weil seine Frau bei dem Maler gewesen war? Hatte er das nicht ertragen, so wie er es vor Jahren nicht ertragen hatte, dass er seine geliebte Conny Labent mit anderen hatte teilen müssen?

Nachdenklich und zerstreut ging Olga zum Wohnwagen. Thea gab ihr einen kleinen Rucksack, in dem sie ihr Tagesgepäck mitnehmen konnte. »Made in Prenzlauer Berg« stand darauf. Das mit kleinen Glasperlen verzierte Utensil hätte jedem Hippie zur Ehre gereicht. Olga steckte eine Packung Butterkekse hinein.

Nun, wo sie Smilla in sicheren Händen wusste, freute sie sich geradezu auf den Tag. Auch wenn der Besuch beim Piratfestival vermutlich keine neuen Erkenntnisse bringen würde, gäbe es doch sicher schöne laute Musik zu hören, und zwar bei bestem Wetter. Und Open Air.

Vor dem Spiegel im engen Campingwagenklo stand eine Tube von Theas Haargel. Kurz entschlossen knetete Olga sich eine Handvoll davon ins Haar. Noch einmal kurz geföhnt, und schon standen die Haare in alle Richtungen vom Kopf ab. Durch die viele Sonne gestern waren Gesicht und Arme schön gebräunt, und Olga bildete sich ein, dass auch die Haare blonder geworden waren. Ein weizenfarbiges Sommerblond statt Straßenköterfarbe wie sonst. Ein gutes Zeichen. Nur zwei Tage auf dem Campingplatz, und schon sah sie fast aus wie eine richtige Urlauberin.

Thea, die Smilla auf dem Arm herumtrug, lachte, als Olga ins Vorzelt trat. »Hey, du siehst ja aus wie in alten Zeiten!«

Olga knuddelte Smilla und verabschiedete sich lächelnd von Thea und Rudolf, der schon seine Wathose angezogen hatte und gerade sein Angelzeug zusammensuchte, um sich an eine ruhige Stelle am See zu verkrümeln. Thea wollte Smilla zum Kartenspielen bei ihrer Freundin Miranda mitnehmen.

Olga verließ den Campingplatz über einen Seitenweg und lief die Dorfstraße entlang. Es war nicht weit zum Gelände, auf dem das Festival stattfinden sollte, aber der Weg führte für hiesige Verhältnisse ziemlich steil bergauf. Es gab noch einen anderen Zugang zum Festivalgelände, doch diese Straße war von den zahlreich angereisten Motorradfahrern zugeparkt worden.

Auf dem Festplatz hoch über dem Ort stand eine kleine Bühne. Eigentlich war der Platz nichts anderes als eine Wiese mit Hunderten von Maulwurfshügeln. Zwei rostige Fußballtore deuteten an, wozu die Wiese in besseren, maulwurfsärmeren Zeiten einmal gedient hatte. Die Bühne bestand aus groben, provisorisch zusammengehauenen Holzleisten und sah nicht besonders stabil aus. Neben der Wiese lag eine Schonung, auf der hüfthohe Nadelbäume wuchsen. Einige Besucher hatten dort ihre Zelte aufgeschlagen. Mehrere Lagerfeuer brannten, und manche der Anwesenden hatten hier offenbar schon die Nacht verbracht und ordentlich vorgetankt.

Der improvisierte Zeltplatz endete an einer großen Kuhweide, auf der mehrere schwere Geländewagen und ein VW-Bus standen. Ein paar Leute waren damit beschäftigt, Heißluftballons herzurichten. Ein Ballon war schon zur Hälfte aufgeblasen. Seine bunte Hülle waberte in der leichten Brise, die über die Koppel ging.

Um kurz vor eins begann sich der Raum vor der Bühne zu füllen. Ein Stück entfernt hatte man einen Schwenkgrill aufgebaut. Daneben, vor einem weißen Pavillonzelt, befand sich ein Getränkeausschank. Olga schob sich durch die Menge bis zu einer Stelle, an der sich ein Geländer befand, das früher einmal den Sportplatz umzäunt hatte. Dort konnte sie sich bequem anlehnen und die Leute beobachten. Aber sie entdeckte niemanden, der ihr bekannt vorkam.

Die Musiker der ersten Band betraten die Bühne. Vier junge Männer und eine Frau begannen, ihre Instrumente zu stimmen. Wenig später trat ein Mann in einem weißen Hemd und ausgewaschener Jeans vor das wartende Publikum. Unter seinem Cowboyhut erkannte sie Pitty erst auf den zweiten Blick, so frisch, adrett und ordentlich sah er aus. Er begrüßte die Wartenden, wünschte allen einen schönen Nachmittag und bat darum, den Musikern nach ihren Auftritten eine Spende zukommen zu lassen. Anschließend übergab er das Mikro an die Ska-Nickels.

Die Menge klatschte und pfiff ungeduldig, während die Sängerin der Band lachte und Kusshände verteilte. Das Saxofon fing an zu spielen, der Drummer setzte mit einem

Skabeat ein, eine Posaune kam dazu, dann die Gitarren. Und schon ging auf und vor der Bühne die Post ab.

Sehr schnell waren die Maulwurfshügel auf dem alten Fußballfeld platt getanzt. Nach einigen Liedern stellte Olga sich am Bierstand an und holte sich eine Flasche Dithmarscher Pils. Die Tresenkräfte waren gut gelaunt, das Bier war lauwarm.

Inzwischen schwebten drüben auf der Weide zwei Heißluftballons am Himmel. Sie waren mit starken Seilen an den Geländewagen festgebunden und machten Werbung für einen schleswig-holsteinischen Musiksender. Der eine Ballon war einer fliegenden Eiswaffel nachempfunden, der andere eine schlichte Kugel mit blau-weiß-roten Streifen. Ein dritter Ballon entfaltete sich gerade am Boden, ein merkwürdiges braunes, kastenförmiges Gebilde. In den geflochtenen Körben der beiden schwebenden Ballons drängten sich Menschen, um die Gelegenheit zu nutzen, Festplatz, Bühne und Gegend von oben aus der Luft zu betrachten. Langsam und abwechselnd stiegen die Gefährte auf und nieder. Immer neue Wagemutige kletterten in die Körbe und ließen sich in die Luft befördern. Ein Kamerateam war dabei und filmte den Spaß.

Nach dem Auftritt der Ska-Nickels, der fast eine Stunde dauerte, waren die meisten Tänzer vor der Bühne schweißgebadet. Einige Gäste warfen Kleingeld in den herumgereichten Hut, auch Olga spendierte ein paar Münzen.

Inzwischen stand die nächste Band, eine Gruppe junger Frauen in Motorradhosen und sehr knappen Tops, auf der Bühne und führte einen längeren Soundcheck durch. Ein paar Betrunkene johlten und klatschten.

Olga Island legte ihre Regenjacke auf den Boden und

setzte sich. Das Bier hatte sie schläfrig gemacht. Es wäre sicher besser, wenn sie sich für einen Kaffee anstellen würde, aber sie konnte sich nicht aufraffen.

Etwa fünfhundert Menschen bevölkerten inzwischen den Platz, und immer noch strömten Besucher nach. Das Wetter war wechselhaft, mal brannte die Sonne vom Himmel, dann verschwand sie hinter weißgrauen Wolkenbergen, und es wurde kühl. Die Luft roch nach Bier, Rauch und zertrampeltem Gras. Je weiter der Nachmittag fortschritt, desto deutlicher wurde der durchdringende Uringestank aus dem Gebüsch am Waldrand, in dem die meisten Männer verschwanden, während die Frauen vor zwei Dixi-Klos Schlange standen.

Bis auf diese leichte olfaktorische Beeinträchtigung war es eigentlich ein genialer Ort für ein Freiluftkonzert. Man konnte nicht nur die Musik auf der Bühne genießen, sondern gleichzeitig den See tief unten zwischen den Baumwipfeln schimmern sehen.

Wieder trat Pitty vor das Publikum. Er stellte die nächste Band vor, und alle Blicke richteten sich auf die Crying Babies aus Lübeck, die sofort losrockten. Erste Tänzerinnen und Tänzer im Publikum gaben sich dem Headbanging hin.

Nun drehen sie auf, die drögen Nordlichter, dachte Olga Island und war kurz davor mitzutanzen, als sie sah, wie Max Erking und Sven Hollmann über den Platz schlenderten. Die beiden trugen ihr Bühnenoutfit: schwarze Jeans mit künstlich eingerissenen Löchern über den Knien und Oberschenkeln, Nietengürtel, verwaschene, schwarzgraue T-Shirts. Sie schleppten Flightcases mit Equipment durch die Gegend. »Merbaha bleibt« prangte bei Sven vorne auf dem Shirt, »Missing Foundation« stand bei Max auf dem Rücken, dazu ein gekritzeltes weißes Zeichen in Form eines umgedrehten Sektglases, das mit drei Balken durchkreuzt war. Olga erinnerte sich dunkel, dass das Zeichen »The Party is over« bedeutete. Die beiden Musiker setzten die Kisten ab und unterhielten sich mit dem Techniker, der gerade nichts zu tun zu haben schien.

Die Crying Babies gaben alles. Aber anders als die wild tanzenden Fans fand Olga die Musik nicht mehr so spannend. Sie kehrte der Band den Rücken und schlenderte am Rande des Fußballplatzes entlang durch die Tannenschonung bis zur Weide, auf der die Ballons auf- und abschwebten. Neben einem Tapeziertisch, an dem ein Mann saß und Tickets ausgab, stand ein Klappschild mit der Aufschrift: »Mini-Ballonfahrt gegen Spende.«

Sie selbst war noch nie in einem Ballon gefahren, und es gelüstete sie auch nicht danach, es auszuprobieren. Eine Zeit lang war es modern gewesen, zu Jubiläen oder besonderen Anlässen Ballonflüge zu verschenken. Auch Olgas Kollegin Karen Nissen hatte im letzten Sommerurlaub auf Fehmarn mit ihrem Mann eine solche Ballonfahrt unternommen, um ihren zwanzigsten Hochzeitstag zu feiern. Die Fotos aus der Luft waren spektakulär gewesen. Karen Nissen hatte von der absoluten Ruhe geschwärmt, die dort oben geherrscht hatte, und behauptet, sie hätte keine Minute lang Angst oder Unwohlsein gespürt.

Mini-Ballonfahrt gegen Spende.

Ein richtiger Flug war das ja gar nicht, schließlich blieb der Ballon am Boden vertäut. Vielleicht war das nicht schlecht, um einfach mal auszuprobieren, ob man für so ein Abenteuer geeignet war. Interessiert sah Olga Island sich das Klappschild genauer an. Die Spende sollte einem Schulprojekt in Afrika zugutekommen, im westafrikanischen Tessaoua. Olga stutzte. Schön, dass es so viele Menschen gab, die sich für Schulen in Afrika engagierten, aber nun begegnete ihr dieses Projekt schon zum zweiten Mal. So wurde also das Geld eingesammelt, das Jan Dutzen und andere Helfer dann vor Ort verbauen konnten. Sie sollte auch mal etwas spenden. Eine Ballonfahrt machen und dabei die ganze Zeit an Jan Dutzen denken – das wollte sie lieber nicht.

Das über den Boden wabernde, braune Gebilde hatte sich inzwischen ebenfalls entfaltet. Es war eine Nachbildung des Brandenburger Tores in Berlin. Die Quadriga war deutlich zu erkennen und tanzte in schwindelnder Höhe auf dem Ballon hin und her. Ob dieses breitschultrige Ungetüm wirklich fliegen konnte? Auch das wollte sie bestimmt nicht ausprobieren.

Stattdessen spürte sie ein Hungergefühl. Mit leichtem Magenknurren schlenderte sie zur Festwiese zurück.

38

Die Crying Babies und ihre Fans hatten sich ausgetobt. Viele Besucher strömten zum Getränkestand und belagerten den Schwenkgrill, der nun neben Holzfällersteaks auch Sojabratwürste für die veganen Punkfans bereithielt. Olga, die eher Lust auf etwas Süßes verspürte, holte sich einen Kaffee mit Milch und Zucker und hockte sich wieder auf ihre Jacke am Boden. Sie schnürte den Rucksack auf, nahm sich ein paar von Theas fast zuckerfreien Butterkeksen und spülte sie mit extrasüßem Kaffee hinunter. Währenddessen sah sie Sven Hollmann und Max Erking geschäftig auf der Bühne hin- und herlaufen, Instrumente hinaufhieven und aufbauen. Die Kiel Town Boyz würden als nächste Band auftreten. Den Abschluss des Tages bildeten wohl die Bone-Crunch, offenbar der von vielen ersehnte musikalische Höhepunkt.

Pitty gesellte sich zu den beiden anderen Bandmitgliedern. Er hatte seinen Cowboyhut inzwischen abgelegt und das blütenweiße Hemd ausgezogen. Darunter war ein schwarzes Feinrippunterhemd zum Vorschein gekommen. Die Tattoos an Armen und Oberkörper glänzten wie in Öl gebadet. Geschäftig steckte er Kabel ein und hantierte mit einem Scheinwerfer. Auf der anderen Seite des Platzes waren in der Zwischenzeit noch ein paar Bierbänke aufgestellt worden. Kinder rannten herum und bewarfen sich mit Sand aus den zertrampelten Maulwurfshaufen. In der Tannenschonung loderten die Lagerfeuer, ein Feuerspucker hatte einen Kreis Interessierter um sich versammelt und blies Flammenbündel in alle Himmelsrichtungen. Danach zeigten ein paar in bunte Samtkostüme gekleidete Mädchen akrobatische Kunststücke, die von hingerissenen Zuschauern beklatscht wurden. Unter den übrigen Besuchern des Festivals hatte sich eine nachmittägliche Trägheit ausgebreitet.

Hinter dem Halbkreis von Menschen, die sich um die Akrobatinnen versammelt hatten, entdeckte Olga plötzlich Lars-Peter Lumm. Er stand neben einer provisorisch errichteten Zeltplane, die gegen Regen oder Sonne schützen sollte, und rauchte. Dabei blickte er zur Bühne hinüber, als verfolgte er gelangweilt die Vorbereitungen der nächsten Musikgruppe. Unter der Plane, auf einem zusammenklappbaren Angelstuhl, saß Maik Labent. Er hatte sich zurückgelehnt und die Arme vor der Brust verschränkt. Hätte Olga es nicht besser gewusst, wäre sie nie darauf gekommen, dass die beiden Männer sich kannten. Statt der farbbesprenkelten Atelierkleidung hatte Lumm ein schwarzes Hemd zur schwarzen Jeans angezogen, während der junge Labent eine graue Jogginghose zur beigen Kapuzenjacke trug. Die Basecap hatte er verkehrt herum in den Nacken geschoben. Ob man die beiden von der Bühne aus sehen konnte, war schwer zu sagen. Sie verhielten sich unauffällig und schienen zu warten.

Endlich waren die Kiel Town Boyz mit ihren Vorbereitungen fertig. Das Publikum wurde still. Max Erking zählte mit den Sticks an, Sven Hollmann ließ die Gitarre losbratzen. Die Show begann. Die Musik bestand zunächst aus reinem Krach, der erst allmählich etwas melodiöser wurde.

Olga Island fragte sich, wie sie diesen Auftritt ohne

Ohrenschutz überstehen sollte. Sie durchwühlte den Rucksack nach etwas, das sie sich in die Gehörgänge stopfen konnte, und entdeckte schließlich eine Packung Taschentücher. Mit den beiden Zellstoffkügelchen in den Ohrmuscheln war die Lautstärke schon besser zu ertragen.

Verdammt, dachte sie, ich bin auch nichts mehr gewöhnt. Das nächste Lied war etwas langsamer, aber kaum weniger heftig. Man hätte es eine raue Ballade nennen können. Pitty ließ seine dunkle, leicht heisere Stimme ertönen und zog sofort alle Blicke auf sich. Mit der Qualität seines Gesanges hatte das wohl nur teilweise zu tun. Es war eher seine seltsam rhythmische Tanzperformance, die alle zu magnetisieren schien.

»Death, death, my love is death«, klang es leicht verwaschen durch Olgas Ohrenstöpsel. Sie hätte gern mehr von dem Text verstanden, hatte aber keine Lust, die Stöpsel herauszunehmen und sich das Gehör zu ruinieren. Düster war der Song, bedrückend, bedrohlich. Pitty presste die Töne nur so hervor. Er zischte, würgte, röhrte, krümmte sich über dem Mikro zusammen, trampelte, tobte. Die dunkle Ballade war zu Ende. Das Publikum klatschte und pfiff ausgelassen.

Das nächste Stück. Max drosch auf das Schlagzeug ein, Sven ließ den Bass rasen, Pitty schrie aus voller Kehle. Der Bereich vor der Bühne wurde zum Hexenkessel. Es war eindeutig die jüngere Generation, die sich zu Sprüngen und Schubsern hinreißen ließ, man sprang hin und her, schmerzfrei und gewalttätig. Der Moshpit war eröffnet.

Da bemerkte Olga, wie sich ein großer Mann durch die Menge der Tanzenden schob. Er ignorierte alles Stoßen, Drängeln, das ritualisierte Rangeln, die Kampfposen. Es war eine dunkle Gestalt, abgerissen und zottelig, die alle um Haupteslänge überragte. Das lag wohl auch daran, dass er eine hohe Kopfbedeckung trug. Als er sich kurz zur Seite drehte, blieb Island fast die Luft weg. Ein pelziges Gesicht mit blitzenden mandelförmigen Augen und einer breiten Nase starrte sie an.

Der Mann mit der Wolfsmaske schob sich bis ganz nach vorn vor den Bühnenrand und sprang mit einem Satz hinauf. Pitty warf dem unerwarteten Gast einen irritierten Blick zu, sang aber weiter. Der Wolfsmann tappte hin und her, wippte zur Musik, ungelenk, linkisch. Auf einmal blieb er stehen und zog entschlossen etwas aus seiner Umhängetasche.

Olga griff automatisch an die Stelle ihrer Hüfte, wo ihre Waffe saß, wenn sie im Dienst war. Doch im nächsten Moment fiel ihr ein, dass sie die Pistole ja zu Hause gelassen hatte, eingeschlossen im Schrank. Dann erst sah sie, dass das, was sie aus den Augenwinkeln heraus für gefährlich gehalten hatte, nichts weiter war als eine Papierrolle, ein aufgerolltes festes Papier, das der Mann jetzt wie ein Pergamentstück auseinanderzog und dem Publikum entgegenstreckte. Handys wurden gezückt, erste Fotos gemacht.

Pitty stoppte den Gesang, nur das Schlagzeug spielte weiter, bis auch Max gemerkt hatte, dass irgendwas nicht stimmte, und die Arme sinken ließ.

Der Wolfsmann machte einen Schritt auf Pitty zu, knurrte und riss ihm das Mikro aus der Hand.

»Leute!«, schrie er hinein. »Hört mal her. Ich habe euch etwas zu sagen.«

Als die Musik verstummte, war es auch mit dem Pogo vorbei. Die Köpfe drehten sich zur Bühne hin.

»Hey, was soll das?«

»Was will der denn?«

»Macht doch weiter, verdammt.«

Erstaunen, genervte Gesichter, Ratlosigkeit.

»Kennt ihr mich?«, rief der Wolfsmann.

»Nein«, brüllten einige aus der Menge zurück.

»Verpiss dich«, riefen andere. »Was soll der Scheiß?«

»Ich bin der Mann mit der Wolfsmaske«, rief die Gestalt auf der Bühne.

Es wurde still. Alle Augen blickten nach vorne, und einige Kinder, die eben noch wild gespielt hatten, liefen heimlich zu ihren Eltern.

»Gegen mich läuft eine Kampagne«, fuhr der Mann fort. »Die Presse hat sich auf mich eingeschossen. Der Wolfsmaskenmann ist an allem schuld, heißt es. Nun soll ich sogar eine Urlauberin ermordet haben, wie online schon überall zu lesen ist. Morgen wird das sicher auch lang und breit in der Zeitung stehen. Aber ich sage euch: Nein, das ist nicht wahr.«

Olga Island hatte keine Ahnung, wie die Informationen über die ermordete Eva von Mansfeld so rasch an die Medien gelangt waren. Es hatte noch keine Pressekonferenz gegeben, höchstens eine kleine Notiz über einen Leichenfund am Plöner See. Und wer, bitte schön, hatte schon wieder den sogenannten Wolfsmann damit in Verbindung gebracht? Es hatte überhaupt keine Hinweise auf eine Tatbeteiligung durch einen Fremden gegeben. Alles deutete auf den Ehemann als Haupttatverdächtigen hin.

»Damit nicht noch mehr solche Vorwürfe gegen mich erhoben werden, möchte ich jetzt öffentlich erklären, was es mit dem Wolfsmann auf sich hat.«

Olga sah, wie die Leute ihre Handys hochhielten und das Geschehen auf der Bühne filmten. Dann kann ich mir das ja sparen, dachte sie, und später auf Youtube angucken. Sie steckte ihr Handy wieder weg.

»Ich bin ein ganz normaler Mensch, der es satthat, dass man so schlecht mit Wölfen umgeht«, sagte der Wolfsmann. »Seit es Hinweise gibt, dass wieder Wölfe nach Schleswig-Holstein einwandern, sind nicht nur Landwirte und Schafzüchter, sondern auch viele andere Leute in heller Panik. Sie fordern, dass alle Wölfe abgeschossen oder gefangen werden. Das finde ich falsch.«

Nun fingen einige Zuschauer an, zustimmend zu klatschen. Island vermutete, dass es dieselben Leute waren, die am Schwenkgrill nach Sojabratwurst verlangten.

»Es ist falsch, dass der Mensch sich über alle anderen Lebewesen erhebt«, rief der Wolfsmann. »Er lässt der Natur keinen Raum und bringt sich damit selbst an den Rand der Ausrottung. Mit meiner Aktion möchte ich darauf hinweisen, dass Wölfe harmlose Tiere sind. Sie leben wild, sind aber äußerst scheu und greifen keine Menschen an. Genau das wollte ich mit meiner Aktion demonstrieren. Ich habe mich in meinem Wolfskostüm einfach nur friedlich und stumm irgendwo hingestellt. Und was ist dann passiert?«

»Spinner«, erklang es aus dem Publikum.

»Cooler Hund.«

»Ich lach mich tot«, sagte eine Frau, die neben Olga stand. »Der arme Wolf, mir kommen die Tränen.«

»Wolfshetze war das!«, krähte ein anderer Mann.

»Es lebe der Wolf!«, brüllten mehrere Personen, andere lachten.

»Man hat eine unglaubliche Pressekampagne gegen mich gestartet«, rief der Verkleidete ins Mikrofon. »Sie geht so weit, dass ich nun des Mordes bezichtigt werde, nur weil die Polizei zu dumm ist, einen Mord aufzuklären.«

Na ja, dachte Olga, das stimmt ja nun auch wieder nicht.

»Ist jemand von der Presse da?«, fragte der Wolfsmann.

Ein junger Mann mit einer Spiegelreflexkamera, der schon eifrig Aufnahmen gemacht hatte, duckte sich unauffällig. Eine Frau, die eine blaue Lacklederhandtasche über der Schulter trug und mit dem Handy gefilmt hatte, wollte schon die Hand heben, um sich zu melden, zog sie aber schnell wieder zurück.

»So, ihr Pressefritzen, das ist mein Programm.« Wieder hielt der Mann im Wolfskostüm das Papier in die Luft und schwenkte es hin und her. »Hier könnt ihr sie lesen, die Bosauer Erklärung zum Schutz der wilden Wölfe. Macht was daraus, damit es endlich alle kapieren: Wölfe sind ungefährlich für den Menschen! Darum lasst die Wölfe wandern, und lasst sie leben!«

Er zog eine Rolle Gaffatape aus der Umhängetasche und befestigte das Pamphlet an der Holzbühne.

Immer mehr Umstehende klatschten Beifall.

»Sagt es weiter auf Twitter, gründet Facebookgruppen, verbreitet es, wo immer ihr sonst so unterwegs seid. Wölfe sind harmloser als du und ich. Schluss mit den Geschichten von Rotkäppchen und dem bösen Wolf. Denkt euch andere Geschichten aus, wenn ihr eure Zeitungen und Onlinenews füllen wollt. Das wollte ich euch sagen, und das werde ich euch weiterhin zutwittern. Ich liebe euch alle!«

Einige der Zuschauer klatschten weiter, andere grinsten

selig oder hatten schon längst wieder begonnen, sich zu unterhalten. Etliche hatten die kleine Pause dazu genutzt, sich ein Bier zu holen. Der Wolf wirkte ganz erschöpft von seiner Ansprache und von der Zustimmung, die er geerntet hatte. Pitty, der sich bis jetzt zurückgehalten hatte, ging auf ihn zu und nahm ihm das Mikro aus der Hand, ohne dass er nennenswerten Widerstand geleistet hätte.

»Okay«, sagte der Sänger, »das war ein cooles Statement. So was hören wir uns gern an. Danke, Wolf, dass du unsere Show bereichert hast. Freiheit für alle Wölfe, forever! Aber nun ist es Zeit, weiterzurocken, oder was meint ihr?«

Sven ließ ein paar Gitarrenriffs ertönen. Das Publikum pfiff und johlte und begann ungeduldig auf- und abzuwippen.

Währenddessen war das verkleidete Pelztier wieder von der Bühne gesprungen und spurlos verschwunden.

Max zählte wieder ein. Das Konzert konnte weitergehen. Olga steckte sich ihre provisorischen Stöpsel in die Gehörgänge. Der junge Mann mit der Spiegelreflexkamera sah die Bilder auf seinem Display durch, bevor er eilig ein paar Dinge in seinem altmodischen Spiralblock notierte. Die junge Frau mit der Lackhandtasche telefonierte, vielleicht mit ihrer Redaktion.

39

Im Lauf der nächsten Viertelstunde zeigte Pitty alle Kraft, die in seinem Körper steckte. Er ging in die Hocke, stemmte sich hoch, sprang herum und warf den Kopf beim Singen und Schreien wütend und theatralisch in den Nacken. Max versank in getrommelter Ekstase, Sven spielte seine wenigen Griffe mit geschlossenen Augen. Viel Bier lief in die durstigen Kehlen auf der Wiese. Doch nicht alle Tänzer waren wieder vor die Bühne zurückgekehrt.

Da behalf sich Pitty, indem er auf einen alten Gassenhauer der Band zurückgriff. Das Lied kam sonst wohl immer erst gegen Ende eines Auftritts. Die meisten im Publikum kannten den Song und konnten ihn auf Anhieb mitsingen.

»Hau ab mit deinem blöden Strand« – das Lied kam auch Olga bekannt vor. Es war ein Lied aus ihrer Jugendzeit. Sie hatte es mitgeschmettert, damals, bei der Abifeier am Strand.

Du bist die Frau, die ich mag,
doch du willst hier nicht weg.
Ich hasse diesen Strand,
ich hasse diesen Dreck.
Die Ostsee ist nur kalt und leer,
das Leben hier ist echt nicht toll,
das Leben hier ist schwer,
hau ab mit deinem blöden Strand,
hau ab, hau ab.

Hau ab, geh weg,
ich will dich gar nicht mehr.

Etliche Leute sangen den Text aus vollem Hals mit.

Eine kleine Hymne aus der Zeit, in der das Leben noch vor einem gelegen hatte. Damals, als Thea zu Hause noch das Sagen gehabt hatte. Damals, als …

Olga Island wurde aus ihren Gedanken gerissen.

Schon wieder stand jemand auf der Bühne, der da eigentlich nicht hingehörte. Die beiden Männer waren nicht sportlich und dynamisch hinaufgesprungen wie der Wolf, sondern hatten die hinten liegende schmale Treppe benutzt. Ohne Vorwarnung rückten sie Pitty auf den Leib, packten ihn bei den Schultern, und der jüngere von beiden, Maik Labent, riss Pitty das Mikro vom Mund weg. Es kam zu einer Rückkopplung, und ein unerträglich lauter und schriller Ton kreischte über den Platz. Pitty brüllte wie ein wütender Stier, war aber nicht zu verstehen.

»Dies ist der Tag der Wahrheit«, sagte Maik Labent in das Mikrofon, als die Rückkopplung vorbei war. »Ich habe auch noch ein Statement für euch.«

Einige Zuhörer standen mit offenen Mündern da und glotzten wie die Fische. Andere gaben Buhrufe von sich. Etliche machten sich endgültig auf den Weg zum Schwenkgrill.

Lars-Peter Lumm beugte sich ebenfalls zum Mikro und sagte: »Max, Sven und Pitty, die Kiel Town Boyz – dies ist der Tag der Abrechnung. Die Zeit ist gekommen, um ehrlich und offen darüber zu sprechen, wer ihr eigentlich seid.«

Maik Labent verzog den Mund zu einem bitteren

Lächeln und fuhr fort: »Ihr feiert euer Comeback, aber wir wünschen euch nur Folgendes: Seid verflucht bis in alle Ewigkeit!«

Nachdem das Publikum dem Wolfsmann ruhig und ein bisschen belustigt gelauscht hatte, erhob sich jetzt ein allgemeines Murren. Wütende Zwischenrufe erklangen.

»Was soll denn das jetzt schon wieder?«

»Holt die Idioten da runter!«

»Ist das 'ne Kundgebung, oder was?«

»Was wollen diese Deppen da oben?«

»Haut ab, haut ab!«

»Hört zu, was ich euch zu sagen habe.« Maiks Stimme wurde lauter. »Diese Männer haben meine Schwester Conny Labent getötet!«

Die Zwischenrufe verstummten. Augenblicklich trat eine fast unheimliche Stille ein, in die Maiks Stimme wie ein Messer hineinschnitt.

»Die Kiel Town Boyz haben meiner Schwester Conny das Leben genommen. Und nicht nur das. Sie haben damit noch weitere Leben zerstört. Das Leben meiner Mutter zum Beispiel. Das Leben von Connys Freunden. Mein Freund Lars-Peter, der hier an meiner Seite steht, wurde fast fünfundzwanzig Jahre lang völlig zu Unrecht beschuldigt und verdächtigt, meine Schwester getötet zu haben.«

Pitty, Max und Sven waren erstarrt. Es hatte den Anschein, als hätten sie auf eine solche öffentliche Vorführung und Anklage schon gewartet. Sie standen und hockten da, regungslos und mit gesenkten Köpfen.

»Es klebt Blut an diesen Instrumenten, das Blut meiner Schwester, daran sollt ihr euch alle bei diesem Auftritt erinnern.«

»Das Gelaber ist ja unerträglich«, sagte ein Mann, der neben Island stand.

»Was redet der denn da? Los, hol doch mal einer einen Ordner.«

»Witzbold, was für Ordner denn?«

»Ja, wo sind hier die Türsteher?«

Die Atmosphäre begann, sich von Minute zu Minute weiter aufzuladen, Gewalt lag in der Luft.

»Was ihr beiden Weihnachtsmänner da behauptet, ist kompletter Schwachsinn«, brüllte Pitty ins Mikro, nachdem er es Maik wieder entrissen hatte. »Was willst du kleiner Krümel denn schon wissen von damals? Du warst noch im Kindergarten, als es passiert ist. Und Lumm, der alte Arsch, hat dich angelogen!«

Wieder zerrte Maik Labent das Mikrofon an sich. »So, dann habt ihr Conny damals also nicht abgefüllt?«

»Nein«, brüllten die Musiker.

»Und sie niedergestochen?«

»Nein.«

»Und sie verbluten lassen? Um sie dann auf einem Feld zu entsorgen wie ein Stück Müll?«

»Nein!«, rief Pitty. »Das war ganz anders damals.«

»Dazu sagen wir nichts mehr in der Öffentlichkeit!«, schrie Sven.

»Das ist Vergangenheit, verdammte Scheiße!«, brüllte Max.

Pitty versuchte, das Mikro wieder an sich zu nehmen, doch Maik ließ sich das nicht gefallen, sondern schlug Pitty ins Gesicht, dass es klatschte. Daraufhin ballte dieser die Faust, holte aus und schlug seinem Gegner in den Magen. Maik krümmte sich vor Schmerzen. In gebückter

Haltung rannte er auf den Gitarristen zu und rammte ihm seinen Kopf in die Körpermitte. Sven Hollmann stürzte zu Boden, rappelte sich mühsam hoch und ballte ebenfalls die Fäuste. Lars-Peter Lumm schob kampfbereit die Hemdsärmel hoch.

Auf der Bühne begann eine wüste Schlägerei. Es blieb nicht beim Einsatz von Fäusten, sondern es wurden Instrumente durch die Luft geschleudert, und Kabeltrommeln wurden zu Wurfgeschossen. Auch die Zuschauer wurden unruhig. Selbst wenn sie nicht genau verstanden hatten, worum es eigentlich ging, so hatten sie doch längst Partei ergriffen für die eine oder die andere Seite. Auch vor der Bühne flogen nun die Fäuste.

Jetzt muss wirklich jemand eingreifen, dachte Olga Island. Sie zog ihr Handy hervor und verständigte die Polizeiwache in Plön. Es würde ungefähr eine Viertelstunde dauern, bis die ersten Kollegen vor Ort sein konnten.

Viel zu lange für das, was gerade passierte.

Deshalb holte sie tief Luft und bahnte sich so ruhig wie möglich einen Weg auf die Bühne.

Das Mikro rollte ihr vor die Füße. Sie griff danach.

»Polizei!«

Auch wenn sie derzeit leider nicht im Training war, hatte sie doch noch ein gewisses Gespür dafür, bis zu welchem Zeitpunkt sie überhaupt eingreifen konnte. Bisher waren, soweit sie gesehen hatte, keine Waffen im Spiel gewesen. Eine reine Prügelei war noch nichts richtig Schlimmes. Aber eine weitere Eskalation der Situation sollte besser vermieden werden.

Und tatsächlich hatten die Männer auf der Bühne sich schon etwas ausgetobt und waren ein wenig außer Atem.

Sie bluteten aus Nasen und Lippen. Die Gelegenheit, sie zu trennen, war also günstig.

»Ruhig, Leute«, sagte Olga, »was ist hier los?«

»Die Bullenfrau«, stöhnte Lumm auf und strich sich sein zerrissenes Hemd glatt.

»Die Bullette.« Pitty wischte sich Schweiß und Blut von der Wange. »Die ist schon die ganze Zeit da unten und glotzt.«

»Wenn es etwas zu klären gibt, bin ich gern dabei«, sagte Olga fest ins Mikrofon.

»Blabla«, machte Maik Labent. »Ich bin es so was von leid, dem Staat bei seinem Versagen zuzusehen.«

»Deshalb nehmen Sie es jetzt lieber selbst in die Hand?«

»Sie haben es erfasst.«

»Aber leider liegen Sie völlig falsch mit Ihren Vermutungen«, erwiderte Olga.

Maik Labent schwieg.

»Leider waren die ganzen Anschläge, die Sie in der letzten Zeit verübt haben, völlig sinnlos«, fuhr Olga fort. »Denn sie haben sich gegen die Falschen gerichtet.«

»Ach ja?« Labent spukte Blut auf den Boden.

»Sie haben Reifen aufgeschnitten, einen Carport angezündet und eine Katze zu Tode gequält«, fuhr Olga Island fort. »Alles, weil Sie den Tod Ihrer Schwester sühnen wollten. Wahrscheinlich halten Sie das für ehrenvoll. Sie haben sich aber an den Falschen zu rächen versucht.«

»Wieso?«, schrie Maik Labent. »Das können Sie doch gar nicht wissen. Sie gehören doch zu dieser unfähigen Polizei, die alles völlig vergurkt hat.«

»Der Mann, der Ihre Schwester auf dem Gewissen hat, ist gar nicht hier«, sagte Olga Island.

Stille. Der ganze Platz war wie paralysiert. Fünfhundert Augenpaare starrten sie an.

»Der Mann, der für Connys Tod verantwortlich ist, steht gerade aktuell in dringendem Tatverdacht, vor wenigen Tagen seine Ehefrau ermordet zu haben. Er befindet sich derzeit auf der Flucht vor der Polizei.«

Pitty trat neben Olga. Er nickte ihr zu und nahm ihr das Mikrofon aus der Hand.

»Wir haben sie damals gefunden, im Klo von diesem Spielsalon«, sagte er, und seine Stimme klang rau. »Sie war blutüberströmt und atmete nicht mehr, denn sie war tot. Sie hatte den Cutter noch in der Hand, mit dem sie sich die Pulsadern aufgeschnitten hatte und den sie sich ein paar Mal in den Hals gerammt haben musste. Es ist das Schlimmste, was ich je in meinem Leben gesehen habe. Einfach entsetzlich. Kurz vorher hatte sie mit uns noch auf der Bühne gestanden. Sie hatte was eingeworfen, irgendeine Scheißdroge, die ihr nicht gutgetan hat. Danach ist sie wohl auf Paranoia gekommen und vollkommen außer sich geraten. Aber das hatte keiner bemerkt. Wir waren total geschockt. Wir konnten aber keinen Skandal gebrauchen. Wir hatten alle ziemlich gesoffen an dem Abend. Irgendeiner von uns hat gesagt: ›Wir müssen sie hier wegbringen.‹ Wir haben nicht groß nachgedacht. Der Bandbus stand im Parkhaus, das war vom Klo des Spielsalons aus nur drei Schritte entfernt. Wir haben sie durch einen Notausgang bis zum Wagen getragen und dann in eine Decke gewickelt. Wir konnten es immer noch nicht fassen, dass sie tot war. Irgendwie war es so, als würde sie nur schlafen in ihrer Wolldecke, und wir würden ihr helfen, damit sie ihren Rausch ausschlafen konnte. Erst als wir unterwegs waren, haben wir angefangen, Panik zu schieben. Und dann haben wir sie in das Feld gelegt. Das war dumm und verwerflich und nicht zu entschuldigen. Aber wir haben sie nicht umgebracht.«

»Was labert der denn da?«

»Kapierst du was davon?«

»Sei still. Hör zu.«

»Dazu möchte der Angeklagte nun gern selbst etwas sagen«, erklang es plötzlich aus den Lautsprechern.

Der Platz stand voller Menschen, die sich alle irritiert umblickten, denn es war unklar, woher diese Worte kamen. Pitty ließ die Schultern hängen und hielt noch immer das Mikrofon in der Hand. Neben ihm stand Maik Labent, mit halb geschlossenen Augen, reglos. Lars-Peter Lumm hielt sich eine Hand unter die Nase, aus der immer noch Blut tröpfelte.

Da sah Olga ihn. David Patrick von Mansfeld stand bei dem Jungen, der mitten auf der Wiese von einem kleinen Unterstand aus die Anlage steuerte. Von Mansfeld hielt ein Mikro in der Hand, das im Mischpult eingestöpselt war. Unscheinbar und unauffällig, wie er war, hatte Island ihn nicht kommen sehen. Und wieder, wie bei ihrer ersten Begegnung, hatte sie das Gefühl, dass von ihm nur graue, wehleidige Hoffnungslosigkeit ausging.

Sie zog ihr Handy aus der Tasche und setzte eine Notruf-SMS ab. Die Kollegen sollten sich beeilen. Es wurde langsam eine brenzlige Situation für alle auf dem Platz. Dieser Mann war unberechenbar.

»Olga Island«, schallte es aus dem Lautsprecher, gefolgt von einem schrillen, irren Gelächter, das ihr das Blut in den Adern gefrieren ließ. »Du hast also alles herausgefunden.

Prima. Toll. Danke. Wenn du dich festgebissen hast, dann löst du jeden Fall, dafür bist du bekannt, nicht wahr? Du weißt also, was damals war. Du bist die Checkerin. Und hast doch nichts verstanden.«

Olga nahm Pitty das Mikro aus der Hand.

»Dann erklären Sie es mir bitte. Erklären Sie es allen. Hier ist Ihr Publikum, es hört Ihnen zu.«

Aber David von Mansfeld schüttelte den Kopf. »Ohne meinen Anwalt sage ich gar nichts. Schon mal gehört den Spruch?« Er lachte gehässig.

»David von Mansfeld – oder soll ich besser sagen: Patrick Köller? –, geben Sie auf. Sie werden nicht mehr weit kommen.«

»So?«

Der Mann hob die Hand und zeigte ein Messer. Der junge Mann am Mischpult hatte ihn also nicht freiwillig ans Mikro gelassen. Olga hätte es sich denken können.

»Machen Sie sich doch nicht noch mehr Probleme, als Sie ohnehin schon haben«, versuchte sie, ihn zu beschwichtigen.

Er feixte.

»Sie wissen, dass man Ihnen helfen wird, wenn Sie aufgeben«, fuhr sie fort. »Und Sie können uns helfen, alles aufzuklären, was in Ihrem Ferienhaus geschehen ist. Und alles, was damals eigentlich war.«

»Ihr werdet mich nicht verfolgen!«, schrie der Mann. »Keiner von euch. Ich habe nichts mehr zu verlieren.«

Wieder dieses schrille Lachen. Von Mansfeld ging ein paar Schritte über den Platz zu einer der großen Boxen, die den Sound für diese Veranstaltung lieferten.

Der ist total verrückt, dachte Olga Island, während sie

ihn im Auge behielt. Doch dann hörte sie über die Lautsprecher plötzlich noch ein anderes Geräusch. Es war etwas sehr Vertrautes. Aber es gehörte nicht hierher, nicht in diesen Zusammenhang.

»Örö, örö«, kam es aus der Anlage.

Island erstarrte. Es konnte doch gar nicht sein, dass Smilla hier war, dass sie gerade aufwachte und diese Laute von sich gab. Es musste eine Aufnahme sein. Der junge Mann, der die Musikanlage steuerte, musste in der Aufregung aus Versehen einen falschen Knopf gedrückt haben.

Denn Smilla war doch bei Thea, Rudolf und Miranda auf dem Campingplatz. Dort hatte sie sicher gerade ihren Mittagsschlaf gehalten und war nun vielleicht mit den anderen unterwegs zum See, um ein bisschen im warmen Sand herumzukrabbeln. Mit Smilla war doch alles in bester Ordnung. Oder nicht?

Doch dann sah sie etwas, das ihre Knie weich werden ließ. Smilla steckte in ihrem Tragesack, und dieser Tragesack befand sich auf einem der Lautsprecher. Das Kind lag auf der Seite und spielte mit einem kleinen Stoffhasen, den sie in den Händen hielt und ansabberte. David von Mansfeld beugte sich über den Tragesack und wuchtete ihn sich samt Kind mit einem einzigen Schwung auf den Rücken.

»Halt!«, schrie Olga. »Moment mal! Was soll das?«

Ohne zu antworten, lief von Mansfeld davon. Er rannte über die Wiese und bewegte sich geschickt um die Menschen herum, die nichts verstanden, außer dass ihr Konzert nicht wie geplant weiterging und irgendetwas gerade ziemlich schieflief.

»Schluss mit dem Gelaber«, forderte jemand.

»Nur Idioten unterwegs heute.«

»Schwachmaten.«

»Voll krass, ey.«

»Was hat er gesagt?«

»Alter, wenn das alles wahr ist, ist es eine furchtbare Geschichte.«

»Richtig übel.«

Olga ließ das Mikrofon fallen und sprang von der Bühne.

In ihrem Kopf breitete sich eine übermächtige Helligkeit aus, die sie fast blind machte. Alles schien in ein weißes, stechendes Licht getaucht, und sie hatte Schwierigkeiten, mehr als die Umrisse der Menschen zu erkennen, die um sie herum waren. Sie sah nur noch Silhouetten, die sich wie in Zeitlupe bewegten und eine Gasse bildeten. Ihr Gehirn war plötzlich wie leer gefegt, und ihr Körper pumpte Adrenalin in ihre Adern, während sie David von Mansfeld, der Smilla auf seinem Rücken trug, in der Menge verschwinden sah. Er schwang das Messer, und die Leute sprangen zur Seite.

In der Gasse erschien plötzlich eine Störung. Sie drückte die eiskalten Fingerspitzen gegen ihre Augäpfel. Nun erkannte sie, dass es ein Fahrrad war, das in langsamer Fahrt um die Reste der Maulwurfshügel herumschlingerte. Es holperte direkt auf sie zu, und es war merkwürdig, dass der Fahrer nicht herunterfiel, während er sich an die Lenkstange klammerte. Weil sie vor Schock immer noch nicht richtig sehen konnte, lauschte sie umso erstaunter der Stimme, die ihr seltsam bekannt vorkam.

Das Rad fiel klirrend zu Boden.

Schwere Arme legten sich um ihre Schultern, und da war ein Geruch nach Schweiß, der sie tröstete.

»Jan«, sagte sie leise, »wo kommst du denn her?«

»Was ist hier eigentlich los?«

»Der Mann da drüben hat mein Kind entführt, unsere Tochter.«

Jan Dutzen schob sie von sich weg und sah ihr starr und ungläubig in die Augen.

»Was hast du gesagt?«

Die Zeit stand still. Sie dehnte sich aus wie ein Raum, der jenseits von allem anderen lag. Alles schien sich zu verlangsamen.

Wo kam Jan Dutzen jetzt her?

Das musste doch alles ein merkwürdiger Traum sein, in den sie da geraten war, ein Albtraum. Der Zustand, in dem sie sich befand, dauerte ein paar Herzschläge lang. Sie spürte die Wärme, die von Jan ausging. Er schwitzte. Warme Feuchtigkeit erreichte sie, die ihre kalte Haut tränkte. Jan Dutzen war mit dem Rad über die Wiese gekommen, über die gerade der Mann mit ihrer Tochter verschwand. Es war kein Albtraum, es war real.

»Er hat Smilla«, wiederholte sie.

40

Jan ließ Olga los, drehte sich um und begann zu rennen. Er hetzte über den Platz, und sie lief hinter ihm her, so schnell ihre Beine sie trugen. Außer blinder Angst spürte sie gar nichts.

Da war der Mann mit Smilla auf dem Rücken schon zwischen den Zelten hindurchgelaufen und hatte die Kuhkoppel erreicht, auf der die Ballons in der Sonne glänzten. Der blau-weiß-rot gestreifte Ballon befand sich in der Luft, während sich der Korb unter dem eiswaffelförmigen Ballon gerade geleert hatte. Drei Damen mittleren Alters wollten einsteigen, doch David von Mansfeld stieß sie zur Seite und sprang an ihnen vorbei in den Korb. Dabei schlug Smillas Kopf gegen den gepolsterten Rahmen, der den Korb mit dem Heißluftbrenner verband. Sie fing laut an zu weinen.

Ihr Entführer rief den verblüfften Helfern, die in der Nähe des Korbes standen, etwas zu, dann zückte er das Messer und durchschnitt die Halteleine. Der Ballon stieg sofort in die Höhe. Als er fünf Meter über dem Boden war, drang Propangas in die Verdampferspiralen, die Brennerflamme schoss zischend und lodernd empor. Der Ballon wurde nach oben gezogen und stieg schneller und schneller. Schon flog er über die Wipfel des nahen Wäldchens. Dort erfasste ihn eine Luftströmung und drängte ihn zur Seite ab. Er schwebte über die Fahrzeuge, die auf der Koppel standen, und glitt auf die offenen Felder zu.

Jan Dutzen war als Erster beim Sammelplatz. Als Olga ihn erreichte, konnte sie kaum noch sprechen.

»Was machst du hier?«, keuchte sie. »Oder bist du ein Phantom?«

»Ich erklär's dir, aber nicht jetzt«, sagte er, packte Olgas Hand und zog sie hinter sich her. Wütend herrschte er die wie gelähmt dastehenden Fahrthelfer an.

»Beeilt euch, verdammt noch mal! Holt sofort den anderen Ballon runter. Wir müssen dem Mann folgen. Er hat unser Kind in seiner Gewalt. Es geht um Leben und Tod.«

Es dauerte eine gefühlte Ewigkeit, bis der gestreifte Ballon am Boden war und die aufgeschreckten Passagiere mit hektischen, unbeholfenen Bewegungen aus dem Transportkorb herausgesprungen waren. Dutzen half Island in den engen Behälter aus Weidengeflecht und sprang selbst hinterher. Die Helfer warfen die Leine los. Langsam stieg das altertümliche Flugobjekt in den Himmel über Bosau.

Grün war das Land tief dort unten, brutal grün. Gelb, surreal gelb leuchteten die Rapsfelder, die nun unter ihnen auftauchten. Die Wiese mit den aufgeregt nach oben schauenden und wild gestikulierenden Menschen wurde rasch kleiner. Bald hatten die Fahrzeuge auf der Koppel, die Zelte zwischen den Tannen und die winzige Bühne nur noch die Größe von Miniaturen einer Modelleisenbahn. Ein paar Spielzeugfiguren sprangen in die Spielzeugautos und nahmen die Verfolgung der Ballons am Boden auf.

Wie blau der See war, von dem sie sich, in nordöstliche Richtung getrieben, immer weiter entfernten. Olga hatte keine Augen für die Landschaft, und doch nahm sie alles wahr, in einer schmerzhaften Klarheit. Auf der Dorfstraße von Bosau rasten Polizeifahrzeuge, die mit kreischenden Sirenen in der Menge der dort abgestellten Motorräder stecken blieben. Wie eine Armee von Stecknadelköpfen liefen die uniformierten Streifenbeamten hintereinander den schmalen Weg hinauf und verteilten sich über den Platz. Ein Krankenwagen kam mit Blaulicht die gewundene Landstraße von Eutin herab. Auch ein paar Feuerwehrfahrzeuge schoben sich die enge Straße am See entlang.

Olga Island klammerte sich an die geflochtene Reling des Korbes, die ihr bis zur Brust reichte, und starrte der fliegenden Eiswaffel hinterher. Sie hätte alles dafür getan, den eigenen Flug zu beschleunigen, aber das war unmöglich. Hier oben waren sie den Bewegungen der Luft ausgeliefert. Ihr blieb nur, zu dem anderen furchtbar kleinen und schmalen Korb hinüberzusehen. Dabei versuchte sie, sich nicht vorzustellen, dass David von Mansfeld Smilla noch auf dem Rücken trug. Aber sie wollte auch nicht daran denken, wie ihr Kind auf dem Boden des Flugkorbs herumkrabbelte. Verzweifelt wählte Olga immer wieder die Nummer der Polizeistation Plön, aber sie kam einfach nicht durch.

Hier oben im Korb unter dem Ballon war es sehr still und sehr warm. Ab und zu, wenn der Brenner plötzlich losfauchte wie ein zorniger Drache, erhitzte sich die Luft in der Ballonhülle. Dann wurde es noch wärmer. Es wehte kein Luftzug.

»Wie kommen wir nur an sie heran?«, jammerte Olga.

»Ich wünsch mir Kampfflieger, das kannst du glauben«, entgegnete Jan.

»Bist du wahnsinnig?«

»Wenn ich den zwischen die Finger kriege, den hack ich in Stücke.«

»Können wir denn gar nichts tun?«

Doch genau so war es. Sie konnten nichts tun. Sie wussten es beide. Es war zum Verzweifeln. Jan Dutzen schlug auf den Korb ein, dass das Flechtwerk krachte.

»Ballons, die zur selben Zeit in der Luft sind, haben oft dieselbe Fahrtroute«, sagte er und rang nach Atem.

»Das tröstet mich aber nicht. Was hat er bloß vor?«

»Das weiß nur er allein.«

»Verdammt«, brüllte sie los, »können wir nicht irgendwie dichter an ihn herankommen? Ich muss wissen, was mit Smilla ist.«

Auch Jan Dutzens Stimme zitterte.

»Es wird ihr gut gehen, wir müssen das einfach hoffen.«

»Ach, Jan.« Olga schlug die Hände vor die Augen und biss sich in die Handballen.

So standen sie nebeneinander, zitternd und bebend vor Wut, Angst und Hilflosigkeit und starrten hinüber zur fliegenden Eiswaffel. Die beiden Ballone glitten in einer kaum erträglichen Langsamkeit über Knicks, Wasserläufe und Felder hinweg.

»Warum bist du nicht eher bei uns vorbeigekommen?«, fragte Olga, als sie die eingetretene Stille nicht mehr aushielt. »Warum müssen wir uns so unter solchen Umständen wiedersehen?«

»Weil ich eine feige Socke bin«, sagte er leise.

»Aber Ballonfliegen geht, oder was?«

»Vor dem Fahren mit einem Ballon hatte ich auch Schiss, das kannst du mir glauben. Meine erste Fahrt über Australien war die Hölle. Erst als ich meinen Pilotenschein gemacht habe, da habe ich die Höhenangst überwunden, unter der ich jahrelang gelitten habe.«

»Ganz toll, herzlichen Glückwunsch, dann mach doch was, dass diese verdammte Kiste schneller fliegt!«

»Das kann ich nicht. Das ist mit einem Ballon nicht möglich.«

»Versager.«

Wieder schwiegen sie eine Weile.

»Meine Güte«, sagte Island schließlich, »erklär mir bitte, warum du hier bist. Wir haben doch vor Kurzem noch telefoniert, und da warst du angeblich in Afrika, und stattdessen ...«

»Olga.« Er drehte sich zu ihr und sah sie an. Die Äderchen in seinen Augäpfeln waren rot. »Ich war betrunken, als wir geredet haben. Ich wollte dich nicht anlügen, wirklich nicht. Ich war mit dem Tessaoua-Projekt in Deutschland unterwegs. Du hast gedacht, ich sei am Ende der Welt, und da wollte ich dich nicht davon abbringen ... Ich wollte auch mal cool erscheinen, und da habe ich ...«

»Du hast mich angelogen!«

»Du solltest auch mal von mir beeindruckt sein. Nur ein einziges Mal. Und nun bin ich der größte Idiot aller Zeiten.«

»Ja«, sagte sie, »wahrscheinlich.«

Schweigend flogen sie dahin, über kleine und große Seen und die Bahnstrecke von Plön nach Malente. Sie überquerten den Luftkurort und sahen die Leute, die über die Seepromenade spazierten, in Cafés saßen, schattige Badestellen bevölkerten und sich auf den Bootsstegen sonnten. Wenn die Schatten der Ballons die Menschen unten am Boden streiften, hielten sie sich die Hände über die Augen und winkten fröhlich hinauf. Sie konnten ja nicht ahnen, was in der Luft über ihnen los war.

»Ich habe so lange auf das freie Jahr hingearbeitet. Es war mir so wichtig, dass ich einmal aus dem Polizeitrott herauskomme«, sagte Jan plötzlich. »Ein Onkel von mir ist gestorben, ich hatte etwas Geld von ihm geerbt und konnte endlich los. Ich wollte einmal etwas anderes machen, reisen, etwas von der Welt sehen, herausfinden, was ich noch Sinnvolles machen könnte mit meinem Leben. Erst war es okay. Ich bin einfach so herumgereist, habe versucht, zu mir zu kommen. Aber das große Gefühl der Freiheit, nach dem ich mich gesehnt hatte, wollte sich nicht einstellen. Vielleicht hatte ich auch plötzlich zu viel Zeit, um nachzudenken, und dann habe ich angefangen, zu viel zu trinken. Es ging mir nicht gut in Australien, nicht in Indien und nicht in Thailand am Strand. Und Afrika war die Hölle. Ich habe an dich gedacht und an das Kind, und es kam mir irgendwann so sinnlos vor, durch die Gegend zu gondeln. Ich habe es in der weiten Welt einfach nicht mehr ausgehalten.«

Inzwischen lag Malente hinter ihnen. Die Landschaft wurde hügeliger. Sie glitten über kleine und größere Waldstücke, weite Felder und einsame Gutshöfe. Straßen und Wege wanden sich unter ihnen, Teiche und Bäche spiegelten abstrakte Wolkenformationen. Die fliegende Eiswaffel war ihnen immer ein paar hundert Meter voraus, nah genug, um zu sehen und zu hören, dass David von Mansfeld immer wieder den Brenner startete. Jedes Mal fing Olga erneut zu zittern an.

Wo will er hin, verdammt?, dachte sie.

Eine größere Siedlung tauchte in der Ferne auf. Kleine, alte Häuser, schmale Gassen, ein Kirchturm. Das musste Lütjenburg sein.

»Wie hast du mich heute überhaupt gefunden?«, fragte sie.

»Ich bin einfach in der Blumenstraße vorbeigefahren und habe die Kollegen gefragt«, sagte Jan Dutzen. »Henna hat mir erzählt, dass du unbedingt zu diesem Festival wolltest. Sie meinte, du hättest dich da mal wieder in etwas verbissen. Und wie wir alle wissen, ist dir dann mit rationalen Argumenten nicht immer beizukommen. Die berühmte isländische Intuition ...«

Sie sah ihn an. Grinste er etwa? Doch sein Gesicht war wie versteinert.

»Manchmal hat Henna recht«, sagte sie leise.

»Okay, dann erzähl mir doch mal, warum wir hier in der Patsche hocken.«

Die Tränen stiegen ihr in die Augen, als sie stockend zu berichten begann: vom dringenden Anruf, den sie von David von Mansfeld erhalten hatte, von ihrem Besuch im Atelier des Künstlers, von den Recherchen im Altfall Conny Labent und davon, wie das ganze Chaos zustande gekommen war, in dem sie jetzt steckte. Währenddessen folgte der buntgestreifte Ballon der schwebenden Eiswaffel wie an einem unsichtbaren Faden. Die Gefährte glitten mit derselben Höhenströmung dahin, immer weiter nach Nordosten, und wenn Island sich nicht irrte, trieben sie auf die Küste zu.

Normalerweise sollte sich bei der Ausrüstung im Ballonkorb ein Funkgerät befinden. Aber der Fahrer des Ballons hatte, als er zusammen mit seinen Reisegästen fluchtartig aus dem Korb sprang, das Gerät offenbar mitgenommen. Und weder Olga Islands noch Jan Dutzens Handy hatte hier oben Empfang. Es musste von Funklöchern nur so wimmeln.

Doch in diesem Moment durchflogen sie offenbar ein

Gebiet mit gutem Empfang, denn Olgas Handy klingelte los.

Es war Thea, die anrief, atemlos schluchzend.

»Olga, mein Kind, oh Gott, Miranda und ich waren mitten in einem Romméspiel. Ich hatte den Kinderwagen in den Schatten neben dem Campingwagen gestellt. Und dann war sie auf einmal weg. Du kannst dir gar nicht vorstellen, wie wir uns fühlen. Entsetzlich. Es hat ewig gedauert, bis die Polizei hier war. Ich dachte, ich sterbe …«

»Ich dreh durch, Thea, bitte, kannst du die Luftwaffe verständigen?«

Aber auch diese Verbindung war schlecht, denn Thea konnte sie offenbar nicht hören.

»Alle auf dem Platz haben sie gesucht«, schluchzte die Tante. »Und ich habe tausendmal versucht, dich zu erreichen, aber keine Verbindung bekommen. Wo bist du denn nur? Hallo? Hallo? Kannst du mich hören?«

»Wir sind irgendwo hinter Malente«, schrie Olga, »in der Luft, in einem Ballon. Versuch, über die Polizei die Bundeswehr zu verständigen.«

Aber die Tante hörte sie nicht.

»Wenn Smilla wieder da ist«, sagte Thea ernst, »dann ziehen wir weg aus Berlin. Rudolf hat Bekannte in Eckernförde. Wir suchen uns eine Wohnung, die für Senioren geeignet ist, und dann wollen wir auch …«

Die Verbindung riss ab.

Olga drückte und wischte auf ihrem Handy herum, aber es war zwecklos. Sie war wieder von der Welt abgeschnitten.

Das Gelände tief unter ihnen wurde unwegsam und wild. Hoffentlich würden ihre Verfolger am Boden aus der Windrichtung berechnen können, wohin sie drifteten.

Jeder Ballon mit Passagieren wurde doch über kurz oder lang gefunden, wenn er gelandet war. Doch was, wenn sie die Küste erreichten, aufs Meer hinaustrieben und die Propangasflaschen, die die Brenner speisten, leer waren? Ihr wurde schwindlig, und es sauste in ihren Ohren.

Ich höre bei der Polizei auf, dachte Olga Island. Wenn ich Smilla noch einmal lebend in meine Arme schließen darf, suche ich mir eine andere Arbeit. Ich bin so müde, und ich bin es so satt, Psychopathen hinterherzujagen. Es wird etwas Neues kommen, etwas anderes, Gutes.

»Warum hast du mir nie etwas Persönliches geschrieben in deinen Mails?«, fragte sie Jan. Ihre Stimme klang kraftlos und schwach.

»Aber das habe ich doch«, antwortete er.

»Noch so ein Missverständnis?«, fragte sie. »Ich habe immer nur diese langweiligen Rundmails erhalten, die du an alle gesendet hast.«

»Die Adressen im Verzeichnis waren alle ausgedacht.«

»Was? Warum das denn?«

»Ich wollte es nicht so persönlich erscheinen lassen.«

»Wieso nicht?«

Er ließ seinen Blick schweifen. Dann atmete er aus und sagte: »Weil ich dich vermisse, wenn du nicht da bist. Weil ich das mit dem Kind noch immer nicht glauben kann. Ich habe ein Kind, das du zur Welt gebracht hast. Wir könnten zusammen eine Familie sein. Aber du willst das nicht ...«

Olga presste die Lippen aufeinander. Das war das Gespräch, vor dem sie sich immer gefürchtet hatte. Das sie gern vermieden hätte.

»Du hast mir nicht mal ein Foto von Smilla geschickt«, fuhr er fort. »Und keine Unterhaltsforderungen. Überhaupt keine Forderungen. Ich meine ... du kannst doch nicht einfach ganz allein ...«

»Warum nicht, Jan?«, fragte sie und sah ihm direkt in die Augen. »Smilla und ich, wir kommen klar. Ich selbst habe meinen Vater nie kennengelernt. Meine Mutter hat nie von ihm gesprochen. Für sie und für mich hat er nicht existiert. Sie brauchte ihn nicht, um mich aufzuziehen, und ich habe nie nach ihm gefragt. Smilla und ich kommen gut zurecht. Wir brauchen keinen einsamen Wolf, der allein besser klarkommt als mit uns zusammen. Kein Kind braucht einen Vater, der nicht freiwillig da ist. Und ich brauche keinen Mann, der mich nicht liebt. Und ich werde dir nie hinterherrennen, falls du darauf gewartet haben solltest.«

»Oh, Mann, Olga«, sagte er mit belegter Stimme. »Du bist so verdammt ...«

»Ja«, sagte sie, »schon klar. Und jetzt hör auf zu quatschen. Wir müssen zusehen, dass dieser Ballon da drüben eingefangen wird. Lass mich jetzt telefonieren.«

Aber alle Versuche, eine Telefonverbindung herzustellen, schlugen fehl. Das Funkloch war übermächtig und groß. Sie war kurz davor, das Telefon über Bord zu schleudern. Sie konnte nichts tun, und das brachte sie allmählich an den Rand des Irrsinns.

Sie flogen über ein Gelände, das aussah wie ein mittelalterliches Dorf, mit einem Wall und einem Wassergraben und einem Turm aus Holz, auf dessen Dach eine Ritterfahne wehte. Auf der Wiese davor standen weiße Zelte, und Menschen liefen in Wikingerkostümen umher. Einige übten Bogenschießen. Die Ballons überquerten Endmoräne um Endmoräne, und die Messuhr an den Gasflaschen zeigte an, dass das Propangas tatsächlich zur Neige ging. Vor ihnen am Horizont erschien die dunkle, gefährlich glitzernde Ostsee. Davor aber lag noch ein Gewässer, wie eine Lagune durch eine sandige Halbinsel vom Meer getrennt. Der Große Binnensee.

Über dem See verlor die Eiswaffel an Höhe. Sie sank tiefer und tiefer direkt auf die Wasseroberfläche zu. Schon berührte der Korb die gekräuselten Wellen, und Olgas Brust presste sich zusammen. Waren die Gasvorräte dort drüben bereits also erschöpft? Oder wollte von Mansfeld absichtlich mitten im See landen?

Jan Dutzen drosselte die Zufuhr der Heißluft und ließ den gestreiften Ballon ebenfalls sinken. Schon konnte Olga die Fische am Grund sehen, deren silbrige Schuppen im Licht flirrten.

Aber noch schwebten beide Luftgefährte auf die schmale Halbinsel zu. Eine Schleuse, die das Gewässer mit der Ostsee verband, kam näher. Zur Seeseite hin befand sich ein sandiger Flusslauf, in dem Segelboote und Fischkutter vor Anker lagen.

Die Eiswaffel überflog eine geteerte Straße und die flachen Dünen. Der Korb schleifte über den Strand und kam im Sand zum Stillstand. Gekonnt folgte Jan Dutzen dem Gefährt in der Luft, wich Strandkörben und Mülltonnen aus und brachte Ballon und Korb sicher auf den Boden. Den Stoß beim Aufprall auf den Untergrund nahm Olga kaum wahr, denn sie dachte nur noch an Smilla. Mit klopfendem Herzen sah sie, wie der Korb der Eiswaffel auf die Seite kippte und sich die Hülle des Ballons wie in Zeitlupe darüberlegte. Dann wühlte sich eine menschliche Gestalt unter der Ballonseide hervor.

Von Mansfeld kam zum Vorschein, zog den Babytragesack samt Inhalt heraus und wuchtete ihn sich in Windeseile wieder auf den Rücken. Olga musste es ertragen, Smilla aus Leibeskräften brüllen zu hören, mit ihrem lautesten und unbarmherzigsten Babygeschrei. Das Kind hatte Hunger und Durst und war wahrscheinlich bis zur Halskrause voll. Es lebte, und sie musste sofort zu ihm.

Wild um sich schlagend kroch Olga unter dem Polyesterstoff ihres Ballons hervor. Von Mansfeld lief mit großen Schritten über den Strand, und sie spurtete hinterher – mit dem Ziel, ihr Kind zu erreichen und es dem Mann zu entreißen.

»Mansfeld!«, schrie sie, als sie endlich freigekommen war. »Geben Sie sie mir, dann können Sie machen, was Sie wollen!«

»Nein!«, brüllte er zurück. »Warum sollte ich das tun?«

»Weil Sie ein Mensch sind!«

Er lachte gellend. »Stimmt, aber kein guter, wie Sie herausgefunden haben!«

»Denken Sie doch an Ihre Kinder, was soll aus ihnen werden?«

»Das sind ja gar nicht meine Kinder. Sie haben nichts, womit Sie mich erpressen können.«

Schon wieder hatte er das Messer in der Hand, mit dem er vor der Fahrt das Halteseil des Ballons gekappt hatte. Island befürchtete, dass sie gleich ohnmächtig werden würde. Alles an dem Strand war so grässlich hell, als hätten sich ihre Pupillen viel zu weit geöffnet und wären dann vor Schreck erstarrt. Ihre Glieder waren schwer wie Blei, als sie über den Sand lief.

»Von Mansfeld!«, schrie Jan Dutzen. »Geben Sie auf.«

»Nein«, schrie der zurück. »Ich bin nur auf das Festival gekommen, um mich von Frau Island zu verabschieden. Ein Abschied, an den sie noch lange denken wird. Sie war von Anfang an nicht auf meiner Seite. Sie hat mir nicht geglaubt, das habe ich in ihren Augen gesehen. Ich habe die ganze Zeit ihr Handy orten lassen, denn ich kenne einen Polizisten in Berlin ziemlich gut. Ich habe immer gewusst, wo sie gerade herumschnüffelt.«

»Werfen Sie das Messer weg! Sie werden vor Gericht die Chance erhalten, alles zu erklären. Man wird Ihnen helfen, wenn man kann.«

»Das glauben Sie doch selbst nicht«, rief von Mansfeld und rannte weiter.

»Nein!«, schrie Jan Dutzen völlig außer sich. »Halt. Stehen bleiben! Ich werde nicht schießen.«

Das kann er doch auch gar nicht, dachte Olga, Jan wird ja wohl kaum eine Waffe dabeihaben.

»Ich liebe diese Frau!«, rief Jan. »Können Sie das verstehen? Und mein Kind, bitte, lassen Sie mein Kind frei.«

Unvermutet stoppte von Mansfeld seinen Lauf, blieb stehen und drehte sich um.

Olga konnte kaum glauben, was sie da eben gehört hatte. Sicher hatte Jan das nur aus taktischen Gründen gesagt. Oder ihre Ohren hatten trotz der selbst gedrehten Taschentuchstöpsel bei der lauten Musik vorhin doch einen Schaden erlitten.

»Ich habe Conny auch geliebt«, brüllte von Mansfeld. »Ich habe sie so sehr geliebt! Aber sie hat mich immer zurückgewiesen.«

»Haben Sie sie deshalb umgebracht, weil sie Sie nicht wollte?«, gab Jan Dutzen zurück.

Von Mansfeld stand noch immer an derselben Stelle. Langsam und bis auf das Äußerste angespannt, bewegten Olga und Jan sich auf den Mann zu.

»Ich wollte nicht, dass sie stirbt«, sagte er und atmete schwer. »Sie sollte doch nur gut drauf sein, damit wir uns endlich einmal verstehen. Ich wollte sie im Arm halten, und sie sollte lächeln. Ich dachte, sie steht auf solche Sachen wie diese Pillen, die gute Stimmung machen. Ich konnte ja nicht ahnen, dass sie sie nicht abkonnte. Ich hatte das noch nie erlebt, dass jemand so ausrastet, wegen den paar Trips. Niemand konnte ahnen, dass sie so durchdreht.«

Von Mansfeld stand mit gebeugtem Nacken da. Tränen liefen ihm über die Wangen.

»Es ist krass, was Sie durchgemacht haben«, sagte Jan Dutzen beruhigend, als er und Olga sich ihm auf etwa fünf Meter genähert hatten. »Aber geben Sie jetzt bitte das Kind heraus. Es ist noch klein und muss dringend versorgt werden.«

»Wir haben keine Kinder bekommen«, sagte von Mansfeld wie zu sich selbst. »Meine Frau hat mir das immer vorgehalten. Wie soll man das ständige Genörgel, die ewige Kritik aushalten? Dann hat sie das mit Conny herausgefunden. Sie hat das Tagebuch gelesen, als sie bei Lumm zu Hause war. Ausgerechnet Lumm hat sie sich ausgesucht für einen One-Night-Stand.« Er spuckte verächtlich auf den Boden, zog etwas aus seiner Hosentasche, warf es hin und trat darauf. Es knackte, als würde er ein Insekt zertreten. Es war eine schwarze Kassette, die in ihre Einzelteile zersplitterte. »Sie hat mir die Kopien aus Connys Tagebuch um die Ohren gehauen. Aus dem Tagebuch, das sie im Schlafzimmer ihres Liebhabers gefunden hat. Sie hatte alle Achtung vor mir verloren. Das kann doch kein Mann aushalten. Sie wollte von mir weg. Sie wollte mich sitzen lassen mit den Kindern. Da bin ich ausgerastet.«

»Noch einmal«, sagte Jan Dutzen. »Ich möchte nichts weiter von Ihnen, als dass Sie unser Kind freilassen. Und dann machen Sie einfach, was Sie wollen.«

Wieder meldete sich Smilla mit einem leisen, hilflosen Weinen, das Olga im Inneren traf wie ein Wundschmerz. Das Kind musste endlich erlöst werden, von seiner Windel, seinem Hunger, dem Entführer, aus der unerträglichen Lage. Es war einfach genug. Sie ging zu David von Mansfeld hinüber und streckte die Arme nach Smilla aus.

Doch er schüttelte den Kopf und hob drohend die Hand mit dem Messer. Da ballte sie die Fäuste und ignorierte alle Gefahr. Mit ihrer ganzen verzweifelten Kraft schlug sie ihm ihre Fäuste links und rechts ins Gesicht. Er strauchelte und ging seitlich zu Boden. Smilla rutschte aus der Babytrage heraus und fiel in den Sand. Jan Dutzen entriss von Mansfeld das Messer und schleuderte es über den Strand. Olga dagegen zog Smilla hoch, presste sie an ihre Brust und rannte los. Erst hinter einem weit entfernten Strandkorb ging sie in Deckung.

Jan Dutzen folgte ihr keuchend. Zusammen kauerten sie am Boden. Olga hielt Smilla ganz fest und murmelte beruhigende Worte. Die Kleine hatte aufgehört zu weinen, weigerte sich aber, ihre Mutter anzusehen. Stattdessen spielte sie mit einer Muschel, die sie aus dem Sand gefischt hatte.

»Ist ihr was passiert?«, fragte Jan erschrocken. »Hat er ihr was getan? Warum sieht sie dich denn gar nicht an?«

»Ich glaube, es ist alles in Ordnung mit ihr«, sagte Olga.

»Sie hat Hunger und Durst und braucht dringend eine frische Windel. Außerdem ist sie sauer, dass ich sie alleingelassen habe. Deshalb versucht sie, mich mit Missachtung zu strafen. Dich kennt sie ja noch nicht, sonst würde sie das mit dir auch so machen.«

»Ist sie so schlau?«, fragte Jan Dutzen und runzelte die Stirn.

»Ganz der Vater, würde ich sagen«, erwiderte Olga Island und musste grinsen.

»Ich besorg ihr alles, was sie braucht«, sagte Jan, sprang auf und verschwand zwischen den Strandkörben. Er lief über den Sand auf eine Familie zu, die mit zwei kleinen Kindern und einem Hund den Spülsaum entlangspazierte.

Während er dramatisch gestikulierend mit den Leuten sprach und diese bereitwillig ihre Taschen öffneten, um auszuhelfen, war weiter hinten, jenseits der Strandkörbe, laut und deutlich das wohlbekannte drachenartige Zischen zu hören. Als Jan mit einer neuen Windel und einem Glas Brei zurückkehrte, schwebte über dem Dach des weiß gestrichenen Strandkorbs die Eiswaffel in den fast wolkenfreien, fast windstillen Abendhimmel. Immer höher und höher stieg das Gefährt.

Im geflochtenen Korb stand David von Mansfeld, aufrecht, steif und entschlossen. Er blickte nicht nach unten, sondern sah hinaus auf die Ostsee. Dann nahm der Ballon langsam, aber sicher noch einmal Fahrt auf und glitt leise aufs Meer hinaus.

Dank

Dieses Buch ist ein Produkt der Phantasie. Ähnlichkeiten mit lebenden, toten oder fiktiven Personen sind nicht beabsichtigt. Viele der beschriebenen Orte kann man in der Realität finden, andere sind längst Geschichte oder haben nie existiert. Machen Sie gern einen Ausflug an, auf oder um den Großen Plöner See, oder tauchen Sie ins Kieler Nachtleben ein. Es gibt sicher viel zu entdecken.

Für Unterstützung und Hinweise zum Manuskript danke ich Tim Schwabedissen, Mary Jirsak, Marion Hartwig, Helle Madsen, Ralf Warschau und Helga Hänsler. Dank auch an B.K. und tbb. Mein besonderer Dank gilt Frau Dr. Annika Krummacher für ihr sehr gutes und hilfreiches Lektorat und Frau Monika Kempf für die angenehme und geduldige Betreuung des Projekts.